【现代文学精品集】

郑振铎文学精品选

郑振铎◎著

中国出版集团

现代出版社

图书在版编目（CIP）数据

郑振铎文学精品选 / 郑振铎著.—北京：现代出版社，
2017.5
ISBN 978-7-5143-6066-0

Ⅰ．①郑… Ⅱ．①郑… Ⅲ．①中国文学－现代文学－
作品综合集 Ⅳ．①I216.2

中国版本图书馆CIP数据核字（2017）第070341号

著　　者	郑振铎
责任编辑	杨学庆
出版发行	现代出版社
通讯地址	北京市安定门外安华里504号
邮政编码	100011
电　　话	010-64267325　64245264（传真）
网　　址	www.1980xd.com
电子邮箱	xiandai@cnpitc.com.cn
印　　刷	三河市金泰源印务有限公司
开　　本	710mm×1000mm　1/16
印　　张	14.5
版次印次	2017年9月第1版　2017年9月第1次印刷
标准书号	ISBN 978-7-5143-6066-0
定　　价	45.00元

郑振铎简介

郑振铎（1898～1958）字西谛，书斋用"玄览堂"的名号，有幽芳阁主、纫秋馆主、纫秋、幼舫、友荒、宾芬、郭源新等多个笔名，生于浙江温州，原籍福建长乐。他是我国现代杰出的爱国主义者和社会活动家，又是著名作家、诗人、学者、文学评论家、文学史家、翻译家、艺术史家，也是国内外闻名的收藏家，训诂家。是中国民主促进会发起人之一。

1898年，郑振铎出生于浙江省永嘉县，少入私塾，他曾在广场路小学、温二中、温州中学就读。1917年，他进入北京铁路管理传习所学习。1919年，他参加五四运动并开始发表作品。

1920年，郑振铎与著名作家茅盾发起成立文学研究会，创办《文学周刊》与《小说月报》。他还担任上海商务印书馆编辑，以及《小说月报》主编、上海大学教师、《公理日报》主编。1927年，他旅居英、法。回国后，他担任北京燕京大学、清华大学教授、上海暨南大学教授、《世界文库》主编等。

1937年，郑振铎参加文化界救亡协会，他与著名作家胡愈之等人组织复社，主编《民主周刊》，并出版了《鲁迅全集》。1949年后，他历任全国文联福利部部长、全国文协研究部长、人民政协文教组长、中央文化部文物局长、民间文学研究室副主任、中国科学院考古研究所所长、文化部副部长、全国政协委员、全国文联全委、主席团委员、全国文协常委、中国作家协会理事。

1952 年，郑振铎加入中国作家协会。1953 年 2 月 22 日，他担任中国文学研究所第一任所长。1955 年，他当选为中国科学院学部委员。1958 年，他率领中国文化代表团赴开罗访问，途中所乘坐的飞机在苏联楚瓦什境内失事遇难身亡。

郑振铎是我国现代文学史上一位杰出的文学家在文学研究方面，他是 20 世纪 20 年代初较早提出和着手用新的观点、方法整理和研究中国文学史的人，著作包括《文学大纲》《俄国文学史略》《中国文学论集》《中国俗文学史》《近百年古城古墓发掘史》《基本建设及古文物保护工作》《域外所藏中国古画集》《中国历史参考图谱》《伟大的艺术传统图录》《插图本中国文学史》和《中国版画史图录》等。

郑振铎创作的短篇小说集有《家庭的故事》《取火者的逮捕》和《桂公塘》。散文集《佝偻集》《欧行日记》《山中杂记》《短剑集》《困学集》《海燕》《民族文化》和《蛰居散记》。

郑振铎还译介了许多重要的外国文学作品，其中许多作品具有开拓性和启蒙性。他也提出了许多重要的翻译理论，为我国翻译理论增添了许多宝贵财富。译著有《沙宁》《血痕》《灰色马》《飞鸟集》《新月集》和《印度寓言》。

郑振铎对我国的文化学术事业做出了多方面的杰出贡献。在文学理论方面，他是文学革命初期"为人生"文学的重要倡导者之一，他后来还进一步提出了需要"血和泪的文学"口号，要求进步作家创作出"带着血泪的红色的作品"。因此，他一生坚持革命的现实主义文学理论，强调文学在社会改革中的功能，提倡文学为人民服务。

在文学研究方面，在 20 世纪 20 年代初，郑振铎就提倡和从事中外古今文学综合的比较研究，还一贯重视民间文学和小说、戏曲的资料收集和研究，做了很多属于开拓性的工作。

目录

散 文

◎

散文

郑振铎

文学精品选

海 燕

　　乌黑的一身羽毛，光滑漂亮，积伶积伶，加上一双剪刀似的尾巴，一对劲俊轻快的翅膀，凑成了那样可爱的活泼的一只小燕子。当春间二三月，轻飔微微的吹拂着，如毛的细雨无因的由天上洒落着，千条万条的柔柳，齐舒了它们的黄绿的眼，红的白的黄的花，绿的草，绿的树叶，皆如赶赴市集者似的奔聚而来，形成了烂漫无比的春天时，那些小燕子，那么伶俐可爱的小燕子，便也由南方飞来，加入了这个隽妙无比的春景的图画中，为春光平添了许多的生趣。小燕子带了它的双剪似的尾，在微风细雨中，或在阳光满地时，斜飞于旷亮无比的天空之上，唧的一声，已由这里稻田上，飞到了那边的高柳之下了。再几只却隽逸的在粼粼如縠纹的湖面横掠着，小燕子的剪尾或翼尖，偶沾了水面一下，那小圆晕便一圈一圈的荡漾了开去。那边还有飞倦了的几对，闲散的憩息于纤细的电线上——嫩蓝的春天，几支木杆，几痕细线连于杆与杆间，线上是停着几个粗而有致的小黑点，那便是燕子，是多么有趣的一幅图画呀！还有一家家的快乐家庭，他们还特为我们的小燕子备了一个两个小巢，放在厅梁的最高处，假如这家有了一个匾额，那匾后便是小燕子最好的安巢之所。第一年，小燕子来住了，第二年，我们的小燕子，就是去年的一对，它们还要来住。

"燕子归来寻旧垒。"

还是去年的主，还是去年的宾，他们宾主间是如何的融融泄泄呀！偶然的有几家，小燕子却不来光顾，那便很使主人忧戚，他们邀召不到那么隽逸的嘉宾，每以为自己运命的塞劣呢。

这便是我们故乡的小燕子，可爱的活泼的小燕子，曾使几多的孩子们欢呼着，注意着，沉醉着，曾使几多的农人们市民们忧戚着，或舒怀的指点着，且曾平添了几多的春色，几多的生趣于我们的春天的小燕子！

如今，离家是几千里，离国是几千里，托身于浮宅之上，奔驰于万顷海涛之间，不料却见着我们的小燕子。

这小燕子，便是我们故乡的那一对，两对么？便是我们今春在故乡所见的那一对，两对么？

见了它们，游子们能不引起了，至少是轻烟似的，一缕两缕的乡愁么？

海水是皎洁无比的蔚蓝色，海波是平稳得如春晨的西湖一样，偶有微风，只吹起了绝细绝细的千万个粼粼的小皱纹，这更使照晒于初夏之太阳光之下的、金光灿烂的水面显得温秀可喜。我没有见过那么美的海！天上也是皎洁无比的蔚蓝色，只有几片薄纱似的轻云，平贴于空中，就如一个女郎，穿了绝美的蓝色夏衣，而颈间却围绕了一段绝细绝轻的白纱巾。我没有见过那么美的天空！我们倚在青色的船栏上，默默的望着这绝美的海天；我们一点杂念也没有，我们是被沉醉了，我们是被带入晶天中了。

就在这时，我们的小燕子，二只，三只，四只，在海上出现了。它们仍是隽逸的从容的在海面上斜掠着，如在小湖面上一样；海水被它的似剪的尾与翼尖一打，也仍是连漾了好几圈圆晕。小小的燕子，浩莽的大海，飞着飞着，不会觉得倦么？不会遇着暴风疾雨么？我们真替它们担心呢！

小燕子却从容的憩着了。它们展开了双翼，身子一落，落在海面上了，双翼如浮圈似的支持着体重，活是一只乌黑的小水禽，在随波上下的浮着，又安闲，又舒适。海是它们那么安好的家，我们真是想不到。

在故乡，我们还会想象得到我们的小燕子是这样的一个海上英雄么？

海水仍是平贴无波，许多绝小绝小的海鱼，为我们的船所惊动，群向远处窜去；随了它们飞窜着，水面起了一条条的长痕，正如我们当孩子时之用瓦片打水漂在水面所划起的长痕。这小鱼是我们小燕子的粮食么？

小燕子在海面上斜掠着，浮想着。它们果是我们故乡的小燕子么？啊，乡愁呀，如轻烟似的乡愁呀。

哭佩弦

从抗战以来，接连的有好几位少年时候的朋友去世了。哭地山、哭六逸、哭济之，想不到如今又哭佩弦了。在朋友们中，佩弦的身体算是很结实的。矮矮的个子，方而微圆的脸，不怎么肥胖，但也决不瘦。一眼望过去，便是结结实实的一位学者。说话的声音，徐缓而有力，不多说废话，从不开玩笑；纯然是忠厚而笃实的君子。写信也往往是寥寥的几句，意尽而止，但遇到讨论什么问题的时候，却滔滔不绝。他的文章，也是那么的不蔓不枝，恰到好处，增加不了一句，也删节不掉一句。

他做什么事都负责到底。他的《背影》，就可作为他自己的一个描写。他的家庭负担不轻，但他全力的负担着，不叹一句苦。他教了三十多年的书，在南方各地教，在北平教；在中学里教，在大学里教。他从来不肯马马虎虎的教过去，每上一堂课，在他是一件大事。尽管教得很熟的教材，但他在上课之前，还须仔细的预备着。一边走上课堂，一边还是十分的紧张。记得在清华大学的时候，有一次我在他办公室里坐着，见他紧张的在翻书。我问道：

"下一点钟有课么？""有的！"他说道，"总得要看看。"

像这样负责的教员，恐怕是不多见的。他写文章时，也是以这样的态度来写。写得很慢，改了又改，决不肯草率的拿出去发表。我上半年为《文艺复兴》的《中国文学研究》号向他要稿子，他寄了一篇《好与巧》来；这是一篇结实而用力之作。但过了几天，他又来了一封快信，说，还要修改一下，要我把原稿寄回给他。我寄了回去。不久，修改的稿子来了，增加了不少有力的例证。他就是那么不肯马马虎虎的过下去的！

他的主张，向来是老成持重的。

将近二十年了，我们同在北平。有一天，在燕京大学南大地一位友人处晚餐，我们热烈的辩论着"中国字"是不是艺术的问题。向来总是"书画"同称，我却反对这个传统的观念。大家提出了许多意见。有的说，艺术是有个性的；中国字有个性，所以是艺术。又有的说，中国字有组织，有变化，极富于美术的标准。我却极力的反对着他们的主张。我说，中国字有个性，难道别国的字便表现不出个性么？要说写得美，那么，梵文和蒙古文写得也是十分匀美的。这样的辩论，当然不会有结果的。

临走的时候，有一位朋友还说，他要编一部《中国艺术史》，一定要把中国书法的一部门放进去。我说。如果把"书"也和"画"同样的并列在艺术史里，那么，这部艺术史一定不成其为艺术史的。

当时，有十二个人在座。九个人都反对我的意见，只有冯芝生和我意见全同，佩弦一声也不言语。我问道：

"佩弦，你的主张怎样呢！"

他郑重的说道："我算是半个赞成的吧。说起来，字的确是不应该成为美术。不过，中国的书法，也有他长久的传统的历史。所以，我只赞成一半。"

这场辩论，我至今还鲜明的在眼前。但老成持重，一半和我同调的佩弦却已不在人间，不能再参加那么热烈的争论了。

这样的一位结结实实的人，怎么会刚过五十便去世了呢？……我说"结结实实"，这是我十多年前的印象。在抗战中。我们便没有见过。在抗战中，他从北平随了学校撤退到后方。他跟着学生徒步跑，跑到长沙，又跑到昆明。还照料着学校图书馆里搬出来的几千箱的书籍。这一次的长征，也许使他结结实实的身体开始受了伤。

在昆明联大的时候，他的生活很苦。他的夫人和孩子们都不能在身边，为了经济的拮据，只能让他们住在成都。听说，食米的恶劣，使他开始有了胃病。他是一位有名的衣履不周的教授之一。冬天，没有大衣，把马伕用的毡子裹在身上，就作为大衣；而在夜里，这一条毡子便又作为棉被用。

有人来说，佩弦瘦了，头上也有了白发。我没有想象到佩弦瘦到什么样子；我的印象中，他始终是一位结结实实的矮个子。

胜利以后，大家都复员了，应该可以见到。但他为了经济的关系，径从内地到北平去，并没有经过南方。我始终没有见到瘦了后的佩弦。

在北平，他还是过得很苦，他并没有松下一口气来。

暑假后，是他应该休假的一年。我们都盼望他能够到南边来游一趟，谁知道在假期里他便一瞑不视了呢？我永远不会再有机会见到瘦了后的佩弦了！

佩弦虽然在胜利三年后去世，其实他是为抗战而牺牲者之一。那么结结实实的身体，如果不经过抗战的这一个阶段的至窘极苦的生活，他怎么会瘦弱了下去而死了呢？他的致死的病是胃溃疡与肾脏炎，积年的吃了多沙粒和稗子的配给米，是主要的原因。积年的缺乏营养与过度的工作，使他一病便不起。尽管有许多人发了国难财、胜利财，乃至汉奸们也发了财而逍遥法外，许多瘦子都变成了肥头大脸的胖子，但像佩弦那样的文人、学者与教授，却只是天天的瘦下去，以至于病倒而死。就在胜利后，他们过的还是那么苦难的日子与可悲愤的生活。

在这个悲愤苦难的时代，连老成持重的佩弦，也会是充满了悲愤的。在报纸上，见到有佩弦签名的有意义的宣言不少。他曾经对他的学生们说，"给我以时间，我要慢慢的学"，他在走上一条新的路上来了。可惜的是，他正在走着，他的旧伤痕却使他倒了下去。

他花了整整一年工夫，编成《闻一多全集》。他既担任着这一个工作，他便勤勤恳恳的专心一志的负责到底的做着。《闻一多全集》的能够出版，他的力量是最大的；他所费的时间也最多。我们读到他的《闻一多全集》的序，对于他的"不负死友"的精神，该怎样的感动！

地山刚刚走上一条新的路，便死了；如今佩弦又是这样。过了中年的人要蜕变是不容易的。而过了中年的人经过了这十多年的折磨之后，又是多么脆弱啊！佩弦的死，不仅是朋友们该失声痛哭，哭这位忠厚笃实的好友的损失，而且也是中国的一个重大的损失，损失了那么一位认真而诚恳的教师、学者与文人！

1948 年 8 月 17 日

三　死

日间，工作得很疲倦，天色一黑便去睡了。也不晓得是多少时候了，仿佛在梦中似的，房门外游廊上，忽有许多人的说话声音：

"火真大，在对面的山上呢。"

"听说是一个老头子，八十多岁了，住在那里。"

"看呀，许多人都跑去了。满山都是灯笼的光。"

如秋夜的淅沥的雨点似的，这些话一句句落在耳中。"疲倦"紧紧的把双眼握住，好久好久才能张得开来，匆匆的穿了衣服，开了房门出去。满眼的火光！在对面，在很远的地方，然全山都已照得如同白昼。

"好大的火光！"我惊诧的说。

心南先生的全家都聚在游廊上看，还有几个女佣人，谈话最勇健，她们的消息也最灵通。

"已经熄下去了，刚才才大呢；我在后房睡，连对面墙上都满映着火光，我还当作是很近，吃了一个大惊。"老伯母这样的说。"听说是一间草屋，有一个八十多岁的老头子住在那里，不晓得怎么样了？"她轻柔的叹了一口气。

江妈说道："听说已经死了,真可怜,他已经走不动。"

不到一刻,死耗便传遍全山了。山上不易得新闻。这些题材乃为众口所宣传,足为好几天的谈话资料。尤其后一个死者,使我们起了一个扰动。

"也许是虎列拉,由上海带来的,死得这样快。他的家属,去看了他后,再住到这里,不怕危险么?"我们这几个人如此的提心吊胆着,再三再四的去质问楼下的孙君。他担保说,决没有危险,且决不是虎列拉病死的。我们还不大放心。下午,死者的家属都来了,他们都穿着白鞋。据说,一个是死者的母亲,一个是死者的妻,两个是死者的妾,还加几个小孩,是死者的子女,其余的便是他的丧事经理者。他是犯肺病死了的,在山上已经两个多月了,他的钱不少,据说,是在一个什么银行办事的人。

死者的妻和母,不时的哭着,却不敢大声的哭,因为在旅舍中。据女佣们说,曾有几次,死者的母亲,实在忍不住了,只好跑到山旁的石级上,坐在那里大哭。

第三天,这些人又动身回家了。绝早的,便听见楼下有凄幽的哭泣,只是不敢纵声大哭。太阳在满山照着,许多人都到后面的廊上,倚着红栏杆,看他们上轿。女佣们轻轻的指点说,这是他的大妻,这是他的母亲,这是他的第一妾、第二妾。他们上了山,一转折便为山岩所蔽,不见了。大家也都各去做事。

第二天还说着他们的事。

隔了几天,大家又浑忘了他们。

1926 年 9 月 6 日

别了，我爱的中国

别了，我爱的中国，我全心爱着的中国！我倚在高高的船栏上，看着船渐渐地离岸了，船和岸之间的水面渐渐地宽了。我看着许多亲友挥着帽子，挥着手，说着"再见，再见！"我听着鞭炮噼噼啪啪地响着，我的眼眶润湿了，我的眼泪已经滴在眼镜上，镜面模糊了。我有一种说不出的感动！

船慢慢地向前驶着，沿途停着好几只灰色的白色的军舰。不，那不是悬挂着我们的国旗的，那是帝国主义的军舰。

两岸是黄土和青草，再过去是地平线上几座小岛。海水满盈盈的，照在夕阳之下，浪涛像顽皮的小孩子似的跳跃不定，水面上呈现出一片金光。

别了，我爱的中国，我全心爱着的中国！

我不忍离了中国而去，更不忍在这大时代中放弃自己应做的工作而去。许多亲爱的勇士正在用他们的血和汗建造着新的中国，正在以满腔热情工作着，战斗着。我这样不负责地离开中国，真是一个罪人。

然而我终将在这大时代中工作的，我终将为中国而努力，而呈献我的身、我的心的。我离开中国，为的是求得更好的经验，求得更好的战斗的武器。暂别了，国；暂别了，在各方面斗争着的勇士们，我不久将以更勇猛的力量加入到你们当中来！

当我归来的时候，我希望这些帝国主义的军舰都不见了，代替它们的是悬挂着我们的国旗的伟大的中国舰队。如果它们那时候还没有退出中国海，还没有被我们赶出去，那么，来，勇士们，我将加入你们的队伍，以更勇猛的力量，去驱逐它们，毁灭它们！

这是我的誓言！

别了！我爱的中国，我全心爱着的中国！

蝉与纺织娘

　　你如果有福气独自坐在窗内，静悄悄的没一个人来打扰你，一点钟，两点钟的过去，嘴里衔着一支烟，躺在沙发上慢慢的喷着烟云，看它一白圈一白圈的升上，那么在这静境之内，你便可以听到那墙角阶前的鸣虫的奏乐。

　　那鸣虫的作响，真不是凡响；如果你曾听见过曼杜令的低奏，你曾听见过一支洞箫在月下湖上独吹着；你曾听见过红楼的重幔中透漏出的弦管声，你曾听见过流水淙淙的由溪石间流过，或你曾倚在山阁上听着飒飒的松风在足下拂过，那么，你便可以把那如何清幽的鸣虫之叫声想象到一二了。

　　虫之乐队，因季候的关系而颇有不同，夏天与秋令的虫声，便是截然的两样。蝉之声是高旷的，享乐的，带着自己满足之意的；它高高的栖在梧桐树或竹枝上，迎风而唱，那是生之歌——生之盛年之歌，那是结婚曲——那是中世纪武士美人的大宴时的行吟诗人之歌。无论听了那叽——叽——的曼长声，或叽格——叽格——的较短声，都可同样的受到一种轻快的美感。秋虫的鸣声最复杂，但无论纺织娘的咕嘎、蟋蟀的唧唧、金铃子之叮令，还有无数无数不可名状的秋虫之鸣声，其音调之凄抑却都是一样的；它们唱的是秋之歌，是暮年之歌，是薤露之曲。它们的歌声，是如秋风之扫落叶，怨妇之奏琵琶，孤峭而幽奇，清远而凄迷，低徊而愁肠百结。你如果是一个孤客，独宿于荒郊逆旅，一盏荧荧的油灯，对着一张板床、一张木桌、一二张硬板凳，再一听见四壁唧唧知知的虫声间作，那你今夜便不用再想稳稳的安睡了，什么愁情、乡思，以及人生之悲感，都会一串一串的从根儿勾引出来，在你心上翻来覆去，如白老鼠在戏笼中走轮盘一般，一上去便不用想下来憩息。如果你不是一个客人，你有家庭，你有很好的太太，你并没有什么闲愁胡想，那么，在你太太已睡之后，你想在书房中静静的写些东西时，这唧唧的秋虫之声却也会无端的窜入你的心里，翻掘起你向不曾有过的一种凄感呢。如果那一夜是一个月夜，天井里统是银白色，枯秃的树影，一根一条的很清朗的印在地上，那么你的感触将更深了。那也许就是所谓悲秋。

秋虫之声，大都在蝉之夏曲已告终之后出现，那正与气候之寒暖相应。但我却有一次奇异的经验；在无数的纺织娘之鸣声已来了之后，却又听得满耳的蝉声。我想我们的读者中有这种经验的人是必不多的。

我在山中，每天听见的只有蝉声，鸟声还比不上。那天气是很热，即在山上，也觉得并不凉爽。正午的时候，躺在廊前的藤榻上，要求一点的凉风，却见满山的竹树梢头，一动也不动，看看足底下的花草，也都静静的站着，如老僧入了定似的。风扇之类既得不到，只好不断地用手巾来拭汗，不断地在摇挥那纸扇了。在这时候，往往有几缕的蝉声在槛外鸣奏着。闭了目，静静的听了它们在忽高忽低，忽断忽续，此唱彼和，仿佛是一大阵绝清幽的乐队在那里奏着绝清幽的曲子，炎热似乎也减少了，然后，朦胧的朦胧的睡去了，什么都不觉得。良久，良久，清梦醒来时，却又是满耳的蝉声。山中的蝉真多！绝早的清晨，老妈子们和小孩子们常去抱着竹干乱摇一阵，而一只二只的蝉便要跟随了朝露而落到地上了。每一个早晨，在我们滴翠轩的左近，至少是百只以上之蝉是这样的被捉。但蝉声却并不减少。

常常的，一只蝉两只蝉，叽的一声，飞入房内，如平时我们所见的青油虫及灯蛾之飞入一样。这也是必定被人所捉的。有一天，见有什么东西在槛外倒水的铅斗中咯笃咯笃的作响，俯身到槛外一看，却只是一只蝉，这当然又是一个俘虏了。还有好几次，在山脊上走时，忽见矮林丛中有什么东西在动，拨开林丛一看，却也是一只蝉。它是竹枝竹叶挡阻住了不能飞去。我把它拾在手中。同行的心南先生说："这有什么稀奇，放走了它吧。要多少还怕没有！"我便顺手把它向风中一送，它悠悠扬扬的飞去很远很远，渐渐的不见了。我想不到这只蝉就在刚才是地上拾了来的那一只！

初到时，颇想把它们捉几个寄到上海去送送人。有一次，便托了老妈子去捉。她在第二天一早，果然捉了五六只来放在一个大香烟纸盒中，不料给依真一见，她却吵着，带强迫的要去。我又托那个老妈子去捉。第二天，又提了四五只来。依真的纸盒中却只剩下两只活的，其余的都死了。到了晚上，我的几只，也死了一半。因此，寄到上海的计划遂根本的打消了。从此以后，便也不再托人去捉，自己偶然捉来的，也都随手的放去了，那样不经久的东西，留下了它干什么用！不过孩子们却还热心的去捉。依真每天要捉至少三只以上用细绳子缚在铁杆上。有一次，曾有一只蝉居然带了红绳子逃去了；很长的一根红绳子，拖在它后面，在风中飘荡着，很有趣味。

半个月过去了；有的时候，似乎蝉声略少，第二天却又多了起来。虽然是叽——叽——的不息的鸣着，却并不觉喧扰；所以大家都不讨厌它们。我却特别的爱听它们的歌唱，那样的高旷清远的调子，在什么音乐会中可以听得到！所以我每以蝉声将绝为虑，时时的干涉孩子们的捕捉。

到了一夜，狂风大作，雨点如从水龙头上喷出似的，向槛内廊上倾倒。第二天还不放晴。再过一天，晴了，天气却很凉，蝉声乃不再听见了！全山上在鸣唱着的却换了一种咭嘎——咭嘎——的急促而凄楚的调子，那是纺织娘。

"秋天到了！"我这样的说着，颇动了归心。

再一天，纺织娘还是咭嘎咭嘎的唱着。

然而，第三天早晨，当太阳晒得满山时，蝉声却又听见了！且很不少。我初听不信，叽——叽——叽格——叽格——那确是蝉声！纺织娘之声却又潜踪了。

蝉回来了，跟它回来的是炎夏。从箱中取出的棉衣又复放入箱中。下山之计遂又打消了。

谁曾于听了纺织娘歌声之后再听见蝉的夏曲呢？这是我的一个有趣的经验。

大佛寺

祝福那些自由思想者！

挂了黄布袋去朝山，瘦弱的老妇、娇嫩的少女、诚朴的村农，一个个都虔诚的一步一挨的，甚至于一步一拜的，登上了山；口里不息的念着佛，见蒲团就跪下去磕头，见佛便点香点烛。自由思想者站在那里看着笑着，"呵，呵，那一班愚笨的迷信者"。一个蓝布衣衫、拖着长辫的农人，一进门便猛拜下去，几乎是朝了他拜着，这使他吓了一跳，便打断了他的思想。

几个教徒，立在小教堂门外唱着《赞美诗》，唱完后便有一个在宣讲"道理"，四周围上了许多人听着，大多数是好事的小孩子们，自由思想者经过了那里，不禁嗤了一声，连站也不一站的走过了。

几个教徒陪他进了一座大礼拜堂。礼拜堂门口放了两个大石盆，盛着圣水，教徒们用手蘸了些圣水，在胸前画了一个"十"字，便走进了。大殿的四周都是一方一方的小方格，立着圣像，各有一张奇形的椅子，预备牧师们听仟悔者自白时用的，那里是很庄严的，然而自由思想者是漠然淡然的置之。

祝福那些自由思想者！

然而自由思想者果真漠然淡然么？

他嗤笑那些专诚的朝山者、传道者、烧香者、忏悔者，真的是！然而他果真漠然淡然么？

不，不！

黄色的围墙，庄严的庙门，四个极大的金刚神分站左右。一二人合抱不来的好多根大柱，支持着高难见顶的大殿；香烟综绕着；红烛熊熊的点在三尊金色的大佛之前，签筒滴答滴答的作响，时有几声低微的宣扬佛号之声飘过你的耳边。你是被围抱在神秘的伟大的空气中了。你将觉得你自己的空虚，你自己的渺小，你自己的无能力；在那里你是与不可知的运命、大自然、宇宙相见了。你将茫然自失，你将不再嗤笑了。

尖耸天空的高大建筑，华丽而整洁的窗户、地板，雄伟的大殿，十字架上是又苦楚、又慈悲的耶稣，一对对的纯洁无比的白烛燃着。殿前是一个空棺，披罩着绣着白"十"字的黑布，许多教徒的尸体是将移停于此的。静悄悄的一点声响也没有，连苍蝇展翼飞过之声也会使你听见。假使你有意的高喊一声，那你将听见你的呼声凄楚的自灭于空虚中。这里，你又被围抱在别一个伟大的神秘的空气中了，你受到一种不可知的由无限之中而来的压迫，你又觉得你自己是空虚、渺小、无能力。你将茫然自失，你将不再嗤笑了。

便连几缕随风飘荡的星期日的由礼拜堂传出的风琴声、赞歌声以及几声断续的由寺观传到湖上的薄暮的钟声、鼓声，也将使你感到一种压迫、一种神秘、一种空虚。

那些信仰者是有福了。

呵，我们那些无信仰者，终将如浪子似的，如秋叶似的萎落在漂流在外面么？

我不敢想，我不愿想。

我再也不敢嗤笑那些专诚的信仰者。

我怎敢踏进那些"庄严的佛地"呢？然而，好奇心使我们战胜了这些空想，而去访问科仑布的大佛寺。

无涯的天，无涯的海，同样的甲板、餐厅、卧房，同样的人物，同样的起、餐、散步、谈话、睡，真使我们厌倦了；我们渴欲变换一下沉闷空气。于是我们要求新奇的可激动的事物。

到了科仑布，我们便去访问那久已闻名的大佛寺。我们预备着领受那由无限的主者、由庄严的佛地送来的压迫。压迫，究之是比平淡无奇好些的。

呵，呵，我们预备着怎样的心情去瞻仰这古佛、这伟佛，这只有我们自己知道。

到了！一所半西式的殿宇，灰白色的墙，并不庄严的立在南方的晚霞中。到了！我有些不信。那不是我们所想象的"佛地"，没有黄墙，没有高殿，没有一切一切，一进门是一所小园，迎面便是大卧佛所在的地方。我们很不满意，如预备去看一场大决斗的人，只见得了平淡的和解之结局一样的不满意。我们直闯进殿门。刚要揭开那白色嵌花的门帘时，一个穿黄色的和尚来阻止了。"不！"他说，"请先脱了鞋子。"于是我们都坐到长凳上脱下了皮鞋，用袜走进光滑可鉴的石板上。微微的由足底沁进阴凉的感触。大佛就在面前了。他慈和的倚卧着，高可一二丈，长可四五丈，似是新塑造的，油漆光亮亮的。四周有许多小佛，高鼻大脸，与中国所塑的罗汉之类面貌很不相同。"那都是新的呢。"同行的魏君说。殿的四周都是壁画，也似乎是新画上去的。佛前有好些大理石的供桌，桌上写着某人献上，也显然是新的。

那不是我们所想象的大佛寺里的大卧佛！

不必说了，我们是错走入一个新的佛寺里来了！

然而，光洁无比的供桌，堆着许多许多"佛花"，神秘的花香，一阵阵扑到鼻上来时，有几个土人，带了几朵花来，放在桌上合掌向佛，低微的念念有词；风吹动门帘，那帘上所系的小钢铃，便丁零作声。我呆呆的立住，不忍立时走开。即此小小的殿宇，也给我以所预想的满足。

我并不懊悔！那便是大佛寺，那便是那古旧的大卧佛！

出门临上车时，车夫指着庭中一个大围栏说："那是一株圣树。"圣树枝叶披离，已是很古老了。树下是一个佛龛，龛前一个黑衣妇人，伏在地上默默的祷告着。

呵，怕吃辣的人，尝到一点辣味已经足够了。

山中的历日

　　"山中无历日。"这是一句古话，然而我在山中却把历日记得很清楚。我向来不记日记，但在山上却有一本日记，每日都有二三行的东西写在上面。自7月23日，第一日在山上醒来时起，直到了最后的一日早晨，即8月21日，下山时止，无一日不记。恰恰的在山上三十日，不多也不少，预定的要做的工作，在这三十日之内，也差不多都已做完。

　　当我离开上海时，一个朋友问我："什么时候可以回来？"

　　"一个月。"我答道。真的，不多也不少，恰是一个月。有一天，一个朋友写信来问我道："你一天的生活如何呢？我们只见你一天一卷的原稿寄到上海来，没有一个人不惊诧而且佩服的。上海是那样的热呀，我们一行字也不能写呢。"

　　我正要把我的山上生活告诉他们呢。

　　在我的二十几年的生活中，没有像如今的守着有规则的生活，也没有像如今的那么努力的工作着的。

　　第一晚，当我到了山时，已经不早了，滴翠轩一点灯火也没有。我问心南先生道："怎么黑漆漆的不点灯？"

"在山上，我们已成了习惯，天色一亮就起来，天色一黑就去睡，我起初也不惯，现在却惯了。到了那时，自然而然的会起来，自然而然的会去睡。今夜，因为同家母谈话，睡得迟些，不然，这时早已入梦了。家中人，除了我们二人外，他们都早已熟睡了。"心南先生说。

我有些惊诧，却不大相信。更不相信在上海起迟眠迟的我，会服从了这个山中的习惯。

然而到了第二大绝早，心南先生却照常的起身。我这一夜是和他暂时一房同睡的，也不由得不起来，不由得不跟了他一同起身。"还早呢，还只有6点钟。"我看了表说。

"已经是太晚了。"他说。果然，廊前太阳光已经照得满墙满地了。

这是第一次，我倚了绿色的栏杆——后来改漆为红色的，却更有些诗意了——去看山景。没有奇石，也没有悬岩，全山都是碧绿色的竹林和红瓦黑瓦的洋房子。山形是太平行了。然而向东望去，却可看见山下的原野。一座一座的小山，都在我们的足下，一畦一畦的绿田，也都在我们的足下。几缕的炊烟，由田间升起，在空中袅袅的飘着，我们知道那里是有几家农户了，虽然看不见他们。空中是停着几片的浮云。太阳照在上面，那云影倒映在山峰间，明显的可以看见。

"也还不坏呢，这山的景色。"我说。

"在起了云时，漫山的都是云，有的在楼前，有的在足下，有时浑不见对面的东西，有时，清山只露出峰尖，如在海中的孤岛，这简直可称为云海，那才有趣呢。我到了山时，只见了两次这样的奇景。"心南先生说。

这一天真是忙碌，下山到了铁路饭店，去接梦旦先生他们上山来。下午，又东跑跑，西跑跑。太阳把山径晒得滚热的，它又张了大眼向下望着，头上是好像一把火的伞。只好在邻近竹径中走走就回来了。

在山上，雨是不预约就要落下来的，看它天气还好好的，一瞬间，却已乌云蔽了楼檐，沙沙的一阵大雨来了。不久，眼望着这块大乌云向东驶去，东边的山与田野却现出阴郁的样子，这里却又是太阳光满满的照着了。

"伞在山上倒是必要的；晴天可以挡太阳，下雨的时候可以挡雨。"

我说。

这一阵雨过去后，天气是凉爽得多了，我便又独自由竹林间的一条小山径，寻路到瀑布去。山径还不湿滑，因为一则沿路都是枯落的竹叶躺着，二则泥土大干，雨又下得不久。山径不算不峻峭，却异常的好走。足踏在干竹叶上，柔柔的如履铺了棉花的地板，手攀着密集的竹竿，一竿一竿的递扶着，如扶着栏杆，任怎么峻峭的路，都不会有倾跌的危险。

莫干山有两个瀑布，一个是在这边山下，一个是碧坞。碧坞太远了，听说路也很险。走过去，要经过一条只有一尺多阔的栈道，一面是绝壁，一面是十余丈深的山溪，轿子是不能走过的，只好把轿子中途弃了，两个轿夫牵着游客的双手，一前一后的把他送过去。去年，有几个朋友到那里去游，却只有几个最勇敢的这样的走了过去，还有几个却终于与轿子一同停留在栈道的这边，不敢过去了。这边的山下瀑布，路途却较为好走，又没有碧坞那么远，所以我便渴于要先去看看——虽然他们都要休息一下，不大高兴走。

瀑布的气势是那么样的伟大，瀑布的景色是那么样的壮美：那么多的清泉，由高山石上，倾倒而下，水声如雷似的，水珠溅得远远的，只要闭眼一想象，便知它是如何的可迷人呀！我少时曾和数十个同学们一同旅行到南雁荡山。那边的瀑布真不少，也真不小。老远的老远的，便看见一道道的白练布由山顶挂了下来，却总是没有走到。经过了柔湿的田道，经过了繁盛的村庄，爬上了几层的山，方才到了小龙湫。那时是初春，还穿着棉衣。长途的跋涉，使我们都气喘汗流。但到了瀑布之下，立在一块远隔丈余的石上时，细细的水珠却溅得你满脸满身都是，阴凉的，阴凉的，立刻使你一点的热感都没有了；虽穿了棉衣，还觉得冷呢。面前是万斛的清泉，不休的只向下倾注，那景色是无比的美好，那清而宏大的水声，也是无比的美好。这使我到如今还记念着，这使我格外的喜爱瀑布与有瀑布的山。十余年来，总在北京与上海两处徘徊着，不仅没有见什么大瀑布，便连山的影子也不大看得见。这一次之到莫干山，小半的原因，因为那山那有瀑布。

山径不大好走，时而石级，时而泥径，有时，且要在荒草中去寻路。亏得一路上溪声潺潺的。沿了这溪走，我想总不会走得错的。后来，终于是走到了。但那水声并不大，立近了，那水珠也不会飞溅到脸上身上来。高虽有二丈多高，阔却只有两个人身的阔。那么样萎靡的瀑布，真使我有些失望。然而这总算是瀑布，万山静悄悄的，连鸟声也没有，只有几张照相的色纸，落在地上，表示曾有人来过。在这瀑布下流连了一会，脱了衣服，洗了一个身，濯了一会足，便仍旧穿便衣，与它告别了。却并不怎么样的惜别。

刚从林径中上来，便看见他们正在门口，打算到外面走走。

"你去不去？"擘黄问我。

"到哪里去？"我问道。

"随便走走。"

我还有余力，便跟了他们同去。经过了游泳池，个个人喧笑的在那里泅水，大都是碧眼黄发的人，他们是最会享用这种公共场所的。池旁，列了许多座位，预备给看的人坐，看的人真也不少。沿着这条山径，到了新会堂，图书馆和幼稚园都在那里。一大群的人正从那里散出，也大都是碧眼黄发的人。沿着山边的一条路走去，便是球场了。球场的规模并不小，难得在山边会辟出这么大的一个地方。场边有许多石级凸出，预备给人坐，那边贴了不少布告，有一张说："如果山岩崩坏了，发生了什么意外之事，避暑会是不负责的。"我们看那山边，围了不少层的围墙。很坚固，很坚固，那里会有什么崩坏的事。然而他们却要预防着。在快活的打着球的，也都是碧眼黄发的人。

梦旦先生他们坐在亭上看打球，我们却上了山脊。在这山脊上缓缓的走着，太阳已将西沉，把那无力的金光亲切的抚摩我们的脸。并不大的凉风，吹拂在我们的身上，有种说不出的舒适之感。我们在那里，望见了塔山。

　　心南先生说："那是塔山，有一个亭子的，算是莫干山最高的山了。"望过去很远，很远。

　　晚上，风很大。半夜醒来，只听见廊外呼呼的啸号着，仿佛整座楼房连基底都要为它所摇撼。

　　山中的风常是这样的。

　　这是在山中的第一天。第二天也没有做事。到了第三天，却清早的起来，6点钟时，便动手做工。8时吃早餐，看报，看来信，邮差正在那时来。9时再做，直到了12时。下午，又开始写东西，直到了4时。那时，却要出门到山上走走了。却只在近处，并不到远处去。天未黑便吃了饭。随意闲谈着。到了8时，却各自进了房。有时还看看书，有时却即去睡了。一个月来，几乎天天是如此。

　　下午4时后，如不出去游山，便是最好的看书时间了。

　　山中的历日便是如此，我从来没有过着这样的有规则的生活过！

1926 年 9 月 20 日

苦鸦子

乌鸦是那么黑丑的鸟，一到傍晚，便成群结队的飞于空中，或三两只栖于树下，"苦呀，苦呀"的叫着，更使人起了一种厌恶的情绪。虽然中国许多抒情诗的文句，每每的把鸦美化了，如"寒鸦数点"、"暮鸦栖未定"之类，读来未尝不觉其美，等到一听见其声，思想的美感却完全消失了，心上所有的只是厌恶。

在山中也与在城市中一样，免不了鸦的干扰。太阳的淡金色光线，弱了，柔和了，暮霭渐渐的朦胧的如轻纱似的幔罩于岗峦之腰、田野之上，西方是血红的一个大圆盘悬在地平上，四边是金彩斑斓的云霞，点染在半天；工作之后，躺在藤榻上，有意无意的领略着这晚霞天气的图画。经过了这样静谧的生活的，准保他一辈子不会忘了，至少是要在城市的狭室中不时想起的。不幸这恬静可爱的山中的黄昏，却往往为"苦呀，苦呀"的鸦声所乱。

有一天，晚餐吃得特别的早；几个老婆子趁着太阳光未下山，把厨房中盆碗等物都收拾好了，便也上楼靠在红栏杆上闲谈。

"苦呀！苦呀！"几只乌鸦栖在对面一株大树上，正朝着我们此唱彼和的歌叫着。

"苦鸦子！我们乡下人总说她是嫂嫂变的。"汤妈说。

江妈接着道："我们那里也有这话。婆婆很凶，姑娘又会挑嘴，弄得嫂嫂常常受婆婆的气，还常常的打她，男人又一年间没有几时在家。有一次，她把米饭从后门给了些叫化的；她姑娘看见了，马上去告诉她的娘。还挑拨的说：'嫂嫂常常把饭给人家。'于是婆婆生了大气，用后门的门闩，没头没脑的打了她一顿，她浑身是伤，气不过，就去投河。却为邻居看见了救起，把她湿淋淋的送回家。她婆婆姑娘还骂她假死吓诈人。当夜，她又用衣带把自己吊死在床前了。过了几个月，她男人回家。他的娘却淡淡的说，她得病死了。但她的灵魂却变了乌鸦，天天在屋前树上'苦呀，苦呀'的叫着。"

"做人家媳妇实在不容易。"江妈接着说，"像我们那里媳妇吃苦的真不少！"

汤妈说："可不是！前半年在少爷家里用的叶妈还不是苦到无处说！一天到晚打水、烧饭、劈柴、种田、摘豆子，她婆婆还常常的叽里咕噜骂她。碰到丈夫好些的，也还好，有地方说说。她的丈夫却又是牛脾气，好赌。输了，总拿她来出气，打得呀浑身是伤！有一次，她给我看，一身的青肿，半个月一个月还不会退。好容易来帮人家，虽然劳碌些，比在家里总算是好得多了。一月三块半工钱，一个也不能少，都要寄回家。她丈夫还时时来找她要钱！她说起来常哭！上一次，她不是辞了回家么？那是她丈夫为了赌钱的事，被人家打伤了，一定要她回去服侍。这一向都没有信来，问她乡里人也不知道。这一半年总不见得会出来了。"

江妈道："汤奶奶你是好福气！说是童养媳，婆婆待你比自己的女儿还好。男人又肯干，家里积的钱不少了，去年不是又买了几亩田么？你真可以回去享福了，汤奶奶！"

"哪里的话！我们哪里说得上享福两个字！我们的婆婆待我可真不差，比自己的姆妈还好！"

这时，一声不响的刘妈插嘴道："汤奶奶待她婆婆也真是好；自己的娘病，还不大挂心，听说她婆婆有什么难过，就一定要回去看看的了！上次她婆婆还托人带了大棉袄给她，真是疼她！"

汤妈指着刘妈向江妈道："她真可怜！人是真好，只可惜有些太老实，常给人欺负。她出来帮人家也是没法的。她家里不是少吃的、穿的，只是她婆婆太厉害了，不是打，就是骂，没有一天有好日子过。自从她男人死了，婆婆更恨她入骨，说她是克夫。她到外边来，赛如在天堂上！"

刘妈一声不响的听着她在谈自己的身世。栏杆外面乌鸦还是一声"苦呀，苦呀"在叫着，夜色已经成了深灰色了。

"刘妈，天黑了，怎么还不点灯？天天做的事都会忘了么！"她主妇的声音，严厉的由后房传出。

"噢，来了！"刘妈连忙的答应，慌慌张张的到后面去了。

"真作孽，像她这样的人，到处要给人欺负。"江妈说，"还好，她是个呆子，看她一天到晚总是嘻嘻的笑脸。"

"不！"汤妈说，"别看她呆头呆脑的；她和我谈起来，时时的落泪呢。有一次，给她主妇大骂了一顿以后，她便跑到自己房里痛哭。到了夜里，我睡时，还听见她在呜咽的抽泣！"

想不到刘妈是这样的一个人，自到山中来后，我们每天以她为乐的痴呆人，往往的拿她来取笑，她也从没有发怒过，谁晓得她原是这样的一个"苦鸦子"！

这时，黑夜已经笼罩了一切。江妈说："我也要去点灯了。"

"苦呀，苦呀"的乌鸦已经静止，大约它们是栖定在巢中了。

1927 年 11 月 12 日

我的邻居们

我刚刚从汉林路的一个朋友家里，迁居到现在住的地方时，觉得很高兴；因为有了两个房间，一做卧室，一做书室，显得宽敞得多了；二则，我的一部分的书籍，已经先行运到这里，可读可看的东西，顿时多了几十倍，有如贫儿暴富；不像在汉林路那里，全部的书，只有两只藤做的书架，而且还放不满。这个地方是上海最清静的住宅区。四周围都是蔬圃，时时可见农人们翻土、下肥、播种；种的是麦子、珍珠米、麻、棉、菠菜、卷心菜以及花生等等。有许多树林，垂柳尤多，春天的时候，柳絮在满天飞舞，在地上打滚，越滚越大。一下雨，处处都是蛙鸣。早上一起身，窗外的鸟声仿佛在喧闹。推开了窗，满眼的绿色。一大片的窗是朝南的，一大片的窗是朝东的，太阳光很早的便可以晒到，冬天不生火也不大嫌冷。我的书桌，放在南窗下面，总有整整的半天，是晒在太阳光下的。有时，看书看得久了，眼睛有点发花发黑。读倦了的时候，出去走走，总在田地上走，异常的冷僻，不怕遇见什么熟人。我很满足，很高兴的住着。

正门正对着一家巨厦的后门。那时，那所巨厦还空无人居，不知是谁的。四面的墙，特别的高，墙上装着铁丝网，且还通了电。究竟是谁住在那里呢？我常常在纳罕着，但也懒得去问人。

有一天早上，房东同我说："到前面房子里去看看好么？"

我和他们，还有几个孩子，一同进了那家的后门。管门人和我的房东有点认识，所以听任我们进去。一所英国的乡村别墅式的房子，外墙都用粗石砌成，但现在已被改造得不成样子。花园很大，也是英国式的，但也已部分的被改成日本式的。花草不少，还有一个小池塘，无水，颇显得小巧玲珑，但在小假山上却安置了好些廉价的瓷鹅之类的东西，一望即知其为"暴发户"之作风。

盆栽的紫藤，生气旺盛，最为我所喜，但可知也是日本式的东西。

正宅里布置得很富丽堂皇，但总觉得"新"，有一股无形的"触目"与触鼻的油漆气味。

"这到底是谁的住宅呢？"我忍不住的问道，孩子们正在草地上玩，不肯走。

房东道："我以为你已经知道了。这是周佛海的新居，去年向英国人买下的，装修的费用，倒比买房的钱花得还多。"

过了几个月，周佛海搬进宅了，整夜的灯火辉煌，笙歌达旦，我被吵闹得不能安睡。我向来喜欢早睡，但每到晚上9、10点钟，必定有胡琴声和学习京戏的怪腔送到我房里来。恨得我牙痒痒的，但实在无奈此恶邻何！

更可恨的是，他们搬进了，便要调查四邻的人口和职业；我们也被调查了一顿。

我的书房的南窗，正对着他们的厨房，整天整夜的在做菜烧汤，烟囱里的煤烟，常常飞扑到我书桌上来。拂了又拂，终是烟灰不绝，弄得我不敢开窗。我现在不能不懊悔择邻的不谨慎了。

"一二·八"太平洋战争起来后，我的环境更坏了。四周围的英美人住宅都空了起来，他们全都进了集中营。隔了几时，许多日本人又搬了进来。他们男人大都是穿军装的，还有保甲的组织，防空的练习，吵闹得附近人家，个个不安。在防空的时候，他们干涉邻居异常的凶狠，时时有被打的。有时，我晚上回家，曾被他们用电筒光狠狠的照射着过。

有一天，厨房的灯光忘了关，也被他们狠狠的敲门打窗的骂了一顿过。

一个早晨，太阳光很好，出去走走，恰遇他们在练习空防。路被阻塞不通，只好再回过来。

说到道路，那又是一个厄运。本来有一条道路，可以直达大道，到电车站很近便。自从周佛海搬来后，便常常被阻塞。日本人搬来后，索性的用铁丝网堵死了。我上电车站，总要绕了一个大圈，多花上十分钟的走路工夫。

胜利以后，铁丝网不知被谁拆去了。我以为从此可以走大道了，不料又有什么军队驻扎在小路上看守着，不许人走过。交涉了几回也没用，只好仍旧吃亏，改绕大圈子走。

和敌伪的人物无心的做了邻居，想不到也会有那么多的痛苦和麻烦。

北　平

　　你若是在春天到北平，第一个印象也许便会给你以十分的不愉快。你从前门东车站或西车站下了火车，出了站门，踏上了北平的灰黑的土地上时，一阵大风刮来，刮得你不能不向后倒退几步；那风卷起了一团的泥沙；你一不小心便会迷了双眼，怪难受的；而嘴里吹进了几粒细沙在牙齿间萨拉萨拉的作响。耳朵壳里，眼缝边，黑马褂或西服外套上，立刻便都积了一层黄灰色的沙垢。你到了家，或到了旅店，得仔细的洗涤了一顿，才会觉得清爽些。

　　"这鬼地方！那么大的风，那么多的灰尘！"你也许会很不高兴的诅咒的说。

　　风整天整夜的呼呼的在刮，火炉的铅皮烟囱，纸的窗户，都在乒乒乓乓的相碰着，也许会闹得你半夜睡不着。第二天清早，一睁开眼，呵，满窗的黄金色，你满心高兴，以为这是太阳光，你今天将可以得一个畅快的游览了。然而风声还在呼呼的怒吼着。擦擦眼，拥被坐在床上，你便要立刻懊丧起来。那黄澄澄的，错疑做太阳光的，却正是漫天漫地的吹刮着的黄沙！风声吼吼的还不曾歇气。你也许会懊悔来这一趟。

但到了下午，或到了第三天，风渐渐的平静起来。太阳光真实的黄亮亮的晒在墙头，晒进窗里。那份温暖和平的气息儿，立刻便会鼓动了你向外面跑跑的心思。鸟声细碎的在鸣叫着，大约是小麻雀儿的唧唧声居多。——碰巧，院子里有一株杏花或桃花，正含着苞，浓红色的一朵朵，将放未放。枣树的叶子正在努力的向外崛起。——北平的枣树是那么多，几乎家家天井里都有个一株两株的。柳树的柔枝儿已经是透露出嫩嫩的黄色来。只有硕大的榆树上，却还是乌黑的秃枝，一点什么春的消息都没有。

你开了房门，到院子里，深深的吸了一口气。啊，好新鲜的空气，仿佛在那里面便挟带着生命力似的。不由得不使你神清气爽。太阳光好不可爱。天上干干净净的没半朵浮云，俨然是"南方秋天"的样子。你得知道，北平当晴天的时候，永远的那一份儿"天高气爽"的晴明的劲儿，四季皆然，不独春日如此。

太阳光晒得你有点暖得发慌。"关不住了！"你准会在心底偷偷的叫着。

你便准得应了这自然之招呼而走到街上。

但你得留意，即使你是阔人，衣袋里有充足的金洋银洋，你也不应摆阔，坐汽车。被关在汽车的玻璃窗里。你便成了如同被蓄养在玻璃缸的金鱼似的无生气的生物了。你将一点也享受不到什么。汽车那么飞快的冲跑过去，仿佛是去赶什么重要的会议。可是你是来游玩，不是来赶会。汽车会把一切自然的美景都推到你的后面去。你不能吟味，你不能停留，你不能称心称意的欣赏。这正是猪八戒吃人参果的勾当。你不会蠢到如此的。

北平不接受那么摆阔的阔客。汽车客是永远不会见到北平的真面目的。北平是个"游览区"。天然的不欢迎"走车看花"——比走马看花还杀风景的勾当——的人物。

那么，你得坐"洋车"——但得注意：如果你是南人，叫一声黄包车，准保个个车夫都不理会你，那是一种侮辱，他们以为。（黄包，北音近于王八。）或酸溜溜的招呼道"人力车"，他们也不会明白的。如果叫道："胶皮"，他们便知道你是从天津来的，准得多抬些价。或索性洋气十足的，叫道"力克夏"，他们便也懂，但却只能以"毛"为单位的给车价了。

"洋车"是北平最主要的交通物。价廉而稳妥，不快不慢，恰到好处。但走到大街上，如果遇见一位漂亮的姑娘或一位洋人在前面车上，碰巧，你的车夫也是一位年轻力健的小伙子，他们赛起车来，那可有点危险。

干脆，走路，倒也不坏。近来北平的路政很好，除了冷街小巷，没有要人、洋人住的地方，还是"无风三尺土，有雨一街泥"之外，其余冲要之区，确可散步。

出了巷口，向皇城方面走，你便将渐入佳景的。黄金色的琉璃瓦在太阳光里发亮光；土红色的墙，怪有意思的围着那"特别区"。入了天安门内，你便立刻有应接不暇之感。如果你是聪明的，在这里，你必得跳下车来，散步的走着。那两支白石盘龙的华表，屹立在中间，恰好烘托着那一长排的白石栏杆和三座白石拱桥，表现出很调和的华贵而苍老的气象来，活像一位年老有德、饱历世故、火气全消的学士大夫，没有丝毫的火辣辣的暴发户的讨厌样儿。春冰方解，一池不浅不溢的春水，碧油油的可当一面镜子照。正中的一座拱桥的三个桥洞，映在水面，恰好是一个完全的圆形。

你过了桥，向北走。那厚厚的门洞也是怪可爱的（夏天是乘风凉最好的地方）。午门之前，杂草丛生，正如一位不加粉黛的村姑，自有一种风趣。那左右两排小屋，仿佛将要开出口来，告诉你以明清的若干次的政变，和若干大臣、大将雍雍锵锵的随驾而出入。这里也有两支白色的华表，颜色显得黄些，更觉得苍老而古雅。无论你向东走，或向西走——你可以暂时不必向北进端门，那是历史博物馆的入门处，要购票的。——你可以见到很可愉悦的景色。出了一道门，沿了灰色的宫墙根，向西北走，或向东北走，你便可以见到护城河里的水是那么绿得可爱。太庙或中山公园后面的柏树林是那么苍苍郁郁的，有如见到深山古墓。和你同道走着的，有许多走得比你还慢，还没有目的的人物；他们穿了大袖的过时的衣服，足上登着古式的鞋，手上托着一只鸟笼，或臂上栖着一只被长链锁住的鸟，懒懒散散的在那里走着。有时也可遇到带着一群小哈叭狗的人，有气势的在赶着路。但你如果到了东华门或西华门而折回去时，你将见他们也并不曾往前走，他们也和你一样的折了回去。他们是在这特殊幽静的水边遛哒着的！遛哒，是北平人生活的主要的一部分；他们可以在这同一的水边，城墙下，遛哒整个半天，天天如此，年年如此，除了刮大风，下大雪，天气过于寒冷的时候。你将永远猜想不出，他们是怎样过活的。你也许在幻想着，他们必定是没落的公子王孙，也许你便因此凄怆的怀念着他们的过去的豪华和今日的沦落。

啪的一声响，惊得你一大跳，那是一个牧人，赶了一群羊走过，长长的牧鞭打在地上的声音。接着，一辆1934年式的汽车呜呜的飞驰而过。你的胡思乱想为之撕得粉碎。——但你得知道，你的凄怆的情感是落了空。那些臂鸟驱狗的人物，不一定是没落的王孙，他们多半是以驯养鸟狗为生活的商人们。

你再进了那座门，向南走。仍走到天安门内。这一次，你得继续的向南走。大石板地，没有车马的经过，前面的高大的城楼，作为你的目标。左右全都是高及人头的灌木林子。在这时候，黄色的迎春花正在盛开，一片的喧闹的春意。红刺梅也在含苞。晚开的花树，枝头也都有了绿色。在这灌木林子里，你也许可以徘徊个几小时。在红刺梅盛开的时候，连你的脸色和衣彩也都会映上红色的笑影。散步在那白色的阔而长的大石道，便是一种愉快。心胸阔大而无思虑。昨天的积闷，早已忘得一干二净。你将不再对北平有什么诅咒。你将开始发生留恋。

你向南走，直走到前门大街的边沿上，可望见东西交民巷口的木牌坊，可望见你下车来的东车站或西车站，还可望见屹立在前面的很宏伟的一座大牌楼。乱纷纷的人和车，马和货物；有最新式的汽车，也有最古老的大车，简直是最大的一个运输物的展览会。

你站了一会，觉得看腻了，两腿也有点发酸了，你便可以向前走了几步，极廉价的雇到一辆洋车，在中山公园口放下。

这公园是北平很特殊的一个中心。有过一个时期，当北海还不曾开放的时候，她是北平唯一的社交的集中点。在那里，你可以见到社会上各种各样的人物。——当然无产者是不在内，他们是被几分大洋的门票摈在园外的。你在那里坐了一会，立刻便可以招致了许多熟人。你不必家家拜访或邀致，他们自然会来。当海棠盛开时，牡丹、芍药盛开时，菊花盛开时的黄昏，那里是最热闹的上市的当儿。茶座全塞满了人，几乎没有一点空地。一桌人刚站了起来，立刻便会有候补的挤了上去。老板在笑，伙计们也在笑。他们的收入是如春花似的繁多。直到菊花谢后，方才渐渐的冷落了下来。

你坐在茶座上，舒适的把身体堆放在藤椅里，太阳光满晒在身上，棉衣的背上，有些热起来。前后左右，都有人在走动，在高谈，在低语。坛上的牡丹花，一朵朵总有大碗粗细。说是赏花，其实，眼光也是东溜西溜的。有时，目无所瞩，心无所思的，可以懒懒的呆在那里，整整的呆个大半天。

一阵和风吹来，遍地白色的柳絮在团团的乱转，渐转成一个球形，被推到墙角。而漫天飞舞着的棉状的小块，常常扑到你面上，强塞进你的鼻孔。

如果你在清晨来这里，你将见到有几堆的人，老少肥瘦俱齐，在大树下空地上练习打太极拳。这运动常常邀引了患肺痨者去参加，而因此更促短了他们的寿命。而这时，这公园里也便是肺痨病者们最活动的时候。瘦得骨立的中年人们，倚着杖，蹒跚的在走着——说是呼吸新鲜空气——走了几步，往往咳得伸不起腰来，有时，喀的一声，吐了一大块浓痰在地上。为了这，你也许再不敢到这园来。然而，一到了下午，这园里却仍是拥挤着人。谁也不曾想到天天清晨所演的那悲剧。

园后的大柏树林子，也够受糟蹋的。茶烟和瓜子壳，熏得碧绿的柏树叶子都有点显出枯黄色来，那林子的寿命，大约也不会很长久。

和中山公园的热闹相陪衬的是隔不几十步的太庙的冷落。不知为了什么，去太庙的人到底少。只有年轻的情人们，偶尔一对两对的避人到此密谈。也间有不喜追逐在热闹之后的人，在这清静点的地方散步。这里的柏树林，因为被关闭了数百年之后，而新被开放之故，还很顽健似的，巢在树上的"灰鹤"也还不曾搬家他去。

太庙所陈列的清代各帝的祭殿和寝宫，未见者将以为是如何的辉煌显赫，如何的富丽堂皇，其实，却不值一看，一色黄缎绣花的被褥衣垫，并没有什么足令人羡慕。每张供桌上所列的木雕的杯碗及烛盘等等，还不如豪富人家的祖先堂的讲究。从前读一明人笔记，说，到明孝陵参观上供，见所供者不过冬瓜汤等等极淡薄贱价的菜。这里在皇帝还在宫中时，祭供时，想也不过如此。是帝王和平民，不仅在坟墓里同为枯骨，即所馨享的也不过如此如此而已。

你在第二天可以到北城去游览一趟，那一边值得看的东西很不少。后门左近有国子监、钟楼及鼓楼。钟鼓楼每县都有之，但这里，却显得异常的宏伟。国子监，为从前最高的学府，那里边，藏有石鼓——但现在这著名的石鼓却已南迁了。由后门向西走，有什刹海；相传《红楼梦》所描写的大观园就在什刹海附近。这海是平民的夏天的娱乐场。海北，有规模极大的冰窖一区。海的面积，全都是稻田和荷花荡。（北平人的养荷花是一业，和种水稻一样。）夏天，荷花盛开时，确很可观。倚在会贤堂的楼栏上，望着骤雨打在荷盖上，那喷人的荷香和刹刹的细碎的响声，在别处是闻不到、听不到的。如果在芦席棚搭的茶座上听着，虽显得更亲切些，却往往棚顶漏水，而水点落在芦席上，那声音也怪难听的，有喧宾夺主之感。最佳的是夏已过去，枯荷满海，什刹海的闹市已经收场，那时如果再到会贤堂楼上，倚栏听雨，便的确不含糊的有"留得残荷听雨声"之妙，不过，北平秋天少雨，这境界颇不易逢。

什刹海的对面，便是北海的后门。由这里进北海，向东走，经过澄心斋、松坡图书馆、仿膳、五龙亭，一直到极乐世界，没有一个地方不好。唯惜五龙亭等处，夏天人太闹。极乐世界已破坏得不堪，没有一尊佛像能保得不断腿折臂的。而北海之饶有古趣者，也只有这个地方。那个地方，游人是最少进去的。如果由后面向南走，你便可以走到北海董事会等处，那里也是开放的，有茶座，却极冷落。在五龙亭坐船，渡过海——冬天是坐了冰船滑过去——便是一个圆岛，四面皆水，以一桥和大门相通。岛的中央，高耸着白塔。依山势的高下，随意布置着假山、庙宇、游廊小室，那曲折的工程很足供我们作半日游。

如果，在晴天，倚在漪澜堂前的白石栏杆上，静观着一泓平静不波的湖水，受着太阳光，闪闪的反射着金光出来，湖面上偶然泛着几只游艇，飞过几只鹭鸶，惊起一串的呷呷的野鸭，都足够使你留恋个若干时候。但冬天，那是最坏的时候了，这场面上将辟为冰场，红男绿女们在番里奔走驰驶，叫闹不堪。你如果已失去了少年的心，你如果爱清静，爱独游，爱默想，这场面上你最好是不必出现。

出了北海的前门，向西走，便是金鳌玉蝀桥。这座白石的大桥。隔断了中南海和北海。北海的白日，如画的映在水面上，而中南海的万善殿的全景，也很清晰的可看到。中南海本亦为公园，今则又成了"禁地"。只有东部的一个小地方，所谓万善殿的，是开放着。这殿很小，游人也极冷落，房室却布置得很好。龙王堂的一长排，都是新塑的泥像，很庸俗可厌。但你要是一位细心的人，你便可在一个殿旁的小室里，发现了倚在墙旁无人顾问的两尊木雕的菩萨像。那形态面貌，无一处不美，确是辽金时代的遗物；然一尊则双臂俱折，一尊则脰部只剩了半边。谁还注意到他们呢？报纸上却在鼓吹着龙王堂的神像塑得有精神，为明代的遗物，却不知那是民国三四年间的新物！仍由中南海的后门走出，那斜对过便是北平图书馆，这绿琉璃瓦的新屋，建筑费在一百四十万以上，每年的购书费则不及此数之十二。旧书是并合了方家胡同京师图书馆及他处所藏的，新书则多以庚款购入。在中国可称是最大的图书馆。馆外的花园，邻于北海者，亦以白色栏杆围隔之；唯为廉价之水门汀所制成，非真正的白石也。

由北平图书馆再过金鳌玉虫东桥，向东走，则为故宫博物院。由神武门人院，处处觉得寥寂如古庙，一点生气都没有。想来，在还是"帝王家"的时代，虽聚居了几千宫女、太监们在内，而男旷女怨，也必是"戾气"冲天的。所藏古物，重要者都已南迁，游人们因之也寥落得多。

神武门的对门是景山。山上有五座亭，除当中最高的一亭外，多被破坏。东边的山脚，是崇祯自杀处。春天草绿时，远望景山，如铺了一层绿色的绣毡，异常的清嫩可爱。你如果站在最高处，向南望去，宫城全部，俱可收在眼底。而东交民巷使馆区的无线电台，东长安街的北京饭店，三条胡同的协和医院都因怪不调和而被你所注意。而其余的千家万户则全都隐藏在万绿丛中，看不见一瓦片，一屋顶，仿佛全城便是一片绿色的海。不到这里，你无论如何不会想象得到北平城内的树木是如何的繁密；大家小户，哪一家天井不有些绿色呢。你如站在北面望下时，则钟鼓楼及后门也全都耸然可见。

三大殿和古物陈列所总得耗费你一天的工夫。从西华门或从东华门入，均可。古物陈列所因为古物运走的太多，现在只开放武英殿，然仍有不少好东西。仅李公麟的《击壤图》便足够消磨你半天。那人物，几乎没有一个没精神的，姿态各不相同，却不曾有一懈笔。

三大殿虽空无所有，却宏伟异常。在殿廊上，下望白石的"丹墀"，不能不令你想到那过去的充满了神秘气象的"朝廷"和叔孙通定下的"朝仪"的如何能够维持着常在的神秘的尊严性。你如果富于幻想，闭了眼，也许还可以如见那静穆而紧张的随班朝见的文武百官们的精灵的往来。这里有很舒适的茶座。坐在这里，望着一列一列的雕镂着云头的白石栏杆和雕刻得极细致的陛道，是那么样的富于富丽而明朗的美。

你还得费一二天的工夫去游南城。出了前门，便是商业区和会馆区。从前汉人是不许住在内城的，故这南城或外城，便成了很重要的繁盛区域。但现在是一天天的冷落了。却还有几个著名的名胜所在，足供你的流连、徘徊。西边有陶然亭，东边有夕照寺、拈花寺和万柳堂。从前都是文士们雅集之地，如今也都败坏不堪，成为工人们编麻索、织丝线之地。所谓万柳也都不存一株。只有陶然亭还齐整些。不过，你游过了内城的北海、太庙、中山公园，到了这些地方，除了感到"野趣"之外，也便全无所得的了。你或将为汉人们抱屈；在二十几年前，他们还都只能局促于此一隅。而内城的一切名胜之地，他们是全被摈斥在外的。别看清人诗集里所歌咏的是那么美好，他们是不得已而思其次的呢！

而现在，被摈斥于内城诸名胜之外的，还不依然是几十百万人么？

南城的娱乐场所，以天桥为中心。这个地方倒是平民的聚集之所；一切民间的玩意儿，一切廉价的旧货物，这里都有。

先农坛和天坛也是极宏伟的建筑。天坛的工程尤为浩大而艰巨，全是圆形的；一层层的白石栏杆，白石阶级，无数的参天的大柏树，包围着一座圆形的祭天的圣坛。坛殿的建筑，是圆的，四周的阶级和栏杆也都是圆的。这和三大殿的方整，恰好成一最有趣的对照。在这里，在大树林下徘徊着，你也便将勾引起难堪的怀古的情绪的。

这些，都只是游览的经历。你如果要在北平多住些时候，你便要更深刻的领略到北平的生活了。那生活是舒适、缓慢、吟味、享受，却绝对的不紧张。你见过一串的骆驼走过么？安稳、和平，一步步的随着一声声丁当丁当的大颈铃向前走；不匆忙，不停顿；那些大动物的眼里，表现的是那么和平而宽容，负重而忍辱的性情。这便是北平生活的象征。

和这些宏伟的建筑，舒适的生活相对照的，你不要忘记掉，还有地下的黑暗的生活呢。你如果有一个机会，走进一所"杂合院"里，你便可见到十几家老少男女紧挤在一小院落里住着的情形：孩子们在泥地上爬，妇女们是脸多菜色，终日含怒抱怨着，不时的，有咳嗽的声音从屋里透出。空气是恶劣极了；你如不是此中人，你便将不能做半日留。这些"杂合院"便是劳工、车夫们的居宅。有人说，北平生活舒服，第一件是房屋宽敞，院落深沉，多得阳光和空气。但那是中产以上的人物的话，百分之八九十以上的人口，是住着龌龊的"杂合院"里的，你得明白。

更有甚的，在北城和南城的僻巷里，听说，有好些人家，其生活的艰苦较住"杂合院"者为尤甚，常有一家数口合穿一条裤或一衣的。他们在地下挖了一个洞。有一人穿了衣裤出外了，家中裸体的几人便站在其中。洞里铺着稻草或破报纸，藉以取暖。这是什么生活呢！

年年冬天，必定有许多无衣无食的人，冻死在道上。年年冬天，必定有好几个施粥厂开办起来。来就食的，都是些可怕的窘苦的人们。然也竟有因为无衣而不能到粥厂来就吃的！

"九渊之下，更有九渊。"北平的表面，虽是冷落破败下去，尚未减都市之繁华。而其里面，却想不到是那样的破烂、痛苦、黑暗。

终日徘徊于三海公园乃至天桥的，不是罪人是什么！而你，游览的过客，你见了这，将有动于中，而快快的逃脱出这古城呢，还是想到"我不入地狱谁入地狱"一类的话呢？

1934 年 11 月 3 日

宴之趣

虽然是冬天，天气却并不怎么冷，雨点淅淅沥沥的滴个不已，灰色云是弥漫着；火炉的火是熄下了，在这样的秋天似的天气中，生了火炉未免是过于燠暖了。家里一个人也没有，他们都出外"应酬"去了。独自在这样的房里坐着，读书的兴趣也引不起，偶然的把早晨的日报翻着，翻着，看看它的广告，忽然想起去看 MirryWidow 吧。于是独自的上了电车，到派克路跳下了。

在黑漆的影戏院中，乐队悠扬的奏着乐，白幕上的黑影，坐着，立着，追着，哭着，笑着，愁着，怒着，恋着，失望着，决斗着，那还不是那一套，他们写了又写，演了又演的那一套故事。

但至少，我是把一句话记住在心上了："有多少次，我是饿着肚子从晚餐席上跑开了。"

这是一句隽妙无比的名句；借来形容我们宴会无虚日的交际社会，真是很确切的。

每一个商人，每一个官僚，每一个略略交际广了些的人，差不多他们的每一个黄昏，都是消磨在酒楼菜馆之中的。有的时候，一个黄昏要赶着去赴三四处的宴会。这些忙碌的交际者真是妓女一样，在这里坐一坐，就走开了，又赶到另一个地方去了，在那一个地方又只略坐一坐，又赶到再一个地方去了。他们的肚子定是不会饱的，我想。有几个这样的交际者，当酒阑灯池，应酬完毕之后，定是回到家中，叫底下人烧了稀饭来堆补空肠的。

我们在广漠繁华的上海，简直是一个村气十足的"乡下人"；我们住的是乡下，到"上海"去一趟是不容易的，我们过的是乡间的生活，一月中难得有几个黄昏是在"应酬"场中度过的。有许多人也许要说我们是"孤介"，那是很清高的一个名词。但我们实在不是如此，我们不过是不惯征逐于酒肉之场，始终保持着不大见世面的"乡下人"的色彩而已。

偶然的有几次，承一二个朋友的好意，邀请我们去赴宴。在座的至多只有三四个熟人，那一半生客，还要主人介绍或自己去请教尊姓大名，或交换名片，把应有的初见面的应酬的话讷讷的说完了之后，便默默的相对无言了。说的话都不是有着落，都不是从心里发出的；泛泛的，是几个音声，由喉咙头溜到口外的而已。过后自己想起那样的敷衍的对话，未免要为之失笑。如此的，说是一个黄昏在繁灯絮语之宴席上度过了，然而那是如何没有生趣的一个黄昏呀！

有几次，席上的生客太多了，除了主人之外，没有一个是认识的；请教了姓名之后，也随即忘记了。除了和主人说几句话之外，简直的无从和他们谈起。不晓得他们是什么行业，不晓得他们是什么性质的人，有话在口头也不敢随意的高谈起来。那一席宴，真是如坐针毡；精美的羹菜，一碗碗的捧上来，也不知是什么味儿。终于忍不住了，只好向主人撒一个谎，说身体不大好过，或说是还有应酬，一定要去的。——如果在谣言很多的这几天当然是更好托辞了，说我怕戒严提早，要被留在华界之外——虽然这是无礼貌的，不大应该的，虽然主人是照例的殷勤的留着，然而我却不顾一切的不得不走。这个黄昏实在是太难挨得过去了！回到家里以后，买了一碗稀饭，即使只有一小盏萝卜干下稀饭，反而觉得舒畅，有意味。

　　如果有什么友人做喜事，或寿事，在某某花园，某某旅社的大厅里，大张旗鼓的宴客，不幸我们是被邀请了，更不幸我们是太熟的友人，不能不到，也不能道完了喜或拜完了寿，立刻就托辞溜走的，于是这又是一个可怕的黄昏。常常的张大了两眼，在寻找熟人，好容易找到了，一定要紧紧的和他们挤在一起，不敢失散。到了坐席时，便至少有两三人在一块儿可以谈谈了，不至于一个人独自的局促在一群生面孔的人当中，惶恐而且空虚。当我们两三个人在津津的谈着自己的事时，偶然抬起眼来看着对面的一个座客，他是凄然无侣的坐着；大家酒杯举了，他也举着；菜来了，一个人说"请，请"，同时把牙箸伸到盘边，他也说"请，请"，也同样的把牙箸伸出。除了吃菜之外，他没有目的，菜完了，他便局促的独坐着。我们见了他，总要代他难过，然而他终于能够终了席方才起身离座。

　　宴会之趣味如果仅是这样的，那么，我们将咒诅那第一个发明请客的人；喝酒的趣味如果仅是这样的，那么，我们也将打倒杜康与狄奥尼修士了。

　　然而又有的宴会却幸而并不是这样的；我们也还有别的可以引起喝酒的趣味的环境。

　　独酌。据说，那是很有意思的。我少时，常见祖父一个人执了一把锡的酒壶，把黄色的酒倒在白瓷小杯里，举了杯独酌着；喝了一小口，真正一小口，便放下了，又拿起筷子来夹菜。因此，他食得很慢，大家的饭碗和筷子都已放下了，且已离座了，而他却还在举着酒杯，不匆不忙的喝着。他的吃饭，尚在再一个半点钟之后呢。而他喝着酒，颜微酡着，常常叫道："孩子，来！"而我们便到了他的跟前，他夹了一块只有他独享着的菜蔬放在我们口中，问道："好吃么？"我们往往以点点头答之，在孙男与孙女中，他特别的喜欢我，叫我前去的时候尤多。常常的，他把有了短髯的嘴吻着我的面颊。微微有些刺痛，而他的酒气从他的口鼻中直喷出来。这是使我很难受的。

　　这样的，他消磨过了一个中午和一个黄昏。天天都是如此。我没有享受过这样的乐趣。然而回想起来，似乎他那时是非常的高兴，他是陶醉着，为快乐的雾所围着，似乎他的沉重的忧郁都从心上移开了，这里便是他的全个世界，而全个世界也便是他的。

别一个宴之趣，是我们近几年所常常领略到的，那就是集合了好几个无所不谈的朋友，全座没有一个生面孔，在随意的喝着酒，吃着菜，上天下地的谈着。有时说着很轻妙的话，说着很可发笑的话，有时是如火如剑的激动的话，有时是深切的论学谈艺的话，有时是随意的取笑着，有时是面红耳热的争辩着，有时是高妙的理想在我们的谈锋上触着，有时是恋爱的遇合与家庭的与个人的身世使我们谈个不休。每个人都把他的心胸赤裸裸的袒开了，每个人都把他的向来不肯给人看的面孔显露出来了；每个人都谈着，谈着，谈着，只有更兴奋的谈着，毫不觉得"疲倦"是怎么一个样子。酒是喝得干了，菜是已经没有了，而他们却还是谈着，谈着，谈着。那个地方，即使是很喧闹的，很激狭的，向来所不愿意多坐的，而这时大家却都忘记了这些事，只是谈着，谈着，谈着，没有一个人愿意先说起告别的话。要不是为了戒严或家庭的命令，竟不会有人想走开的。虽然这些闲谈都是琐屑之至的，都是无意味的，而我们却已在其间得到宴之趣了——其实在这些闲谈中，我们是时时可发现许多珠宝的；大家都互相的受着影响，大家都更进一步了解他的同伴，大家都可以从那里得到些教益与利益。

"再喝一杯，只要一杯，一杯。"

"不，不能喝了，实在的。"

不会喝酒的人每每这样的被强迫着而喝了过量的酒。面部红红的，映在灯光之下，是向来所未有的壮美的风采。

"圣陶，干一杯，干一杯！"我往往的举起杯来对着他说，我是很喜欢一口一杯的喝酒的。

"慢慢的，不要这样快，喝酒的趣味，在于一小口一小口的喝，不在于'干杯'！"圣陶反抗似的说，然而终于他是一口干了。一杯又是一杯。

连不会喝酒的愈之、雁冰，有时，竟也被我们强迫的干了一杯。于是大家哄然的大笑，是发出于心之绝底的笑。

再有，佳年好节，合家团团的坐在一桌上，放了十几双的红漆筷子，连不在家中的人也都放着一双筷子，都排着一个座位。小孩子笑孜孜的闹着吵着，母亲和祖母温和的笑着，妻子忙碌着，指挥着厨房中厅堂中仆人们的做菜、端菜，那也是特有一种融融泄泄的乐趣，为孤独者所妒羡不止的，虽然并没有和同伴们同在时那样的宴之趣。

还有，一对恋人独自在酒店的密室中晚餐；还有，从戏院中偕了妻子出来，同登酒楼喝一二杯酒；还有，伴着祖母或母亲在熊熊的炉火旁边，放了几盏小菜，闲吃着宵夜的酒，那都是使身临其境的人心醉神情的。

宴之趣是如此的不同呀！

同舟者

今天午餐刚毕，便有人叫道："快来看火山，看火山！"我们知道是经过意大利了，经过那风景秀丽的意大利了；来不及把最后的一口咖啡喝完，便飞快的跑上了甲板。

船在意大利的南端驶过，明显的看得见山上的树木，山旁的房屋。转过了一个弯，便又看见西西利岛的北部了；这个山峡，水是镜般平。有几只小舟驶过，那舟上的摇橹者也可明显的数得出是几个人。到了下午 2 时，方才过尽了这个山峡。

啊，我们是已经过意大利了，我们是将到马赛了；许多人都欣欣的喜色溢于眉宇，而我们是离家远了，更远了！

啊，我们是将与一月来相依为命的"阿托士"告别了，将与许多我们所喜的所憎的许多同舟者告别了。这个小小的离愁也将使我们难过。真的是，如今船中已是充满了别意了。一个军官走过来说：

"明天可以把椅子抛在海上了。"

一个葡萄牙水兵操着同我们说的一般不纯熟的法语道：

"后天，早上，再会，再会！"

有的人在互抄着各人的通信地址，有的人在写着要报关的货物及衣服单，有的人在忙着收拾行装。

别了，别了，我们将与这一月来所托命的"阿托士"别了！

在这将离别的当儿，我们很想恰如其真的将我们的几个同舟者写一写；他们有的是曾给我们以许多帮忙，有的是曾使我们起了很激烈的恶感的。然而，谢上帝，我是自知自己的错误了；在我们所最厌恶者之中，竟有好几个是使我们后来改变了厌恶的态度的。愿上帝祝福他们！我是如何的自惭呀！我觉得没有一个人是压根儿的坏的，我们应该爱人类，爱一切的人类！

第一个使我们想起的是一位葡萄牙太太和她的公子。她是一位真胖的女子，终日喋喋多言。自从香港上船后，一班军官便立刻和她熟悉了，有说有笑的，态度很不稳重。许多正人君子，便很看不起她。在甲板上，在餐厅中，她立刻是一个众目所注的中心人物了。然而，后来我们知道她并不是十分坏的人。在印度洋大风浪中的几天，她都躺在房中没出来，也没人去理会她——饭厅中又已有了一个更可注目的人物了，谁还理会到她。这个后来的人物，我下文也要一写——据说，她晕船了，然而在头晕脚软之际，还勉强的挣扎着为她儿子洗衣服。刚洗不到一半，便又软软的躺在床上轻叹了一口气。她同我们很好。在晕船那几天，每天傍晚，都借了我的藤椅，躺在甲板上休息着。那几天，刚好魏也有病，他的椅子空着，我自然是很乐意的把自己所不必用的椅子借给她。她坐惯了我的椅子，每天都自动的来坐。她坐在那里，说着她的丈夫，说着她的跳舞，"别看我身子胖，许多人和我跳舞过的，都很惊诧于我的'身轻如燕'呢"；还说着她女儿时代的事，说着她剖了肚皮把孩子取出的事，说着她儿子的不听话而深为叹息。她还轻声的唱着，唱着。听见三层楼客厅里的隐约的音乐声，便双脚在甲板上轻蹬着，随了那隐约的乐声。船过了亚丁，是风平浪静了，许多倒在床上的人都又立起来活动着。魏的病也好了。我于每日午、晚二餐后，便有无椅可坐之感，然而我却是不能久立的。于是，踌躇又踌躇，有一天黄昏，只得向她开口了：

"夫人，我坐一会椅子可以不可以。"

她立刻站起来了，说道："拿去，拿去！"

"十分的对不起！"

"不要紧，不要紧。"

我把我的椅子移到西边坐着，我们的几个人都在一处。隔了不久，她又立在我们附近的船栏旁了，且久立着不走。我非常难过，很想站起来让她，然怕自此又成了例，只得踌躇着，踌躇着，这些时候是我在船上所从没有遇到的难过的心境，然而她终于走开了。自此，她有一二天不上甲板，还有一顿饭是房里吃的。后来，即上了甲板，也永远不再坐着我们的椅子。我一见她的面，我便难过，我只想躲避了她。

她的儿子 Jim 最初也使我们不喜欢，一脸的顽皮相，我们互相说道："这孩子，我们别惹他吧。"真的，我们一个人也不曾理他。他只同些军官们闹闹，隔了好几天，他也并不见怎么爱闹，我开始见出我的错误。到西贡后，船上又来了二个较小的孩子。Jim 带领了他们玩，也不大欺负他们。我们看不出他的坏处。在他的十岁生日时，我还为他和他母亲照了一个相。然而他母亲却终于在这日没有一点举动，也没有买一点礼物给他。在这一路上，没有见他吃过一点零食，没有见他哭过一声，对母亲也还顺和。别人上岸去，带了一包一包东西回来，他从来没有闹着要；许多卖杂物的人上船来，他也从不向他母亲要一个两个钱来买。这样的孩子还算是坏么？我颇难过自己最初对他之有了厌恶心。学昭女士还说——她本是与他们同一个房间的——每天早晨起来时，或每晚就寝时，这个孩子，一定要做一回祷告；这个小小的人儿，穿着睡衣，赤着足儿，跪在地上箱上，或板上，低声合掌的念念有词；念完了，便睁开眼望着他母亲叫了声"妈"。这幅画够多么动人！

一位白发萧萧的老头儿，在西贡方才上船来，他的饭厅上的座位，恰好可以给我们看得见。我不晓得他已有了多少年纪，只看他向下垂挂着的白须，迎着由窗口吹进来的风儿，一根根的微飘着；那样的银须呀，至少增加他以十分的庄严，十二分的美貌。他没有一个朋友，镇日坐着走着，精神仿佛很好。过了好几天，他忽然对我们这几个人很留意。他最先送了一个礼物来，那是由他亲手做成的，一个用线和硬纸板剪缀成的人形，把线一拉手足便会活动着。纸上还用钢笔画了许多眉目口鼻之类。老实说，这人形并不漂亮，然而这老人的皱纹重重的手中做出的礼物，我们却不能不慎重的领受着，慎重的保存着。他很好事，常常到我们桌子上来探探问问。什么在他都是新奇的：照相机也要看看，饼干也要问这是中国的或别国的；还很诧异的看着我们写字；我写着横行的字，这使他更奇怪："是中国字么？中国是直行向下写的。"直到了我们告诉他这是新式的写法，他方才无话，然而"诧异"似还挂在他的眉宇间。有一天，他看见一位穿着牧师的黑衣的西班牙教士来探望我们，他一直注目不已。这位教士刚走出饭厅门口，他便跑来殷殷的查问了："是中国人么？是天主教牧师么？"人家说，老人是像孩子的。这句话真不错，他简直是一位孩子。听说——因为我没有看见——那几天他执了剪刀、硬纸板、针和线，做了不少这些活动的人形分给同饭厅的孩子们，然而没有一个孩子和他亲热。军官们、少年们、太太们，没有一个人理会他。这几天，他是由房里取出一个袋子来，独自坐在椅上，把袋子里的绒线、长针都搬出，在那里一针一针的编织着绒线衣衫。他织得真不坏！这绒线衫是做了给谁的呢？我猜不出，我也不想猜。然而我每见了这位白发萧萧而带着童心的孤独的老人，我便不禁有一种无名的感动。

　　一位瘦瘦的男人，和一位瘦瘦的他的妻，最惹我们讨厌。第一天上船，他们的一个小孩子便啼哭不止，几乎是整夜的哭。徐、袁、魏三位的房门恰对着他的房门。他们谈话的声音略高，那瘦丈夫便跑来干涉，说是怕扰了孩子的睡眠。他们门窗没有放下，那瘦丈夫又跑来说，有女太太在对门不方便。这使他们非常的气愤。那样瘦得只剩皮和骷髅的脸，唇边两撇乌浓的黑胡子，一见面便使人讨厌。后来，他们终于迁居了一个房间，仿佛孩子也从此不哭了。他们夫妻俩似乎也很沉默，不大和人说话，我们也不大理会他们。他们那两个孩子可真有趣，大的女孩不过五岁，已经能够做事了——当她母亲晕船的那几天，她每顿饭总要跑好几趟路，又是面包、冷水，又是菜。我见了那小小的人儿、小小的手儿，慎重其事的把大盆子、大水杯子捧着，走过我的面前，我几乎要脱口的说道："小小的朋友，让我替你拿去了吧。"当然，这不过是一瞬间的幻想，并没有真的替她拿过。他们的小女孩子，那是更小了，须有人领着，才会在甲板上走。她那双天真的小黑眼，东方人的圆圆的小脸，常常笑着看着人。我不相信，她便是那位曾终夜啼哭过的孩子。

再有，上文说起过的那位胖女人，她也是由西贡上船来的。我不是说过了么，有了她一上船，那位葡萄牙太太便失了为军官们所注意的中心人物么？她胖得真可笑，身重至少比那位葡萄牙的胖太太要加重二分之一。她终日的笑声不绝，和那些军官玩笑得更为下流。我们不由得不疑心她是一个妓女。那些和她开玩笑的军官，都是存心要逗她玩玩的，只要看他们那样的和同伴们挤小眼儿便可见，然而她似乎一点也没有觉到这些。她是真心真意的说着、笑着、唱着、闹着、快乐着，不惜以她自己为全甲板、全饭厅的人的笑料。没有一个人见了她不摇摇头。她常不穿袜子，裸着半个上身，半个下身，拖着一双睡鞋，就这样的入饭厅、上甲板。啊，那肥胖到褶挂下来的黄色肌肉，走一步颤抖一下的，使我见了几乎要发呕。我躺在藤椅上，一见她走过便连忙闭了眼不敢望她一下。没有一个同舟的人比之她使我更厌恶的。有一次，她忽然和一位兔脸儿的军官，大开玩笑。她收集了好几瓶的未吃的红酒，由这桌到那桌的收集着，尽往兔脸军官那儿送去。兔脸军官立了起来，满怀抱都是酒瓶。他做的那副神情真使人发笑，于是全饭厅的人都拍了掌。从这一天起，她便每天由这桌到那桌的收集了红酒往兔脸军官那儿送去。只有我们这个桌子，她没有来光顾过；她往往望着我们的酒瓶，我们的酒瓶早已空了。有一天，隔壁桌儿上的军官，故意的把水装满了一瓶放在我们桌上。她来取了，倒还机灵，先倒来一试，说道水，又还给我们了。总算我们的桌上，她是始终没有光顾过。后来，船到了波赛，不知什么时候她已上岸了。她的座位上换了一个讨厌的新闻记者，而饭厅里不复闻有笑声。

讲起兔脸军官来，我也觉得了自己的错误，有一天，他在 Lavatory 门口对我说了一声"Bonjour"，我勉强的还了一声。然而他除了和胖女人逗趣外，并无别的讨厌的事。在甲板上，他常常带领了几个孩子们玩耍，细心而且体贴。Jim 连连的捏了他的红鼻子，他并不生气，只是笑嘻嘻的，还替两个孩子造了两个小车，放在满甲板上跑。他总是嘻嘻笑的，对了我总是点头。

啊，在这里，人是没有讨厌的，我是自知自己的错误了。然而那瘦脸的新闻记者，那因偷钱而被贬入四等舱而常到三等舱来的魔术家，我却是始终讨厌他的。

不，上帝原谅我，我没有和他们深交，作兴他们也有可爱之处而为我们所不知道呢！

还有，许许多多的军官、同伴，帮忙我们不少的，早有别的人写了，我且不重复，姑止于此。

我在此，得了一个大教训，是：人都是好的。

黄昏的观前街

我刚从某一个大都市归来。那一个大都市，说得漂亮些，是乡村的气息较多于城市的。它比城市多了些乡野的荒凉况味，比乡村却又少了些质朴自然的风趣。疏疏的几簇住宅，到处是绿油油的菜圃，是蓬蒿没膝的废园，是池塘半绕的空场，是已生了荒草的瓦砾堆。晚间更是凄凉。太阳刚刚西下，街上的行人便已"寥若晨星"。在街灯如豆的黄光之下，踽踽的独行着，瘦影显得更长了，足音也格外的寂寥。远处野犬，如豹的狂吠着。黑衣的警察，幽灵似的扶枪立着。在前面的重要区域里，仿佛有"站住"、"口号"的呼叱声。我假如是喜欢都市生活的话，我真不会喜欢到这个地方；我假如是喜欢乡间生活的话，我也不会喜欢到这个所在。我的天！还是趁早走了吧。（不仅是"浩然"，简直是"凛然有归志"了！）

归程经过苏州，想要下去，终于因为舍不得抛弃了车票上的未用尽的一段路资，蹉跎的被火车带过去了，归后不到三天，长个子的樊与矮而美髯的孙，却又拖了我逛苏州去。早知道有这一趟走，还不中途而下，来得便利么？

我的太太是最厌恶苏州的，她说舒舒服服的坐在车上，走不了几步，却又要下车过桥了。我也未见得十分喜欢苏州；一来是，走了几趟都买不到什么好书，二来是，住在阊门外，太像上海，而又没有上海的繁华。但这一次，我因为要换换花样，却拖他们住到城里去。不料竟因此而得到了一次永远不曾领略到的苏州景色。

我们跑了几家书铺，天色已经渐渐的黑下来了，樊说："我们找一个地方吃饭吧。"饭馆里是那么样的拥挤，走了两三家，才得到了一张空桌。街上已上了灯。楼窗的外面，行人也是那么样的拥挤。没有一盏灯光不照到几堆子人的，影子也不落在地上，而落在人的身上，我不禁想起了某一个大城市的荒凉情景，说道："这才可算是一个都市！"

这条街是苏州城繁华的中心的观前街。玄妙观是到过苏州的人没有一个不熟悉的；那么粗俗的一个所在，未必有胜于北平的隆福寺、南京的夫子庙、扬州的教场。观前街也是一条到过苏州的人没有一个不曾经过的，那么狭小的一道街，三个人并列走着，便可以不让旁的人走，再加以没头苍蝇似的乱钻而前的人力车，或箩或桶的一担担的水与蔬菜，混合成了一个道地的中国式的小城市的拥挤与纷乱无秩序的情形。

然而，这一个黄昏时候的观前街，却与白昼大殊。我们在这条街上舒适的散着步，男人，女人，小孩子，老年人，摩肩接踵而过，却不喧哗，也不推拥。我所得到的苏州印象，这一次可说是最好。——从前不曾于黄昏时候在观前街散步过。半里多长的一条古式的石板街道，半部车子也没有，你可以安安稳稳的在街心踱方步。灯光耀耀煌煌的，铜的，布的，黑漆金字的市招，密簇簇的排列在你的头上，一举手便可触到了几块。茶食店里的玻璃匣，亮晶晶的在繁灯之下发光，照得匣内的茶食通明的映入行人眼里，似欲伸手招致他们去买几色苏制的糖食带回去。野味店的山鸡野兔，已烹制的，或尚带着皮毛的，都一串一挂的悬在你的眼前——就在你的眼前，那香味直扑到你的鼻上。你在那里，走着，走着。你如走在一所游艺园中，你如在暮春三月，迎神赛会的当儿，挤在人群里，跟着他们跑，兴奋而感到浓趣。你如在你的少小时，大人们在做寿，或娶亲，地上铺着花毯，天上张着锦幔，长随打杂老妈丫头，客人的孩子们，全都穿戴着崭新的衣帽，穿梭似的进进出出，而你在其间，随意的玩耍，随意的奔跑。你白天觉得这条街狭小，在这时，你才觉得这条街狭小得妙。她将你紧压住了，如夜间将自己的手放在心头，做了很刺激的梦；她将你紧紧的拥抱住了，如一个爱人身体的热情的拥抱；她将所有的宝藏，所有的繁华，所有的可引动人的东西，都陈列在你的面前，即在你的眼下，相去不到三尺左右，而别用一种黄昏的灯纱笼罩了起来，使它们更显得隐约而动情，如一位对窗里面的美人，如一位躲于绿帘后的少女。她假如也像别的都市的街道那样的开朗阔大，那么，你便将永远感不到这种亲切的繁华的况味，你便将永远受不到这种紧紧的箍压于你的全身，你的全心的懊暖而温薄的情趣了。你平常觉得这条街闲人太多，过于拥挤，在这时却正显得人多的好处。你看人，人也看你；你的左边是一位时装的小姐，你的右边是几位随了丈夫父亲上城的乡姑，你的前面是一二位步履维艰的道地的苏州佬，一二位尖帽薄履的苏式少年，你偶然回过头来，你的眼光却正碰在一位容光射人，衣饰过丽的少奶奶的身上。你的团团转转都是人，都是无关系的无关心的最驯良的人；你可以舒舒适适的踱着方步，一点也不用担心什么。这里没有趁机的偷盗，没有诱人入魔窟的"指导者"，也没有什么电掣风驰，左冲右撞的一切车子。每一个人都是那么安闲的散步着，散步着；川流不息的在走，肩摩踵接的在走，他们永不会猛撞着你身上而过。他们是走得那么安闲，那么小心。你假如偶然过于大意的撞了人，或踏了人的足——那是极不经见的事！他们抬眼望了望你，你对他们点点头，表示歉意，也就算了。大家都感到一种的亲切，一种的无损害，一种的无忧无虑的生活；大家都似躲在一个乐园中，在明月之下，绿林之间，悠闲的微步着，忘记了园外的一切。

那么鳞鳞比比的店房，那么密密接接的市招，那么耀耀煌煌的灯光，那么狭狭小小的街道，竟使你抬起头来，看不见明月，看不见星光，看不见一丝一毫的黑暗的夜天。她使你不知道黑暗，她使你忘记了这是夜间。

啊，这样的一个"不夜之城"！

"不夜之城"的巴黎，"不夜之城"的伦敦，你如果要看，你且去歌剧院左近走着，你且去辟加德莱圈散步，准保你不会有一刻半秒的安逸；你得时时刻刻的担心，时时刻刻的提防着，大都市的灾害，是那么多，每个人都是匆匆的走马灯似的向前走，你也得匆匆的走；每个人都是紧张着，矜持着，你也自然得会紧张着，矜持着。你假如走惯了黄昏时候的观前街，你在那里准得要吃大苦头。除非你已将老脾气改得一干二净。你假如为店铺中的窗中的陈列品所迷住了，譬如说，你要站住了仔仔细细的看一下，你准得要和后面的人猛碰一下，他必定要诧异的望了望你，虽然嘴里说的是"对不起"。你也得说"对不起"，然而你也饱受了他，以至他们的眼光的奚落。你如走到了歌剧院的阶前，你如走到了那尔逊的像下，你将见斗大的一个个市招或广告牌，闪闪在发光；一片的灯光，映射得半个天空红红的。然而那里却是如此的开朗敞阔、建筑物又是那么的宏伟，人虽拥挤。却是那样的藐小可怜，Taxi 和 Bus 也如小甲虫似的，如红蚁似的在一连串的走着。大半个天空是黑漆漆的，几颗星在冷冷的映着眼看人。大都市的荣华终敌不住黑夜的侵袭。你在那里，立了一会，只要一会，你便将完全的领受到夜的凄凉了。像观前街那样的懊暖温滚之感，你是永远得不到的。你在那里是孤零的，是寂寞的，算不定会有什么飞灾横祸光临到你身上，假如你要一个不小心。像在观前街的那么舒适无虑的亲切的感觉，你也是永远不会得到的。

有观前街的懊暖温馥与亲切之感的大都市，我只见到了一个委尼司；即在委尼司的 St. Mark 方场的左近。那里也是充满了闲人，充满了紧压在你身上的懊暖的情趣的；街道也是那么狭小，也许更要狭，行人也是那么拥挤，也许更要拥挤，灯光也是那么辉辉煌煌的，也许更要辉煌。有人口口声声的称呼苏州为东方的委尼司；别的地方，我看不出，别的时候，我看不出，在黄昏时候的观前街，我却深切的感到了。——虽然观前街少了那么弘丽的 Piazza of St. Mark，少了那么轻妙的此奏彼息的乐队。

不速之客

这里离上海虽然不过一天的路程，但我们却以为上海是远了，很远了；每日不再听见隆隆的机器声，不再有一堆一堆的稿子待阅，不再有一束一束来往的信件。这里有的是白云，是竹林，是青山，如果镇日的靠在红栏杆上，看看山，看看田野，看看书，那么，便可以完全与外面的世界隔绝。偶然的听着鸟声嘌格嘌格的啭着，或一只两只小鸟，如疾矢似的飞过槛外，或三五丛蝉声曼长的和唱着，却更足以显出山中的静谧与心中的静谧来。

然而我们每天却有两次或三次是要与上海及外面世界接触的：一次便是早晨8时左右邮差的降临，那是照例总有几封信及一束日报递来的。如果今天邮差迟了一点来，或没有信件，我们心里便有些不安逸。

"我有信没有？"一见绿衣人的急步噔噔噔的上了楼，便这样的问；有时在路上遇见了，那时时间是更早，也便以这同样的问题问他。

他跑得满头是汗，从邮袋中取了信件日报出来，便又匆匆的转身下楼了。我到了山中不到三天，已与这个邮差熟悉。因为每次送这一带地方邮件的总是他。据他说，今年上山的人不到三百。因为熟悉了，在中途向他要信时，他当然不会不给的。

再一次是下午卫时左右：那时带了外面的消息来的，又是邮差，且又是同样的那一个邮差；不过这一次是靠不住的，有时来，有时不来。

最后一次是夜间9、10时左右，那时是上海或杭州的旅客由山下坐了轿子来的时候。因为滴翠轩的一部分是旅馆，所以常常有旅客来。我的房间隔壁，有两间空房，后面也有一间，这几个房间的住客是常常更换的。有时是官僚，有时是军人，有时是教育家，有时是学生——我还曾在茶房扫除房间时，见到一封住客弃掉的诉说大学生活的苦闷的信——有时是商人，有时是单身，有时是带了女眷。虽然我是不大同他们攀谈的，但见了他们的各式各样的脸，各式各样的举动，也颇有趣。不过他们来时，往往我们已经睡了。第二天一清晨，便听见老妈子们纷纷传说来的是什么样的人。有时，座谈得迟了，便也看见他们的上山。大约每一二夜总有一批人来。一见轿夫挑夫的喧语，呼唤茶房的声音，楼梯上杂乱匆促的足步声，便知山客是又多了几个了。有时，坐在廊前，也看见对山有灯火荧荧的移动。老妈子们便道："又有人上山了。"刘妈道："一个，两个，还有一个，妈妈呀，轿子多着呢！今天来的人真不少呀！"这些人当然不是到滴翠轩来的，因为到滴翠轩是走老路近，而对山却是新路，轿夫们向来不走的。走新路的，都是到岭上各处别墅上去的。

第一次第二次的外面消息，是我们所最盼望的，因为载来的是与我们有关的消息。尤其热忱的来候着的是我。因为，箴没有和我同来，我几次写信去，总催她快些上山来。上海太热，是其一因，还有……

别离，那真不是轻易说的。如果你偶然孤身做客在外，如果你不是怕见你那母夜叉似的妻，如果你没有在外眷恋了别一个女郎，你必定会时时的想思到家中的她，必定会有一种说不出的离情别绪萦挂在心头的，必定会时时的因事，因了极小极小的事，而感到一种思乡或思家之情怀的。那是每个人都是这个样子的，毋庸其讳言。即使你和她向来并不怎么和睦，常常要口角几声，隔了几天，且要大闹一次的，然而到了别离之后，你却在心头翻腾着对于她的好感。别离使你忘了她的坏处，而只想到了她，特别是她的好处。也许你们一见面，仍然再要口角，再要拍桌子，摔东西的大闹，然而这时却有一根极坚固极大的无形的情线把你和她牵住，要使你们互相接近。你到了快归家时，你心里必定是"归心如箭"；你到了有机会时，必定要立刻的接了她出来同住。有几个朋友，在外面当教员的，一到暑假，经过上海回家时，必定是极匆忙的回去，多留一天也不肯。"他是急于要想和他夫人见面呢。"大家都嘲笑似的谈着。那不必笑，换了你，也是要如此的。

这也毋庸讳言，我在这里，当然的，时时要想念到她。我写了好几封信给她，去邀她来。"如果路上没有伴，可叫江妈同来。"但她回了信，都说不能来。我们大约每天总有一封信来往，有时有两封信，然而写了信，读了信，却更引起了离别之感。偶然她有一天没有信来，那当然是要整天的不安逸的。

"铎，你不在，我怎么都不舒服，常常的无端生气，还哭了几次呢。你什么时候才能回来呢？"这是她在我走了第二日写来的信。

凄然的离情，弥漫了全个心头，眼眶中似乎有些潮润，良久，良久，还觉得不大舒适。

听心南先生说，有两位女同事写信告诉他，要到山上来住。那是很好的机会，可以与箴结伴同行的。我兴冲冲的写了信去约她。但她们却终于没有成行，当然她也不来了。我每天匆匆的工作着，预备早几天把要做的工做完。她既不能来，还是我早些回去吧。

有一次，我写信叫她寄了些我爱吃的东西来。她回信道："明后天有两位你所想不到的人上山来，我当把那些东西托他们带上。"

这两位我所想不到的人是谁呢？执了信沉吟了许久，还猜不出。也许是那两位女同事也要来了吧？也许是别的亲友们吧？我也曾写信去约圣陶、予同他们来游玩几天，也许会是他们吧？

一天过去了，两天过去了，这两位还没有到，我几乎要淡忘了这事。

第三夜，10点钟的左右，我已经脱了衣，躺在床上看书。倦意渐渐迫上眼睫，正要吹灭了油灯，楼梯上突然有一阵匆促的杂乱的足步声；这足步到了房门口，停止了。是茶房的声音叫道：

"郑先生睡了没有？楼下有两位女客要找你。"

"是找我么？"

"她说是要找你。"

我心头扑扑的跳着。女客？那两位女同事竟来了么？匆匆的穿上了睡衣，黑漆漆的摸到楼梯边，却看不出站在门外的是谁。

"铎，你想得到是我来了么？"这是箴的声音，她由轿夫执的灯笼光中先看见了我，"是江妈伴了我来的。"

这真是一位完全想不到的不速之客！

在山中，我的情绪没有比这一时更激动得厉害的了。

1926 年 11 月 28 日

唯一的听众

用父亲和妹妹的话来说，我在音乐方面简直是一个白痴。这是他们在经受了数次"折磨"之后下的结论。在他们听起来，我拉小夜曲就像在锯床腿。这些话使我感到十分沮丧。我不敢在家里练琴了。我发现了一个练琴的好地方。就在楼区后面的小山上，那儿有一片林子，地上铺满了落叶。

沙沙的足音，听起来像一曲悠悠的小令。我在一棵树下站好，庄重地架起小提琴，像一个隆重的仪式，拉响了第一支曲子。

但很快我就沮丧了，我似乎又将那把锯子带到了林子里。

当我感觉到身后有人并转过身时，吓了一跳，一位极瘦极瘦的老妇人静静地坐在一张木椅上，她双眼平静地望着我。一定破坏了这老人正独享的幽静。

我抱歉地冲老人笑了笑，准备溜走。老人叫住我，她说，"是我打搅了你了吗？小伙子。不过，我每天早晨都在这儿坐一会儿。"一束阳光透过叶缝照在她的满头银丝。

我指了指琴，摇了摇头，意思是说我拉不好。

"也许我会用心去感受这音乐。我能做你的听众吗？每天早晨？"

我被这位老人诗一般的语言打动了。我羞愧起来，同时暗暗有了几分兴奋。嘿，毕竟有人夸我，尽管她是一个可怜的聋子。我拉了，面对我唯一的听众，一位耳聋的老人。她一直很平静地望着我。我停下来时。

很快我就发觉我变了。从我紧闭小门的房间里，常常传出基本练习曲。若在以前，妹妹总会敲敲门，装作一副可怜的样子说："求求你，饶了我吧！"我已经不在乎了。我站得很直，两臂累得又酸又痛，汗水早就湿透了衬衣。但我不会坐在木椅子上练习，而以前我会的。不知为什么，总使我感到忐忑不安、甚至羞愧难当的是每天清晨我都要面对一个耳聋的老妇人全力以赴地演奏；而我唯一的听众也一定早早地坐在木椅上等我了，并且有一次她竟说我的琴声能给她带来快乐和幸福。更要命的是我常常会忘记了她是个可怜的聋子！

我一直珍藏着这个秘密，直到有一天，我的一曲《月光奏鸣曲》让专修音乐的妹妹感到大吃一惊，从她的表情中我知道她的感觉一定不是在欣赏锯床腿了。妹妹逼问我得到了哪位名师的指点。我告诉她："是一位老太太，就住在 12 号楼，非常瘦，满头白发，不过——她是一个聋子。""聋子？"妹妹惊叫起来，"聋子！多么荒唐！她是音乐学院最有声望的教授，更重要的，曾是乐团的首席小提琴手，而你竟说她是聋子！"

我一直珍藏着这个秘密。珍藏着一位老人美好的心灵。每天清晨，我总是早早地来到林子里，然后静静拉起一支优美的曲子。我感觉我奏出了真正的音乐，那些美妙的音符从琴弦上缓缓流淌着，充满了整个林子，充满了整个心灵。我们没有交谈过什么，只是在这个美丽的早晨，一个人轻轻地拉，一个人静静地听。

我看着这位老人安详地靠着木椅上，微笑着，手指悄悄打着节奏。我全力以赴地演奏，也许会给老人带来一丝快乐和幸福。她慈祥的眼睛平静地望着我，像深深的潭水在静静地流动着。

后来，我已经能足够熟练地操纵小提琴，它是我永远无法割舍的爱好。在不同的时期，我总会遇到一些大家组织的文艺晚会，我也有了机会面对成百上千的观众演奏小提琴曲。我总是不由地想起那位耳"聋"的老人，那清晨里我唯一的听众……

离　别

一

　　别了，我爱的中国，我全心爱着的中国。当我倚在高高的船栏上，见着船渐渐的离岸了，船与岸间的水面渐渐的阔了，见着许多亲友挥着白巾，挥着帽子，挥着手，说着Adieu，Adieu①！听着鞭炮劈劈啪啪的响着，水兵们高呼着向岸上的同伴告别时，我的眼眶是润湿了，我自知我的泪点已经滴在眼镜面了，镜面是模糊了，我有一种说不出的感动！

　　船慢慢的向前驶着，沿途见了停着的好几只灰色的白色的军舰。不，那不是悬着青天白日满地红的国旗的，它们的旗帜是"红日"，是"蓝白红"，是"红蓝条交叉着"的联合旗，是有"星点红条"的旗！

　　两岸是黄土和青草，再过去是两条的青痕，再过去是地平上的几座小岛山，海水满盈盈的照在夕阳之下，浪涛如顽皮的小童似的跳跃不定。水面上呈现出一片的金光。

---

① 法语："再会，再会！"

别了，我爱的中国，我全心爱着的中国！

我不忍离了中国而去，更不忍在这大时代中放弃每人应做的工作而去，抛弃了许多亲爱的勇士们在后面，他们是正用他们的血建造着新的中国，正在以纯挚的热诚，争斗着，奋击着。我这样不负责任的离开了中国，我真是一个罪人！

然而我终将在这大时代中工作着的，我终将为中国而努力，而呈献了我的身，我的心；我别了中国，为的是求更好的经验，求更好的奋斗的工具。暂别了，暂别了。在各方面争斗着的勇士们，我不久即将以更勇猛的力量加入你们当中了。

当我归来时，我希望这些悬着"红日"的，"蓝白红"的，有"星点红条"的，"红蓝条交叉着"的一切旗帜的白色灰色的军舰都已不见了，代替它们的是我们的可喜爱的悬着我们的旗帜的伟大舰队。

如果它们那时还没有退去中国海，还没有为我们所消灭，那么，来，勇士们！我将加入你们的队中，以更勇猛的力量，去压迫它们，去毁灭它们！

这是我的誓言！

别了，我爱的中国，我全心爱着的中国！

二

别了，我最爱的祖母、母亲、妹妹以及一切亲友们！我没有想到我动身得那么匆促。我决定动身，是在行期前的七天；跑去告诉祖母和许多亲友们，是在行期前的五天。我想我们的别离至多不过是两年、三年，然而我心里总有一种离愁堆积着。两三年的时光，在上海住着是如燕子疾飞似的匆匆滑过去了，然而在孤身栖止于海外的游子看来，是如何漫长的一个时间呀！在倚间而望游子归来的祖母、母亲们和数年来终日聚首的爱友们看来，又是如何漫长的一个时期呀！祖母在半年来，身体又渐渐的回复康健了，精神也很好，所以我敢于安心远游。要在半年前，我真的不忍与她相别呢！然而当她听见我要远别的消息时，她口里不说什么，还很高兴的鼓励着我，要我保重自己的身体，在外不像在家，没有人细心照应了，饮食要小心，被服要盖得好些，落在床下是不会有人来拾起了；又再三叮嘱着我，能够早回，便早些回来。她这些话是安舒的慈爱的说着的，然而在她慢缓的语声中，在她微蹙的眉尖上，我已看出她是满孕着难告的苦闷与别意。不忍与她的孩子离别，而又不忍阻挡他的前进，这其间是如何的踌躇苦恼、不安！人非铁石，谁不觉此！第二天，第三天，她的筋痛的旧病，便又微微的发作了。这是谁的罪过！行期前一天的晚上，我去向她告别；勉强装出高兴的样子，要逗引开她的忧怀别绪；她也勉强装着并不难过的样子，这还不是她也怕我伤心么？在强装的笑容间，我看出万难遮盖的伤别的阴影。她强忍着呢！以全力忍着！母亲也是如此，假定她们是哭了，我一定要弃了我离国的决心，一定的！这夜临别时，我告诉她们说，第二天还要来一次。但是，不，第二天，我决不敢再去向她们告别了。我真怕摇动了我的离国的决心！我宁愿负一次说谎的罪，我宁愿负一次不去拜别的罪！

岳父是真希望我有所成就的，他对于我的离国，用全力来赞助。他老人家仆仆的在路上跑，为了我的事，不知有几次了！托人，找人帮忙，换钱……都是他在忙着。我不知将如何说感谢的话好！然而临别时，他也不免有戚意。我看他扶着篾，在太阳光中忙乱的码头上站着，挥着手，我真的感动得说不出话来。

许多朋友，亲戚……他们都给我以在我预想以上之帮忙与亲切的感觉，这使我更不忍于离别了！

果然如此的轻于言离别，而又在外游荡着，一无成就，将如何的伤了祖母、母亲、岳父以及一切亲友的心呢！

别了，我最爱的祖母以及一切亲友们！

三

当我与岳父同车到商务去时，我首先告诉他我将于 21 日动身了。归家时，我将这话第二次告诉给箴，她还以为我是与她开开玩笑的。

"哪里的话！真的要这么快就动身么？"

"哪一个骗你，自然是真的，因为有同伴。"

她还不信，摇摇头道："等爸爸回来问他看。你的话不能信。"

岳父回家，她真的去问了。

"哪里会假的；振铎一定要动身了，只有六七天工夫，快去预备行装！"他微笑的说着。

箴有些愕然了："爸爸也骗我！"

"并没有骗你，是一点不假的事。"他正经的说道。

她不响了，显然的心上罩了一层殷浓的苦闷。

"铎，你为什么这样快动身？再等几时，8 月间再走不好么？"箴的话有些生涩，不如刚才的轻快了。

一天天的过去，我们俩除同出去置办行装外，相聚的时候很少。我每天还去办公，因为有许多事要结束。

每个黄昏，每个清晨，她都以同一的凄声向我说道："铎，不要走了吧！"

"等到 8 月间再走不好么？"

我踌躇着，我不能下一个决心，我真的时时刻刻想不走。去年我们俩一天的相离，已经不可忍受了，何况如今是两三年的相别呢？

我真的不想走！

"泪眼相见，觉无语幽咽。"在别前的三四天已经是如此了。每天的早餐，我都咽不下去，心上似有千百重的铅块压着，说不出的难过。当护照没有签好字时，箴暗暗的希望着英、法领事拒绝签字，于是我可以不走了。我也竟是如此的暗暗的希望着。

当许多朋友请我们饯别宴上，我曾笑对他们说道："假定我不走呢，吃了这一顿饭要不要奉还？"这不是一句笑话，我是真的这样想呢。即在整理行装时，我还时时的这样暗念着：姑且整理整理，也许去不成。

然而护照终于签了字，终于要于第二天动身了。

只有动身的那一天早晨，我们俩是始终的聚首着。我们同倚在沙发上。有千万语要说，却一句也都说不出，只是默默的相对。

箴呜咽的哭了，我眼眶中也装满了热泪。谁能吃得下午饭呢！

码头上，握了手后，我便上船了。船上催送客者回去的铃声已经丁丁的摇着了。我倚在船栏上，她站在岳父身边，暗暗的在拭泪。中间隔的是几丈的空间，竟不能再一握手，再一谈话。此情此景，将何以堪！最后，岳父怕她太伤心了，便领了她先去。那临别的一瞬，她已经不能再有所表示了，连手也不能挥送，只慢慢的走出码头，她的手握着白巾，在眼眶边不停的拭着。我看着她的黄色衣服，她的背影，渐渐的远了，消失在过道中了！

"黯然魂销者唯别而已矣！"

Adieu！ Adieu！

希望几个月之后——不敢望几天或几十天，在国外再有一次"不速之客"的经历。

"别离"，那真不是容易说的！

访笺杂记

我搜求明代雕版画已十余年。初仅留意小说戏曲的插图，后更推及于画谱及他书之有插图者。所得未及百种。前年冬，因偶然的机缘，一时获得宋、元及明初刊印的出相佛道经二百余种。于是宋、元以来的版画史，粗可踪迹。间亦以余力，旁骛清代木刻画籍。然不甚重视之。像《万寿盛典图》、《避暑山庄图》、《泛槎图》、《百美新咏》一类的画，虽亦精工，然颇嫌其匠气过重。至于流行的笺纸，则初未加以注意。为的是十年来，久和毛笔绝缘。虽未尝不欣赏《十竹斋笺谱》、《萝轩变古笺谱》，却视之无殊于诸画谱。

约在六年前，偶于上海有正书局得诗笺数十幅，颇为之心动；想不到今日的刻工，尚能有那样精丽细腻的成绩。仿佛记得那时所得的笺画，刻的是罗西峰的小幅山水，和若干从《十竹斋画谱》描摹下来的折枝花卉和蔬果。这些笺纸，终于舍不得用，都分赠给友人们，当作案头清供了。

这也许便是访笺的一个开始。然上海的忙碌生活，压得我透不过气来，哪里会有什么闲情逸趣，来搜集什么。

1931年9月，我到北平教书。琉璃厂的书店，断不了我的足迹。有一天，偶过清秘阁，选购得笺纸若干种，颇高兴，觉得较在上海所得的，刻工、色彩都高明得多了。仍只是作为礼物送人。

引起我对于诗笺发生更大的兴趣的是鲁迅先生。我们对于木刻画有同嗜。但鲁迅先生所搜求的范围却比我广泛得多了；他尝斥资重印《士敏土》之图数百部——后来这部书竟鼓动了中国现代木刻画的创作的风气。他很早的便在搜访笺纸，而尤注意于北平所刻的。今年春天，我们在上海见到了。他认为北平的笺纸是值得搜访而成为专书的。再过几时，这工作恐怕要不易进行。我答应一到北平，立即便开始工作。预定只印五十部，分赠友人们。

我回平后，便设法进行刷印笺谱的工作。第一着还是先到清秘阁，在那里又购得好些笺样。和他们谈起刷印笺谱之事时，掌柜的却斩钉截铁的回绝了，说是五十部绝对不能开印。他们有种种理由：板片太多，拼合不易，刷印时调色过难；印数少，板刚拼好，调色尚未顺手，便已竣工；损失未免过甚。他们自己每次开印都是五千一万的。

“那么印一百部呢？”我道。

他们答道：“且等印的时候再商量吧。”

这场交涉虽是没有什么结果，但看他们口气很松动，我想，印一百部也许不成问题。正要再向别的南纸店进行，而热河的战事开始了；接着发生喜峰口、冷口、古北口的争夺战。沿长城线上的炮声、炸弹声，震撼得这古城的人们寝食不安，坐立不宁。哪里还有心绪来继续这"可怜无补费精神"的事呢？一搁置便是一年。

9月初，战事告一段落，我又回到上海。和鲁迅先生相见时，带着说不出的凄怆的感情，我们又提到印这笺谱的事。这场可怖可耻的大战，刺激我们有立刻进行这工作的必要。也许将来便不再有机会给我们或他人做这工作！

“便印一百部，总不会没人要的。”鲁迅先生道。

“回去便进行。”我道。

工作便又开始进行。第一步自然是搜访笺样。清秘阁不必再去。由清秘阁向西走，路北第一家是淳菁阁，在那里，很惊奇的发现了许多清隽绝伦的诗笺，特别是陈师曾氏所作的；虽仅寥寥数笔，而笔触却是那样的潇洒不俗。转以十竹斋，萝轩诸笺为烦琐，为做作。像这样的一片园地，前人尚未之涉及呢！我舍不得放弃了一幅。吴待秋、金拱北诸氏所作和姚茫文氏的《唐画壁砖笺》、《西域古迹笺》等，也都使我喜欢。流连到三小时以上。天色渐渐的黑暗下来，朦朦胧胧的有些辨色不清。黄豆似的灯火，远远近近的次第放射出光芒来。我不能不走。那么一大包笺纸，狼狈不堪地从琉璃厂抱到南池子，又抱到了家。心里是装载着过分的喜悦与满意。那一个黄昏便消磨在这些诗笺的整理与欣赏上。

过了五六天，又进城到琉璃厂去——自然还是为了访笺。由淳菁阁再往西走，第一家是松华斋；松华斋的对门，在路南的，是松古斋。由松华斋再往西，在路北的，是懿文斋。再西，便是厂西门，没有别的南纸店了。

先进松华斋，在他们的笺样簿里，又见到陈师曾所作的八幅花果笺，说它们"清秀"是不够的、"神采之笔"的话也有些空洞。只是赞赏，无心批判。陈半丁、齐白石二氏所作，其笔触和色调，和师曾有些同流，唯较为繁稠燠暖。他们的大胆的涂抹，颇足以代表中国现代文人画的倾向；自吴昌硕以下，无不是这样的粗枝大叶的不屑屑于形似的。我很满意的得到不少的收获。

带着未消逝的快慰，过街而到松古斋。古旧的门面，老店的规模，却不料售的倒是洋式笺。所谓洋式笺，便是把中国纸染了矾水，可以用钢笔写；而笺上所绘的大都是迎亲、抬轿、舞灯、拉车一类的本地风光；笔法粗劣，且惯喜以浓红大绿涂抹之。其少数，还保存着旧式的图版画。然以柔和的线条、温茜的色调，刷印在又涩又糙的矾水拖过的人造纸面上，却格外的显得不调和。那一片一块的浮出的彩光，大损中国画的秀丽的情绪。

我的高兴的情绪为之冰结，随意的问道："都是这一类的么？"

"印了旧样的销不出去，所以这几年来，都印的是这一类的。"

我不能再说什么，只拣选了比较还保有旧观的三盒诗笺而出。

懿文斋没有什么新式样的画笺，所有的都是光、宣时所流行的李伯霖、刘锡玲、戴伯和、李毓如诸人之作，只是谐俗的应市的通用笺而已。故所画不离吉祥、喜庆之景物，以至通俗的着色花鸟的一类东西。但我仍选购了不少。

第三次到琉璃厂，已是 9 月底；那一天狂激怒号，飞沙蔽天；天色是那样惨馆可怜；顶头的风和尘吹得人连呼吸都透不过来。一阵的风沙，扑脸而来，赶紧闭了眼，已被细尘潜入，眯着眼，急速的睁不开来看见什么。本想退回去。为了像这样闲空的时间不可多得，便只得冒风而进了城。这一次是由清秘阁向东走。偏东路北，是荣宝斋，一家不失先正典型的最大的笺肆，仿古和新笺，他们都刻得不少。我们在那里，见到林琴南的山水笺、齐白石的花果笺、吴待秋的梅花笺，以及齐、王诸人合作的壬申笺、癸酉笺等等，刻工较清秘为精。仿成亲王的拱花笺，尤为诸肆所见这一类笺的白眉。

半个下午便完全耗在荣宝斋，外面仍是卷尘撼窗的狂风。但我一点都没有想到将怎样艰苦地冒了顶头风而归去。和他们谈到印竹笺谱的事，他们也有难色，觉得连印一百部都不易动工。但仍是那么游移其词地回答道："等到要印的时候再商量罢。"

我开始感到刷印笺谱的事，不像预想那么顺利无阻。

归来的时候，已是风平尘静。地上薄薄地敷上了一层黄色的细泥，破纸枯枝，随地乱掷，显示着风力的破坏的成绩。

从荣宝斋东行，过厂甸的十字路口，便是海王村。过海王村东行，路北，有静文斋，也是很火的一家笺肆。当我一天走进静文的时候，已在午后。太阳光淡淡地射在罩了蓝布套的桌上。我带着怡悦的心情在翻笺样簿。很高兴地发见了齐白石的人物笺四幅。说是仿八大山人的，神情色调都臻上乘。吴待秋、汤定之等二十家合作的梅花笺也富于繁赜的趣味。清道人、姚茫父、王梦白诸人的罗汉笺、古佛笺等，都还不坏，古色斑斓的彝器笺，也静雅足备一格。又是到上灯时候才归去。

静文斋的附近，路南，有荣禄堂，规模似很大，却已衰颓不堪。不印笺，亦有笺样簿，却零星散乱，尘土封之，似久已无人顾问及之。循样以求笺，十不得一。即得之，亦都暗败变色。盖搁置架上已不知若干年。纸都用舶来之薄而透明的一种，色彩偏重于浓红深绿；似意在迎合光、宣时代市人们的口味，肆主人须发皆白，年已七十余，唯精神尚矍铄。与谈往事，娓娓可听，但搜求将一小时，所得仅缦卿作的数笺。于暮色苍茫中，和这古肆告别，情怀殊不胜其凄怆。

由荣禄更东行，近厂东门，路北，有宝晋斋。此肆诗笺，都为光、宣时代的旧型，佳者殊鲜，仅选得朱良材作的数笺。

出厂东门，折而南，过一尺大街，即入杨梅竹斜街。东行数百步，路北，有成兴斋。此肆有冷香女士作的月令笺，又有清末为慈禧代笔的女画家缨素鼓作的花鸟笺；在光、宣时代，似为一当令的笺店。然笺样多缺，月令笺仅存其七。

再东行，有彝宝斋，笺样多陈列窗间，并样簿而无之。选得王昭作的花鸟笺十余幅，颇可观，而亦零落不全。

以上数次的所得，都陆续地寄给鲁迅先生，由他负最后选择的责任。寄去的大约有五百数十种，由他选定的是三百三十余幅，就是现在印出的样式。

这部《北平笺谱》所以有现在的样式，全都是鲁迅先生的力量——由他倡始，也由他结束了这事。

说是访笺的经过来，也并不是没有失望与徒劳。我不单在厂甸一带访求。在别的地方，也尝随时随地的留意过，却都不曾给我以满足。好几个大市场里，都没有什么好的笺样被发现。有一次，曾从东单牌楼走到东四牌楼，经隆福寺街东口而更往北走。推门而入的南纸店不下十家，大多数只售洋纸笔墨和八行素笺。最高明的也只卖少数的拱花笺，却是那么的粗陋浮躁，竟不足以当一顾。

在厂甸，也不是不曾遇见同样狼狈的事。厂甸中段的十字街头，路南，有两家规模不小的南纸店。一名崇文斋，在路东，有笺样簿，多转贩自诸大肆者。一名中和丰，在路西，专售运动器具及纸墨。并诗笺而无之。由崇文东行数十步，路南，有豹文斋，专售故宫博物院出品，亦尝翻刻黄瘿瓢人物笺，然执以较清秘、荣宝所刻，则神情全非矣。

但北平地域甚广，搜访所未及者一定还有不少。即在琉璃厂，像伦池斋，因无笺样簿，遂至失之交臂。他们所刻"思古人笺"，版已还之沈氏，故不可得；而其王雪涛花卉笺四幅，刻印俱精，色调亦柔和可爱。惜全书已成，不及加入。又北平诸文士私用之笺纸，每多设计奇诡，绘刻精丽的。唯访求较为不易。补所未备，当俟异日。

选笺已定，第二步便进行交涉刷印；淳菁、松华、松古三家，一说便无问题。荣宝、宝晋、静文诸家，初亦坚执百部不能动工之说，然终亦答应下来。独清秘最为顽强，交涉了好几次，他们不是说百部太少不能用，便是说人工不够，没有工夫印。再说下去，便给你个不理睬。任你说得舌疲唇焦，他们只是给你个不理睬！颇想抽出他们的一部分不印。终于割舍不下博心畬、江采诸家的二十余幅作品。再三奉托了刘淑度女士和他们商量，方才肯答应印。而色调转繁的十余幅蔬果笺，却仍因无人担任刷印而被剔出。蔬果笺刻印不精，去之亦未足惜。荣禄堂的笺纸，原只想印缦卿作的四幅。他们说，年代已久，不知板片还在否，找得出来便可开印，只怕残缺不全。但后来究竟算是找全了。

最后到彝宝斋。一位仿佛湖南口音的掌柜的，一开口便说："不能印。现在已经没有印刷这种信笺的工人了！我们自己要几千几万份的印，尚且不能，何况一百张！"我见他说得可笑，便取出些他家的定印单给他看，说道："那么别家为什么肯印呢？"他无辞可对，只得说老实话："成兴斋和我们足联号，您老到他们那里去看看吧。这些花鸟笺的板片他们那里也有。"我立刻明白那是怎么一回事，到成兴斋一打听，果然那板片已归他们所有。

看够了冰冷冷的拒人千里的面孔，玩够了未曾习惯的讨价还价、斤两计较的伎俩，说尽了从来不曾说过的无数恳托敷衍的话——有时还未免带些言不由衷的浮夸——一切都只为了这部《北平笺谱》！可算是全部工作里最麻烦，最无味的一个阶段。但不能不感激他们：没有他们的好意合作，《北平笺谱》是不会告成的。

为了访问画家和刻工的姓氏，也费了很大的工夫。有少数的画家，其姓氏是我所不知道的——我对于近代的画坛是那样的生疏！访之笺肆，亦多不知者。求之润单，间亦无之。打听了好久，有的还是见到了他的画幅，看到他的图章，方才知道。只有缦卿的一位，他的姓氏到现在还是一个谜。荣禄堂的伙计说："老板也许知道。"问之老主人则摇摇头，说："年代太久了，我已记不起来。"

刻工实为制笺的重要分子，其重要也许不下于画家。因彩色诗笺，不仅要精刻而且要就色彩的不同而分刻为若干板片；笺画之有无精神，全靠分板的能否得当。画家可以恣意的使用着颜料，刻工则必须仔细的把那么复杂的颜色，分析为四五个乃至一二十个单色板片。所以，刻工之好坏，是主宰着制笺的运命的。在《北平笺谱》里，实在不能不把画家和刻工并列着。但为了访问刻工姓名，也颇遭逢白眼。他们都觉得这是可怪的事，至多只是敷衍地回答着。有的是经了再三的迫问，四处的访求，方才能够确知的。有的因为年代已久，实在无法知道。目录里所注的刻工姓名，实在是不止三易稿而后定的。宋版书多附刊刻工姓名，明代中叶以后，刻图之工，尤自珍其所作，往往自署其名，若何针、汪士衔、魏少峰、刘素明、黄应瑞、刘应祖、洪国良、项南洲、黄子立，其尤著者。然其后则刻工渐被视为贱技；亦鲜有目标姓氏者。当此木板雕刻业像晨星似的摇摇将坠之时，而复有此一番表彰，殆亦雕版史末页上重要的文献。

淳善阁的刻工，姓张，但不知其名。他们说，此人已死，人皆称之为张老西，住厂西门。其技能为一时之最。我根据了张老西的这个浑名，到处的打听着。后来还是托荣宝斋查考到，知道他的真名是启和。松华斋的刻工，据说是专门为他们刻笺的，也姓张。经了好几次的迫问，才知道其名为东山。静文斋的刻工，初仅知其名为板儿杨；再三地恳托着去查问，才知道其名为华庭。清秘阁的刻工，也经了数次的访问后，方知其亦为张东山。因此，我颇疑刻工与制笺业的关系，也许不完全是处在雇工的地位；他们也许是自立门户，有求始应，像画家那个样子的。然未细访，不能详。

荣宝斋的刻工名李振怀，鼓文斋的刻工名李仲武，松古斋的刻工名杨朝正，成兴斋的刻工名扬文、萧挂，出都颇费恳托，方能访知。至于荣禄、它晋二家，则因刻者年代已久，他们已实在记不清了，姑缺之。刻工中，以张、李、杨三姓为多，颇疑其有系属的关系，像明末之安徽黄氏、鲍氏。这种以一个家庭为中心的手工业是至今也还存在的。

刷印之工，亦为制笺的重要的一个步骤。因不仅拆板不易，即拼板、调色，亦熬费工夫。惜印工太多，不能一一记其姓名。

对此数册之笺谱，不禁也略略有些悲喜和沧桑之感。自慰幸不辜负搜访的勤劳，故记之如右。

1933 年 11 月 15 日

蝴蝶的文学

一

春送了绿衣给田野，给树林，给花园；甚至于小小的墙隅屋角，小小的庭前阶下，也点缀着新绿。就是油碧色的湖水，被春风粼粼的吹动，山间的溪流也开始淙淙汩汩的流动了；于是黄的、白的、红的、紫的、蓝的以及不能名色的花开了，于是黄的、白的、红的、黑的以及不能名色的蝴蝶们，从蛹中苏醒了，舒展着美的耀人的双翼，栩栩在花间，在园中飞了；便是小小的墙隅屋角，小小的庭前阶下，只要有新绿的花木在着的，只要有什么花舒放着的，蝴蝶们也都栩栩的来临了。

蝴蝶来了，偕来的是花的春天。

当我们在和暖宜人的阳光底下，走到一望无际的开放着金黄色的花的菜田间，或杂生着不可数的无名的野花的草地上时，大的小的蝴蝶们总在那里飞翔着。一刻飞向这朵花，一刻飞向那朵花，便是停下了，双翼也还在不息不住的扇动着。一群儿童们嬉笑着追逐在它们之后，见它们停下了，悄悄的便蹑足走近，等到他们走近时，蝴蝶却又态度闲暇的舒翼飞开。

呵，蝴蝶！它便被追，也并不现出匆急的神气，

——日本俳句，我乐作

在这个时候，我们似乎感得全个宇宙都耀着微笑，都泛溢着快乐，每个生命都在生长，在向前或向上发展。

二

在东方，蝴蝶是我们最喜欢的东西之一，画家很高兴画蝶。甚至于在我们古式的帐眉上，常常是绘饰着很工细的百蝶图——我家以前便有二幅帐眉是这样的。在文学里，蝴蝶也是他们所很喜欢取用的题材之一。歌咏蝴蝶的诗歌或赋，继续的产生了不少。梁时刘孝绰有《咏素蝶》一诗：

随蜂绕绿蕙，避雀隐青薇。
映日忽争起，因风乍共归。
出没花中见，参差叶际飞。
芳华幸勿谢，嘉树欲相依。

同时如简文帝（萧纲）诸人也作有同题的诗。于是明时有一个钱文荐的做了一篇《蝶赋》，便托言梁简文与刘孝绰同游后园，"见从风蝴蝶，双飞花上"，孝绰就作此赋以献简文。此后，李商隐、郑谷、苏轼诸诗人并有咏蝶之作，而谢逸一人作了蝶诗三百首，最为著名，人称之为"谢蝴蝶"。

叶叶复翻翻，斜桥对侧门。
芦花唯有白，柳絮可能温？
西子寻遗殿，昭君觅故村。

年年方物尽，来别败兰荪。

——李商隐　作

寻艳复寻香，似闲还似忙。
暖烟深蕙径，微雨宿花房。
书幌轻随梦，歌楼误采妆。
王孙深属意，绣入舞衣裳。

——郑谷　作

双肩卷铁丝，两翅晕金碧。
初来花争妍，忽去鬼无迹。

——苏轼　作

何处轻黄双小蝶，翩翩与我共徘徊。
绿阴芳草佳风月，不是花时也解来。

——陆游　作

桃红李白一番新，对舞花前亦可人。
才过东来又西去，片时游遍满园春。
江南日暖午风细，频逐卖花人过桥。
…………

——谢逸　作

像这一类的诗，如要集在一起，至少可以成一大册呢。然而好的实在是没有多少。

在日本的俳句里，蝴蝶也成了他们所喜咏的东西，小泉八云曾著有《蝴蝶》一文，中举咏蝶的日本俳句不少，现在转译十余首于下。

就在睡中吧，它还是梦着在游戏——呵，草的蝴蝶。

——护物　作

醒来！醒来！——我要与你做朋友，你睡着的蝴蝶。

——芭蕉　作

呀，那只笼鸟眼里的忧郁的表示呀；——它妒羡着蝴蝶！

——作者不明

当我看见落花又回到枝上时——呵，它不过是一只蝴蝶！

——守武　作

蝴蝶怎样的与落花争轻呵！

——春海　作

看那只蝴蝶飞在那个女人的身旁——在她前后飞翔着。

——素园　作

哈！蝴蝶！——它跟随在偷花者之后呢！

——丁涛　作

可怜的秋蝶呀！它现在没有一个朋友，却只跟在人的后边呀！

——可都里　作

至于蝴蝶们呢，他们都只有十七八岁的姿态。

——三津人　作

蝴蝶那样的游戏着——若在这个世界上没有一个敌人似的！

——作者未明

呀，蝴蝶！——它游戏着，似乎在现在的生活里，没有一点别的希求。

——一茶　作

在红花上的是一只白的蝴蝶，我不知是谁的魂。

——子规　作

我若能常有追捉蝴蝶的心肠呀！

——杉长　作

三

我们一讲起蝴蝶，第一便会联想到关于庄周的一段故事。《庄子·齐物论》道："昔者庄周梦为蝴蝶，栩栩然蝴蝶也，自喻适志与，不知周也。俄然觉，则蘧蘧然周也。不知周之梦为蝴蝶与？蝴蝶之梦为周与？周与蝴蝶，则必有分矣。此之为物化。"这一段简短的话，又合上了"庄子妻死，惠子吊之。庄子方箕踞，鼓盆而歌"（《至乐篇》）的一段话，后来便演变成了一个故事。这故事的大略是如此：庄周为李耳的弟子，尝昼寝梦为蝴蝶，"栩栩然于园林花草之间，其意甚适。醒来时，尚觉臂膊如两翅飞动，心甚异之。以后不时有此梦"。他便将此梦诉之于师。李耳对他指出夙世因缘。原来那庄生是混沌初分时一个白蝴蝶，因偷采蟠桃花蕊，为王母位下守花的青鸟啄死。其神不散，托生于世做了庄周。他被师点破前生，便把世情看做行云流水，一丝不挂。他娶妻田氏，二人共隐于南华山。一日，庄周出游山下，见一新坟封土未干，一少妇坐于冢旁，用扇向冢连扇不已，便问其故。少妇说，她丈夫与她相爱，死时遗言，如欲再嫁，须待坟土干了方可。因此举扇扇之。庄子便向她要过扇来，替她一扇，坟土立刻干了。少妇起身致谢，以扇酬他而去。庄子回来，慨叹不已。田氏闻知其事，大骂那少妇不已。庄子道："生前个个说恩深，死后人人欲扇坟。"田氏大怒，向他立誓说，如他死了，她决不再嫁。不多几日，庄子得病而死。死后七日，有楚王孙来寻庄子，知他死了，便住于庄子家中，替他守丧百日。田氏见他生得美貌，对他很有情意。后来，二人竟恋爱了，结婚了。结婚时，王孙突然的心疼欲绝。王孙之仆说，欲得人的脑髓吞之才会好。田氏便去拿斧劈棺，欲取庄子之脑髓。不料棺盖劈裂时，庄子却叹了一口气从棺内坐起。田氏吓得心头乱跳，不得已将庄子从棺内扶出。这时，寻王孙时，他主仆二人早已不见了。庄子说她道："甫得盖棺遭斧劈，如何等待扇干坟！"又用手向外指道："我教你看两个人。"田氏回头一看，只见楚王孙及其仆踱了进来。她吃了一惊，转身时，不见了庄生，再回头时，连王孙主仆也不见了。"原来此皆庄生分身隐形之法。"田氏自觉羞辱不堪，便悬梁自缢而死。庄子将她尸身放入劈破棺木时，敲着瓦盆，依棺而歌。

这个故事，久已成了我们的民间传说之一。最初将庄子的两段话演为故事的在什么时代，我们已不能知道，然在宋金院本中，已有《庄周梦》的名目（见《辍耕录》）。其后元明人的杂剧中，更有几种关于这个故事的：《鼓盆歌庄子叹骷髅》一本（李寿卿作）、《老庄周一枕蝴蝶梦》一本（史九敬先作）、《庄周半世蝴蝶梦》一本（明无名氏作）。

这些剧本现在都已散佚，所可见到的只有《今古奇观》第二十回《庄子休鼓盆成大道》一篇东西。然请院本杂剧所叙的故事，似可信其与《今古奇观》中所叙者无大区别。可知此故事的起源，必在南宋的时候，或更在其前。

四

　　韩凭妻的故事较庄周妻的故事更为严肃而悲惨。宋大夫韩凭，娶了一个妻子，生得十分美貌。宋康王强将凭妻夺来。凭悲愤自杀。凭妻悄悄地把她的衣服弄腐烂了。康王同她登高台远眺。她投身于台下而死。侍臣们急握其衣，却着手化为蝴蝶。（见《搜神记》）

　　由这个故事更演变出一个略相类的故事。《罗浮旧志》说："罗浮山有蝴蝶洞在云峰岩下，古木丛生，四时出彩蝶，世传葛仙遗衣所化。"

　　我少时住在永嘉，每见彩色斑斓的大凤蝶，双双的飞过墙头时，同伴的儿童们都指着他们而唱道："飞，飞！梁山伯、祝英台！"《山堂肆考》说："俗传大蝶出必成双，乃梁山伯、祝英台之魂，又韩凭夫妇之魂，皆不可晓。"梁祝的故事，与韩凭夫妻事是绝不相类的，是关于蝴蝶的最凄惨而又带有诗趣的一个恋爱的故事。这个故事的来源不可考，至现在则已成了最流传的民间传说。也许有人以为它是由韩凭夫妻的故事蜕化而出，然据我猜想，这个故事似与韩凭夫妻的故事没有什么关系。大约是也许有的地方流传着韩凭夫妻的故事，便以那飞的双凤蝶为韩凭夫妻。有的地方流传着梁山伯祝英台的故事，便以那双飞的凤蝶为梁山伯祝英台。

　　梁山伯是梁员外的独生子，他父亲早死了。十八岁时，别了母亲到杭州去读书。在路上遇见祝英台；祝英台是一个女子，假装为男子，也要到杭州去读书。二人结拜为兄弟，同到杭州一家书塾里攻学。同居了三年，山伯始终没有看出祝英台是女子。后来，英台告辞先生回家去了；临别时，悄悄的对师母说，她原是一个女子，并将她恋着山伯的情怀诉述出。山伯送英台走了一程；她屡以言挑探山伯，欲表明自己是女子，而山伯俱不悟。于是，她说道：她家中有一个妹妹，面貌与她一样，性情也与她一样，尚未定婚，叫他去求亲。二人就此相别。英台到了家中，时时恋念着山伯，怪他为什么好久不来求婚。后来，有一个马翰林来替他的儿子文才向英台父母求婚，他们竟答应了他。英台得知这个消息，心中郁郁不乐。这时，山伯在杭州也时时恋念着英台——是朋友的恋念。一天，师母见他忧郁不想读书的神情，知他是在想念着英台，便告诉他英台临别时所说的话，并述及英台之恋爱他。山伯大喜欲狂，立刻束装辞师，到英台住的地方来。不幸他来得太晚了，太晚了！英台已许与马家了！二人相见述及此事，俱十分的悲郁，山伯一回家便生了病，病中还一心恋念着英台。他母亲不得已，只得差人请英台来安慰他。英台来了，他的病觉得略好些。后来，英台回家了，他的病竟日益沉重而至于死。英台闻知他的死耗，心中悲抑如不欲生。然她的喜期也到了。她要求须先将喜桥抬至山伯墓上，然后至马家，他们只得允许了她这个要求。她到了坟上，哭得十分伤心，欲把头撞死在坟石上，亏得丫环把她扯住了。然山伯的魂灵终于被她感动了，坟盖突然的裂开了。英台一见，急忙钻入坟中。他们来扯时，坟石又已合缝，只见她的裙儿飘在外面而不见人。后来他们去掘坟。坟掘开了，不唯山伯的尸体不见，便连英台的尸体也没有了，只见两个大凤蝶由坟的破处飞到外面，飞上天去。他们知道二人是化蝶飞去了。

这个故事感动了不少民间的少年男女。看它的结束甚似《华山畿》的故事。《古今乐录》说："华山畿者，宋少帝时《懊恼》一曲，亦变曲也。少帝时南徐一士子，从华山畿往云阳，见客舍有女子，年十八九。悦之无因，遂感心疾。母问其故，具以启母，母为至华山寻访，见女，具说，女闻感之，因脱蔽膝；令母密置其席下，卧之当已。少日果差。忽举席见蔽膝而抱持，遂吞食而死。气欲绝，谓母曰：'葬时，车载从华山度。'母从其意。比至女门，牛不肯前，打拍不动。女曰：'且待须臾。'装点沐浴既而出，歌曰：'华山畿，君既为侬死，独活为谁施！欢若见怜时，棺木为侬开。'棺应声开。女遂入棺。家人扣打，无如之何，乃合葬，呼曰神女冢。"也许便是从《华山畿》的故事里演变而成为这个故事的。

五

梁山伯祝英台以及韩凭夫妻，在人间不能成就他们的终久的恋爱，到了死后，却化为蝶而双双的栩栩的飞在天空，终日的相伴着。同时又有一个故事，却是蝶化为女子而来与人相恋的。《六朝录》言：刘子卿住在庐山，有五彩双蝶，来游花上，其大如燕。夜间，有两个女子来见他，说："感君爱花间之物，故来相谐，君子其有意乎？"子卿笑曰："愿伸缱绻。"于是这两个女子便每日到子卿住处来一次，至于数年之久。

蝶之化为女子，其故事仅见于上面的一则，然蝶却被我东方人视为较近于女性的东西。所以女子的名字用"蝶"字的不少，在日本尤其多（不过男子也有以蝶为名）。现在的舞女尚多用蝶花、蝶吉、蝶之助等名。私人的名字，如"谷超"（Kocho）或"超"（Cho），其意义即为蝴蝶。陆奥的地方，尚存称家中最幼之女为"太郭娜"（Tekona）之古俗，"太郭娜"即陆奥土语之蝴蝶。在古时，"太郭娜"这个字又为一个美丽的妇人的别名。

然在中国蝶却又为人所视为轻薄无信的男子的象征。粉蝶栩栩的在花间飞来飞去，一时停在这朵花上，隔一瞬，又停在那一朵花上，正如情爱不专一的男子一样。又在我们中国最通俗的小说如《彭公案》之类的书，常见有花蝴蝶之名；这个名字是给予那些喜爱任何女子的色情狂的盗贼的。他们如蝴蝶之闻花的香气即飞去寻找一样，一见有什么好女子，便追踪于她们之后，而欲一逞。

在这个地方，所指的蝴蝶便与上文所举的不同，已变为一种慕逐女子的男性，并非上文所举的女性的象征了。所以，蝴蝶在我们东方的文学里，原是具有异常复杂的意义的。

六

蝶在我们东方，又常被视为人的鬼魂的显化。梁祝及韩凭的二故事，似也有些受这个通俗的观念的感发。这种鬼魂显化的蝶，有时是男子显化的，有时是女子显化的。《春渚纪闻》说："建安章国老之室宜兴潘氏，既归国老，不数岁而卒。其终之日，室中飞蝶散满，不知其数，闻其始生，亦复如此。即设灵席，每展遗像，则一蝶停立久久而去。后遇避讳之日，与曝像之次，必有一蝶随至，不论冬夏也。其家疑其为花月之神。"这个故事还未说蝶就是亡去少妇的魂。《癸辛杂识》顺记的二事，乃直接的以蝶为人的魂化。"杨昊字明之，娶江氏少女，连岁得子。明子客死之明日，有蝴蝶大如掌，徊翔于江氏旁，竞日乃去。及闻讣，聚族而哭，其蝶复来，绕江氏，饮食起居不置也。盖明之未能割恋于少妻稚子，故化蝶以归尔。……杨大芳娶谢氏，亡未殡。有蝶大如扇，其色紫褐，翩翩自帐中徘徊飞集窗户间，终日乃去。"

日本的故事中，也有一则关于魂化为蝶的传说。东京郊外的某寺坟地之后，有一间孤零零立着的茅舍，是一个老人名为高滨（Takaha—ma）的所住的房子。他很为邻居所爱，然同时人又多目之为狂。他并不结婚，所以只有一个人。人家也没有看见他与什么女子有关系。他如此孤独的住着，不觉已有五十年了。某一年夏天，他得了一病，自知不起，便去叫了弟媳及她的一个三十岁的儿子来伴他。某一个晴明的下午，弟媳与她的儿子在床前看视他，他沉沉的睡着了。这时有一只白色大蝶飞进屋，停在病人的枕上。老人的侄用扇去逐它，但逐了又来。后来它飞出到花园中，侄也追出去，追到坟地上。它只在他面前飞，引他深入坟地。他见这蝶飞到一个妇人坟上，突然的不见了。他见坟石上刻着这妇人名明子（Akiko）死于十八岁。这坟显然已很久了，绿苔已长满了坟石上。然这坟收拾得干净，鲜花也放在坟前，可见还时时有人在看顾她。这少年回到屋内时，老人已于睡梦中死了，脸上现出笑容。这少年告诉母亲在坟地上所见的事，他母亲道："明子！唉！唉！"少年问道："母亲，谁是明子？"母亲答道："当你伯父少年时，他曾与一个可爱的女郎名明子的定婚。在结婚前不久，她患肺病而死。他十分的悲切。她葬后，他便宣言此后永不娶妻，且筑了这座小屋在坟地旁，以便时时可以看望她的坟。这已是五十年前的事了。在这五十年中，你伯父不问寒暑，天天到她坟上祷哭，且以物祭之。但你伯父对人并不提起这事。所以，现在，明子知他将死，便来接他。那大白蝶就是她的魂呀。"

在日本又有一篇名为《飞的蝶簪》的通俗戏本，其故事似亦是从鬼魂化蝶的这个概念里演变出。蝴蝶是一个美丽的女子，因被诬犯罪及受虐待而自杀。欲为她报仇的人怎么设法也寻不出那个害她的人。但后来，这个死去妇人的发簪，化成了一只蝴蝶，飞翔于那个恶汉藏身的所在之上面，指导他们去捉他，因此报了仇。

七

《蝴蝶梦》一剧是中国古代很流行的剧本之一。宋金院本中有《蝴蝶梦》的一个名目，元剧中有关汉卿的一本《包待制三勘蝴蝶梦》，又有萧德祥的一本同名的剧本。现在关汉卿的一本尚存在于《元曲选》中。

这个戏剧的故事，也是关于蝴蝶的，与上面所举的几则却俱不同。大略是如此：王老生了三个儿子，都喜欢读书。一天，他上街替儿子们买些纸笔，走得乏了，在街上坐着歇息，不料因冲着马头，却被骑马的一个势豪名葛彪的打死了，三个儿子听见父亲为葛彪打死，便去寻他报仇，也把他打死了。他们都被捉进监狱。审判官恰是称为"中国的苏罗门"的包拯。当他大审此案之前，曾梦自己走进一座百花烂漫的花园，见一个亭子上结下个蛛网，花间飞来一个蝴蝶，正打在网中，却又来了一个大蝴蝶，把它救出。后来，又来第二个蝴蝶打在网中，也被大蝴蝶救了。最后来了一个小蝴蝶，打在网上，却没有人救，那大蝴蝶两次三番只在花丛上飞，却不去救。包拯便动了恻隐之心，把这小蝴蝶放走了。醒来时，却正要审问王大王二王三打死葛彪的案子。他们三个人都承认葛彪是自己打死的，不干兄或弟的事。包拯说，只要一个人抵命，其他二人可以释出。便问他们的母亲，要那一个去抵命。她说，要小的去。包拯道："为什么？小的不是你养的么？"母亲悲哽的说道："不是的，那两个，我是他们的继母，这一个是我的亲儿。"包拯为这个贤母的举动所感动，便想道：梦见大蝴蝶救了两个小蝶，却不去救第三个，倒是我去救了他。难道便应在这一件事上？于是他假判道："王三留此偿命。"同时却悄悄的设法，把王三也放走了。

八

还有两则放蝶的故事，也可以在最后叙一下。

唐开元的末年，明皇每至春时，即旦暮宴于宫中，叫嫔妃们争插艳花。他自己去捉了粉蝶来，又放了去。看蝶飞止在那个嫔妃的上面，他便也去止宿于她的地方。后来因杨贵妃专宠，便不复为此戏（见《开元天宝遗事》）。

这一则故事，没有什么很深的意味，不过表现出一个淫佚的君王的轶事的一幕而已。底下的一则，事虽略觉滑稽，却很带着人道主义的精神。

长山王进士𤱶生为令时，每听讼，按律之轻重，罚令纳蝶自赎。堂上千百齐放，如风飘碎锦；王乃拍案大笑。一夜，梦一女子衣裳华好，从容而入曰："遭君虐政，姊妹多物故，当使君先受风流之小谴耳。"言已，化为蝶，回翔而去。明日，方独酌署中，忽报直指使至，皇遽而去，闺中戏以素花簪冠上，忘除之，直指见之，以为不恭，大受斥骂而返。由是罚蝶令遂止（见《聊斋志异》卷十五）。

避暑会

到处都张挂着避暑会的通告，在莫干山的岭下及岭脊。我们不晓得避暑会是什么样的组织，并且不知道以何因缘，他们的通告所占的地位和语气，似乎都比当地警察局的告示显得冠冕而且有威权些。他们有一张中文的通告说：

> 今年本山各工匠擅自加价，每天工资较去年增加了一角。本避暑会董事议决，诸工匠此种行动，殊为不合。本年姑且依照他们所增，定为水木各匠，每天发给工资五角。待明年本会大会时再决定办法。此布。
>
> 莫干山避暑会（原文大意）

增加工资的风潮，居然由上海蔓延到乡僻的山中来了，我想。避暑会的力量倒不小，倒可以有权力操纵着全山的政治大权。大约这个会一定是全山的避暑者与警察当局共同组织的，或至少是得到当地政治当局的同意而组织的。后来，遇到了几位在山上有地产，而且年年来避暑的人，如鲍君、丁君，我问他们：

"避暑会近来有什么新的设备？"

"我不知道。"

"我们是向来不预闻的。"

这使我更加疑诧了。到底这个"莫干山避暑会"是由谁组织的呢？

"你能把这会的内容告诉我么？我很愿意知道这会里面的事。"有一天，我遇见了一位孙君这样的问他。

"我也不大清楚，都是外国人在那里主办的。"

"没有一个中国人在内么？"

"没有。"

"为什么不加人？"

"我也不晓得，不过听说中国人的避暑者也正想另外组织一个会呢。"

"年年来避暑的，如丁君、鲍君他们都连来了二十多年了，怎样没有想到这事？"

"他们正想联络全山的中国避暑者。"

"进行得如何了？什么时候可以成立？"

孙君沉默了一会，似乎怪我多问。

"我也不大仔细知道他们的事。"

几天又过了，我渐渐明白了这避暑会的事业：他们设了一个游泳池，一个很大的网球场，建筑都很好，管理得都很有秩序。还有一个大会堂，为公共的会议厅，为公共的礼拜堂，会堂之旁，另辟了一个图书馆，还有一个幼稚园。每一个星期，大约是在星期五，总有一次音乐合奏会在那里举行。一切事业都举办得很整齐的。

一天，一位美国人上楼来找我们了。他自己介绍说是避暑会派来的，因为去年募款建造大会堂，还欠下一万多块钱的债，要每年向上山避暑的人捐助一点，以便还清。

"你没有到过大会堂么？那边有图书馆，可以去看书借书，还有音乐会，每星期一次，欢迎你们大家都去听。还有幼稚园，儿童们可以去上课。"

我便乘机略问了避暑会的情形。最后，他说，他是沪江大学的教员。见我桌上放了许多书，布了原稿纸在工作，便笑着说："我每天上午也都做工，预备下半年的教材。"

我们写了几块钱的款，他道了谢，便走了。

原来，这个山，自开辟为避暑区域以来，不到四十年，最初来的是一个英国人施牧师，他买了二百多亩地，除留下十分之二三为公地，做球场、礼拜堂之用外，其余的都由教友分买了。到了后来，来的人一天一天的多，避暑区域也一天一天的扩大，施牧师虽然死了，而他的工作却有人继续着做去。

他们的人却不多，而且很复杂。据说，全山总计起来，中国避暑者却比他们多得很多。他们的国籍，有美、法、英、德；他们的职业，有教员，有牧师，有商人，有上海工部局里的巡捕头。我们愤怒他们之侵略，厌恶他们之横行与这种不问主人的越俎代谋的举动，然而我们自己则如何！

要眼不见他们的越俎代谋，除非是我们自己出来用力的干去，有条理的干去！

我们一向是太懒惰了，现在是非做事不可了！能做的便是好人，能一同向前走去，为公共而尽力的便是好人，能不因私意而阻挡别人之工作者便是好人！

这个愤谈却禁不住的要发。

本来要写《山中通信》第二封，第三封……的，因为工作太忙了，且赶着要把它做完，所以没有工夫再写下去。现在把回忆中所有的东西，陆续的写出，作为如上的《山中杂记》，虽然并不是真的在山中记的，却因为都是山中的事，便也如此题着了。

1926 年 8 月 30 日夜追记

塔山公园

由滴翠轩到了对面网球场，立在上头的山脊上，才可以看到塔山；远远的，远远的，见到一个亭子立在一个最高峰上，那就是所谓塔山公园了。到山的第三天的清早，我问大家道："到塔山去好吗？"

朝阳柔黄的满山照着，鸟声细碎的啁啾着，正是温凉适宜的时候，正是游山最好的时候。

大家都高兴去走走，但梦旦先生说，不一定要走到塔山，恐怕太远，也许要走不动。

缓缓的由林径中上了山；仿佛只有几步可以到顶上了，走到那处，上面却还有不少路，再走了一段，以为这次是到了，却还有不少路。如此的，"希望"在前引导着，我们终于到山脊。然后，缓缓的，沿山脊而走去。这山脊是全个避暑区域中最好的地方。两旁都是建造得式样不同的石屋或木屋，中间一条平坦的石路，随了山势而高起或低下。空地不少，却不像山下的一样，粗粗的种了几百株竹，它们却是以绿绿的细草铺盖在地上，这里那里的置了几块大石当作椅子，还有不少挺秀的美花奇草，杂植于平铺的绿草毡上。我们在那里，见到了优越的人为淘汰的结果。

一家一家的楼房构造不同，一家一家的园花庭草，亦布置得不同。在这山脊上走着，简直是参观了不少的名园。时时的，可于屋角的空隙见到远远的山峦，见到远远的白云与绿野。

走到这山脊的终点，又要爬高了，但梦旦先生有些疲倦了，便坐在一块界石上休息，没有再向前走的意思。

大家围着这个中途的界石而立着，有的坐在石阶上。静悄悄的还没有一个别的人，只有早起的乡民，满头是汗的挑了赶早市的东西经过这里，送牛奶面包的人也有几个经过。

大家极高兴的在那里谈天说地，浑忘了到塔山去的目的。太阳渐渐的高了，热了，心南看了手表道：

"已经9点多了。快回去吃早餐吧。"

大家都立了起来，拍拍背后的衣服，拍去坐在石上所沾着的尘土，而上了归途。

下午，我的工作完了，便向大家道："现在到塔山去不去呢？"

"好的。"蔡黄道，"只怕高先生不能走远道。"

高先生道："我不去，你们去好了。我要在房里微睡一下。"

于是我和心南、擘黄同去了。

到塔山去的路是很平坦的。由山后的一条很宽的泥路走去，后面的一带风景全可看到。山石时时有人在丁丁的伐采，可见近来建造别墅的人一天天的多了，连山后也已有了几家住户。

塔山公园的区域，并不很广大，都是童山，杂植着极小极小的竹材，只有膝盖的一半高。还有不少杂草，大树木却一株也没有。将到亭时，山势很高峭，两面石碑，立在大门的左右，是叙这个公园的缘起，碑字已为风雨所侵而模糊不清，后面所署的年月，却是宣统二年（1910）。据说，近几年来，亭已全圮，最近才有一个什么督办，来山避暑，提倡重修。现在正在动工。到了亭上，果有不少工匠在那里工作，木料灰石，堆置得凌乱不堪。亭是很小的，四周的空地也不大，却放了四组的水门汀建造的椅桌，每组二椅一桌，以备游人野餐之用。亭的中央，突然的隆起了一块水门汀建的高丘，活像西湖西泠桥畔重建的小青墓。也许这也是当桌子用的，因为四周也是水门汀建的亭栏，可以给人坐。

再没有比这个亭更粗陋而不谐和的建筑物了，一点式样也没有，不知是什么东西，亭不像亭，塔不像塔，中不是中，西不是西，又不是中西的合璧，单直可以说是一无美感，一无知识者所设计的亭子。如果给工匠们自己随意去设计，也许比这样的式子更会好些。

所谓公园者，所谓亭子者不过如此！然而这是我们中国人在莫干山所建筑的唯一的公共场所。

亏得地势占得还不坏。立在亭畔，四面可眺望得很远。莫干山的诸峰，在此一一可以指点得出来，山下一畦一畦的田，如绿的绣毡一样，一层一层，由高而低，非常的有秩序。足下的岗峦，或起或伏，或趋或耸，历历可指，有如在看一幅地势实型图。

太阳已经渐渐的向西沉下，我们当风而立，略略的有些寒意。那边有乌云起了，山与田都为一层阴影所蔽，隐隐的似闻见一阵一阵的细密的雨声。

"雨也许要移到这边来了，我们走吧。"

这是第一次的到塔山。

第二次去是在一个绝早的早晨，人是独自一个。

在山上，我们几乎天天看太阳由东方出来。倚在滴翠轩廊前的红栏杆上，向东望着，我们便可以看到一道强光四射的金线，四面都是斑斓的彩云托着，在那最远的东方。渐渐的，云渐融消了，血红血红的太阳露出了一角，而楼前便有了太阳光。不到一刻，而朝阳已全个的出现于地平线上了，比平常大，比平常红，却是柔和的，新鲜的，不刺目的。对着了这个朝阳而深深的呼吸着，真要觉得生命是在进展，真要觉得活力是已重生。满腔的朝气，满腔的希望，满腔的愉意，满腔的跃跃欲试的工作力！

怪不得晨鸟是要那样的对着朝阳婉转的歌唱着。

常常的在廊前这样的看日出。常常的移了椅子在阳光中，全个身子都浸没在它的新光中。

也许到塔山那个最高峰去看日出，更要好呢。泰山之观日出不是一个最动人的景色么？

一天，绝早，天色还黑着，我便起身，胡乱的洗漱了一下，立刻起程到塔山。天刚刚有些亮，可以看见路。半个行人也没有遇见。一路上急急的走着，屡次的回头看，看太阳已否升起。山后却是阴沉沉的。到了登上了塔山公园的长而多级的石阶时，才看见山头已有金黄色，东方是已经亮晶晶的了。

风呼呼的吹着，似乎要从背后把你推送上山去。愈走得高风愈大，真有些觉得冷栗，虽然是在 6 月，且穿上了夹衣。

飞快的飞快的上山，到了绝顶时，立刻转身向东望着，太阳却已经出来了，圆圆的红血的一个，与在廊前所见的一模一样，眼界并不见得因更高而有所不同。

在金黄的柔光中浸溶了许久许久才回去，到家还不过 8 时。

第三次，又到了塔山，是和心南先生全家去的，居然用到了水门汀的椅桌，举行了一次野餐会。离第一次到时，只有半个月，这里仿佛因工程已竣之故，到的人突多起来。空地上垃圾很不少，也无人去扫除。每个人下山时都带了不少只苍蝇在衣上帽上回去。沿路费了不少驱逐的工夫。

1926 年 9 月 30 日

秋夜吟

　　幸亏找到了小石。这一年的夏天特别热，整个夏天我以面包和凉开水作为午餐；等太阳下去，才就从那蛰居小楼的蒸烤中溜出来，嘘一口气，兜着圈子，走冷僻的路到他家里，用我们的话，"吃一顿正式的饭"。

　　小石是一个顽皮的学生，在教室里发问最多，先生们一不小心，就要受窘。但这次在忧患中遇见，他却变得那么沉默寡言了。既不问我为什么不到内地去，也不问我在上海有什么任务，当然不问我为什么不住在庙弄，绝对不问我如今住在什么地方。

　　我突然的找到他了，突然每晚到他家里吃饭了，然而这仿佛是平常不过的事，早已如此，一点不突然。料理饮食的也是小石一位朋友的老太太，我们共同享用着正正式式的刚煮好的饭，还有汤——那位老太太在午间从不为自己弄汤菜，那是太奢侈了。——在那里，我有一种安全的感觉。直到有一次我在这"晚宴"上偶然缺席，第二天去时看到他们的脸上是怎样从焦虑中得到解放，才知道他们是如何理解我的不安全。那位老太太手里提着铲刀，迎着我说："哎呀，郑先生，您下次不来吃饭最好打电话来关照一声啊，我们还当您怎么了呢。"

然而小石连这个也不说。

于是只好轮到我找一点话，在吃过晚饭之后，什么版画，元曲，变文，老庄哲学，都拿来乱谈一顿，自己听听很像是在上文学史之类，有点可笑。

于是我们就去遛马路。

有时同着二房东的胖女孩，有时拉着后楼的小姐L，大家心里舒舒坦坦的出去"走风凉"。小石是喜欢魏晋风的，就名之谓"行散"。

遛着遛着也成为日课，一直到光脚踏屉的清脆叩声渐渐冷落下来，后门口乘风凉的人们都缩进屋里去了，我们行散的兴致依然不减。

秋天的黄昏比夏天的更好，暮霭像轻纱似的一层一层笼罩上来，迷迷糊糊的雾气被凉风吹散。夜了，反觉得亮了些，天蓝的清清净净，撑得高高的，嵌出晶莹皎洁的月亮，真是濯心涤神，非但忘却追捕，躲避，恐怖，愤怒，直要把思维上腾到国家世界以外去。

我们一边走着，一边谈性灵，谈人类的命运，争辩月之美是圆时还是缺时，是微云轻抹还是万里无垠……

小石的住所朝南再朝南。是徐家汇路，临着一条河，河南大都是空地和田，没有房子遮着，天空更畅得开，我们从打浦桥顺着河沿往下走往下走，把一道土堆算城墙，又一幢黑魆魆的房屋算童话里的堡垒，听听河水是不是在流。

走得微倦，便靠在河边一株横倒的树干上，大家都不谈话。

可是一阵风吹过来了，夹着河水污浊的气味，熏得我们站起来。这条河在白天原是不可向迩的。"夜只是遮盖，现实到底是现实，不能化朽腐为神奇！"小石叹了口气。

觉着有点凉，我随手取起了放在树干上的外衣，想穿。"嘎！"L叫了起来，"有毛毛虫！"外衣上附着两只毛虫呢，连忙抖拍了下去。大家一阵忙，皮肤起着栗，好像有虫在爬。

"不要神经过敏了，听，叫哥哥在叫呢。"

"不，哪是纺织娘。"

"哪里，那一定是铜管娘。"

"什么铜管娘，昆虫学里没有的名字。"

其实谁也没有研究过昆虫学。热心的争论起来了，把毛毛虫的不快就此抖掉。

"听，那边更多呢。"

一路倾听过去，忽然有一个孩子的声音叫：

"在这里了。"

那是一个穿了睡衣裤的小孩，手里执着小竹笼，一条辫子梢上还系着红线，一条辫子已经散了，大概是睡了听见叫哥哥叫的热闹又爬起来的。

"你不要动，等我捉。"铁丝网那边的丛莽中有一个男人在捉，看样子很是外行，拿了盒火柴，一根根划着。

秋虫的声音到处都是，可是去捉呢，又像在这里，又像在那里，孩子怕铁丝网刺他，又急着捉不到，直叫。

小石也钻进丛莽里去了。

一个骑自行车的人经过，也停下来，放好了车，取下了车上的电石灯，也加入去捉了。

这人可是个惯家，捉了一会，他说："不行，这样，你拿着灯，我们来捉。"原来的男人很听话的赶快把灯接过来，很合拍的照亮着。

果然，不一会，骑自行车的人就捉到了一只，大家钻出来，孩子喜欢得直跳。

骑自行车的人大大的手里夹着叫哥哥，因为感觉到大家欣赏他的成功而害羞，怯怯的说道："给谁呢？给谁呢？"

原来在捉的男人就推给小石说："先给他吧，他不会捉的。"孩子也说："给你吧，我们还好再捉。"

小石被这亲热的退让和赠予弄得不好意思起来，连忙走开去，说："哪里，哪里，我原不想要，我是帮你们捉的，"想想自己又不会捉，又改说，"我不过凑凑热闹。"

我们也说："小妹妹别客气了，把它放在笼子里吧，看跳掉了。"

那个孩子才欢欢喜喜感谢地要了，男人和骑自行车的又钻进丛莽中去。

小石一边走，一边笑，一边咕噜："我又不是小孩子，推给我做什么。"

L说："人家当你比那个小孩还小啦，这又有什么可脸红的呢。"

于是小石就辩了："月亮光底下看得出脸红脸白么。"

其实我们大家都饫饮这善良的温情而陶然了。

走得很远，回过头去，还看得见丛莽里一闪一闪亮着自行车的摩电灯。

◎

小说

郑振铎

文学精品选

汨罗江

汨罗江的水，涨得比往年都高。瘦骨头似的嶙峋的滩石，都被隐没在江水中。远远的望过去，疾流的水，处处的激起一团团的白色的浪花；本地人和打鱼的汉子们都熟悉的知道，那些有白浪花的地方，就是很高巍的江中岩石的隐伏处，往来的船只，碰上了就会粉身碎骨。在瘦巍巍的江岸边，满布着铁黑色的石块，那些石块镶嵌在鲜红色的泥土上面，一红一黑衬托得异常艳丽，活像一个红装艳艳的少女，穿了一身大红衣，衣上点缀着不规则的大黑点子的花纹。翠绿色的兰草，肥苗苗的一丛丛的滋长在红土上面，也就像少女的红衣上，缀上了一条狭长的绿色的花边，越显得她的打扮的俏丽。

江边站着许多老树，有木兰，有桂树，有苍松，有古柏。薜荔攀缘在这些树干上，迎风晃动着有光泽的翠生生的绿叶。

天气是晴朗的。好几天不曾下雨了，开始显得有些闷热。从江边升起的水蒸气里，夹杂着香草、香木的气味，浓烈而甜蜜的熏人欲醉。是刚入二月的孟春的季候。

屈原，这位多忧的身材瘦削的诗人，一清早的就在江边上散步。他双眼深凹进去，显得疲劳，然而还奕奕发光。看来，他昨夜又是失眠一夜了。他拉散着秋霜似的疏疏的白头发，几绺长须，飘拂在胸前，像雪白的蚕丝，衬托在他的青色的衣袍上面。

他住在这里已有好几年了。他老是一清早就在江边上散步，无目的地走着，走着。有时，嘴里在吟诵些什么，还不时发着叹息。他显得孤独，也显得严肃。但这一带的老百姓们对他是亲切的；他们尊敬他，觉得他是可亲可爱的，是他们当中的一个。他常常的帮助他们，一点也没有贵族的架子。他也下地种稻，割谷。他参加他们的迎神赛会，还写了些新鲜的歌辞儿，教给当地的巫觋们歌唱。那些歌辞儿是那么新鲜，像新出水的荷花，在晨光中开放着大嘴的那么新鲜，又是那末漂亮，那么亲切，配合着他们所熟悉、所喜爱的曼长而刚劲的调子，像柔丝，又象钢鞭似的，直打中他们的心坎儿，缠绕着不去。是他们的生命的一部分，是和他们的生活结在一起，打成一片的。老幼男妇，惭惭的都学会了唱，在田里插秧针时唱着；在挥动着镰刀，喜悦的割下黄澄澄沉甸甸的稻子时唱着；在立在门前看牛羊闲散的从牧地里归来的时候唱着；在冬天农闲，阖家团聚着闲嗑牙的时候唱着。一个人唱着，大伙儿使都聚了拢来不由自主的和着。屈原有时站在那里听着，微笑着，紧锁着的双眉也暂时的松解开了。这些歌，使他们更喜爱他们的美丽的家园，他们的美丽的土地，他们的芳香的草与木，以及他们的与生俱来的一切。他们使这些勤劳勇敢、朴实聪明的农民们更滋长着爱楚国的心。那调子是那末亲切而熟悉，是那么清丽而恳挚。那楚歌，宛转而刚劲，漫长而雄健，正和楚国的人的性情相融合在一起了。

长太息以掩涕兮，哀民生之多艰。

（我长久叹息着而流眼泪啊，可怜人民的生活多灾多难）

——《离骚》

他们唱到这里的时候，不由自主的流下热泪来。还有谁像他这样的能够想到他们的痛苦与灾难呢？

当地的贵族地主们，和他们的狗腿子们，除了抢走了他们辛苦收获的黄金色的谷粒，抢夺去他们的肥敦敦的牛羊，要他们去造房屋，修车辆，还要抽去乡中的壮丁们去打仗之外，还有谁来问问他们的寒暖疾苦呢？他们第一次听到了这样的同情的话儿，怎能不感到热泪横流呢？

这二十多年来，楚国的人民也够痛苦了。他们受尽了种种的灾难。照例的横征暴敛之外，更加上连年的战争，连年的失败，更加上权臣恶吏们的额外的贪脏求利，全不顾人民的死活，取之尽珠玑，用之如泥沙。朱门里笆歌鼎沸，乡村里呼饥号寒。老百姓们衣不蔽体，贵族们打扮得浑身上下都是锦绣，还出奇出怪的时行什么狭窄窄的细腰，把壮健的少女们活生生的逼得不敢多食，弄得脸黄肌瘦，甚至饿得死去。

政府里的人们，包括怀王和现在的王爷在内，整天的受秦国的愚弄，今天讲和，明天打仗，一会儿联齐反秦，一会儿又是联秦绝齐，主意老拿不定，总是吃了大亏，打着败仗。怀王被秦人骗进了武关，死在那里。他的尸身送回国的时候，老百姓们是又恨又怜。他的儿子，现在的王爷，不想替他父亲报仇，过了不久，反而迎娶了秦王的女儿做妻子。他相信如狼似虎的秦人，听任他们的摆布。在全国人民咬牙切齿的痛恨秦人的时候，他却反向敌人求亲取媚，自己以为从此可以高枕无忧，和那些大臣们整天的歌舞取乐，丝毫不作防备。

老百姓们吃了大亏之后是不会忘记的。在二十多年前，怀王起兵去攻击秦国，被秦杀得大败而回，死了八万多人，将军屈匄也被俘虏去了，整个汉中的一大片的地方也被秦人占领了。哪个地方没有哭儿、哭夫、哭父的人；谁死了亲人不想报仇！那勇敢刚强的楚人，便自动的纷纷报名投军。怀王的军队又壮大起来。第二次攻秦出兵的时候，军心便大为不同。在蓝田的一战，几乎成了大功。不料被魏兵抄了后路，又只好退了回来。诸侯们欺悔楚国的逐渐的衰弱下去，又合兵来攻。那一仗，楚兵又大败亏输，大将唐眛也被杀了。

汨罗江边的好些村庄里，十家就有八家是丧失了他们的亲生儿子，他们的丈夫和养家的父亲的。孩子们长大了，母亲们天天在告诉他们父亲是怎样死去了的。他们心里的仇恨，和年龄一同的成长。少年们自动的结成团体，在下地栽种之外，得空就练武，人人节省下来钱，来打造兵器，人人有把剑佩在身旁，长长的矛戟，强的弓，锋利的箭，也家家都有储备着。

屈原来到了这里，他从酒酣色醉的郢都移居到这个地方，是第一次和那么勤劳勇敢的老百姓们接触。初初有些不惯，显得生疏，但空气是那么不同，仿佛从闷热的破屋子里逃到空气新鲜的园苑中似的。他，一个忠贞的爱国的诗人，便自然而然的深深的爱上了这些刚强的爱国的老百姓们。他成为他们当中的一个。其初也和他相当疏远，但不久，朴实忠诚的农民们便开始喜欢他，不当他是一个外边来的人，他对他们讲说古今的故事，天下的大势，让他们懂得了不少的东西。他们也处处关心着他的生活，见他整天的忧郁发愁，便常常的想法子来宽解他。老头子们常常去找他闲聊天，孩子们也时时的牵着他的手，要他到田地里，或江边上去，采撷香草野花。

这一天，他一清早便在江边散步，孩子们还没有出门。他无目的地懒散的走着。自己觉得岁数一天天的大了，精神越来越不济，头发越来越稀少，今天早上用木梳梳理的时候，就落了好几十根白发下来。晚上上了席，总是辗转反侧的睡不着。想前想后，一桩桩的故事都在心头上翻腾着，像白老鼠在踏轮子似的，一刻也不停。他想着怀王的糊涂，无故的听信了上官大夫的谗言，把自己疏远了。他满怀的忠忱与冤屈，没法子表白。朝政是一天天的坏下去。外交政策一点也把握不定。内政是乱得一团糟。贪官污吏压迫得老百姓们饥寒交迫，怨怒得只想爆发。怀王轻信了秦国的间谍张仪的话，和齐国绝了交。受了欺骗之后，又愤怒的出兵去攻打秦国，结果是大败而归，楚国从此衰弱下去。他完全明白秦国那一套诡计，但他没有一点儿机会来向怀王劝谏，只是东奔西跑的求人代向怀王进谏。谁也没有理他。直到兵败之后，怀王才想起了他，又把他招回朝廷。他极力主张和齐国联欢结好。怀王就派他出使到齐国去。在他离开朝廷的当儿，秦国怕楚、齐又要联合起来，连忙派人来说，要还给楚国的汉中地方，彼此讲和。糊涂的怀王，一心只记着张仪的仇恨，他不要汉中地方，只要张仪。张仪来到了，又听信了靳尚和宠爱的妃子郑袖的话，轻轻易易的放了他回去。张仪一走，屈原就回来了。他知道了这事，气得只跳足。"如何能放虎回山？"

怀王也后悔起来，连忙派兵去追赶张仪时，他已经走得远了。

秦昭王娶了楚国的王族的女儿，借着亲戚的关系，要请怀王和他相见。怀王很高兴，也要惜这个机会，和秦国交好。他准备着要动身。屈原劝他道："不能去的！秦是个虎狼之国，绝对不要相信他们的话。千万不要去！"

但怀王的小儿子子兰却劝他去，说道："有这个好机会和秦国交好，为什么不去呢？"

没主见的怀王到底糊里糊涂地去了。果然被扣留在那里，抱着一腔的愤怒而死去。

他的大儿子熊横继承他做了楚王，倒叫子兰当政，做了令尹。子兰讨厌屈原的多话，又怕他再出来当权，便天天向熊横说他的坏话，又指使上官大夫向熊横说，屈原做了好些诗歌在讥骂国王。熊横被他们这一批人所包围，见了屈原便也如眼中之钉似的，一天也容不了他，便把他驱逐出朝廷，叫他住到汨罗江边去。

屈原在这江边已经住了几年了。他从过往的旅客们的嘴里，知道朝廷的政治越发闹得不像样子。那些当权的人，整天的只知道贪污作乐，一点远见也没有。又捧抬着熊横，叫他向秦国求亲，做了秦王的女婿。信任着秦人，依靠着秦国的势力，半点儿也不作防备。

屈原明白得很，这样的闹下去，非弄到亡国不可。但他有什么办法来救这可爱的国呢？来保全这可爱的国土不受秦人的侵入呢？他天天的在想着，念着，在忧伤着。见到老百姓们的被压迫，受苦难，被榨取得那么残酷，而民心还是那么激昂慷慨，大有作为。他热爱这些朴实勇敢的人们，他到了这里，才真正的发现了可爱的祖国里的真正可爱的人们。

但有谁来率领他们呢？他自己是已经衰老了。他只能把一腔的忠愤，向他们倾吐着，向他们殷勤的谈着，说着，歌着，唱着，把忠贞爱国的火种传播着。但他自己是没有气力来率领他们了。

从郢都来的每一个消息，都使他愤怒，使他发愁，使他更加忧伤，更加衰老下去。一桩桩的往事，叫他失眠。可怕的未来的灾祸，更触动着他的有远见的心怀。说不定哪一天，最坏的一场大祸事，就会来到。他仿佛亲自看到这场未来的大灾难似的，整夜的睁大着失眠的眼，躺在席上，总想尽他的力量来挽救。但当权的人们，黑漆一团的正在追欢求乐，谁还来听他那一套呢？

一清早就在江边走着。一丛兰草在一块边上长出，衬切着红艳艳的泥土，格外的显得肥绿有光。小池塘里，芰荷正昂起头来，向着朝阳，张开了嫩黄色的一张小脸。许多不知名的香草，裁着清露，纷纷把自己的香气喷吐在早上的清新的空气里。

披散着头发的屈原深深的吸了一口清气，那一股芳香，暂时吹散了他的忧愁。这是多么愉快的早晨。他懒散的走到池塘边上，无意的向水面一照，自己也吓了一跳，想不到自己这几年来是那么衰老得快，气色是那么灰暗，身体是那么瘦削，不由得自己怜惜自己起来，眼圈子红着，几乎又要掉下泪来。眼睛一模糊，水上的影子也就看不清楚了。

一个渔父子提着鱼网，正向江边走来，要上船到江心打鱼，见了屈原，向他行了一个礼。屈原还他一揖。他怜恤的问道："你大夫昨夜又没有睡好吧？"

屈原道："可不是么！老是睡不着觉。又是睁着眼等天亮。听着家家的鸡啼，再也睡不下去，就起身了。"

渔父安慰他道："你大夫何必这样的操心呢？"

屈原道："满朝廷的官儿们都是混沌沌的过日子，他们活像一潭混泥水似的，只有我，自己觉得是清洁不污的。他们像喝醉了酒的人似的，黑漆一团，什么也不明白，做事颠三倒四的，只有我这没有喝酒的人，还是清醒着的，看得明明白白。怎能不伤心呢？"

渔父道："你大夫何必自己吃苦呢？他们都是混沌沌的，你为什么不随顺着他们些呢？他们都喝醉了，你为什么不也随着他们喝些酒糟儿呢？犯不着怀着一心才智而被他们放逐到这里来。"

屈原叹了一口气，说道："你不知道，干净的人谁肯随着他们做龌龊的事呢？明白过来的人还再能假装着糊涂么？"他眼望着汨罗江的水，看着一层层激起的白浪花，若有所思的自言自语道："我宁可投身江水，把身子埋葬在江鱼肚子里去，岂肯以自己洁白的身子给蒙上一层黑污点么？"

渔父摇摇头，也皱着双眉，向江边走上船去。

正在这个时候，忽然听得远处的村庄里有狗声急急的吠着。顿时人声也鼎沸起来，还夹杂着妇女的呼哭之声。

屈原的心沉了下去，象挂上了重重的铅块似的。预想的大祸事难道竟来了么？

他三步并作两步的向村庄里走去。他心脏在胸腔急跳着，两眼睁得更大了。

村众一见到他，连忙嚷道："屈大夫，大祸事！大祸事！"

屈原看见村众围着三个男子，在乱嚷着。那三个人走得浑身是汗水，有一个人左手臂上还涓涓汨汨的直往外冒着鲜血。他右手靠着他父亲的肩上，勉强的站稳着。

"直走了三天，滴水也不曾入口，好容易才逃出虎口！"项家的小伙子说道，一边在大口的把凉水往嘴里倒。

"完了！完了！房子烧光了！好凶狠的贼强盗，见人就杀，一街上都是死尸！"景家的二儿子接着说道。

那受了伤的景家三儿子愤愤的说道："不知怎么一回事的，秦兵就杀来了。那些混蛋，只顾自己性命，都逃走了。没有一个将官在率领着我们。

平常作威作福的，在这时候却都悄悄的溜走了。我们只好乱纷纷的自己拿起矛，拔出剑，弯上弓前去迎敌。有什么办法抗敌得住他们呢？"

景家二儿子道："三弟手臂上中了一箭。他还想向前狠斗。我们硬把他拉住，才退回来，一同走了。"

项家的小伙子稳定了下来，才哭道："大哥死了！"

项大嫂子一声不响，奔回家里，放声号啕的大哭起来。

村众被这场大祸患惊得呆住了。狗在哀哀的急吠着。

屈原分开了众人，向这三个急行人问道："怎么一回事？怎么一回事？你们定了心慢慢的说来。"

景家二儿子道："我也不知道怎么一回事。我们是守卫郢都的，被分派在看守南门。前天深夜里，忽然看见北门头火光烧了起来。我们还以为是谁家失火呢？一会儿，火苗头越燃的多了。城里顿时哭嚷连天。一会儿，就有不少抱儿携女的人们，狼狼狈狈向南门逃来。挤着向城门口逃去。我问道，'有什么事？'他们只回答一句道：'秦兵杀来了！'我们连忙回营，披上衣甲，拿起长矛，再找营官，他不知在什么时候已经溜得不见踪影了。项大哥大喊一声，挥着矛，叫道：'都跟我来！'他便首先冲向前去。我们百十个人都随了他前去。一路上逃的人塞满了街道。嚷的、哭的、叫喊着的、呼儿叫娘的，嚷成一片。项大哥和我们走了小路，好容易才到了王爷的宫门前。那里是火光熊熊，在火光里看见我们被杀的人，老的少的，男的女的都有，纵纵横横的躺在地上。秦兵三三两两的还在赶着杀人。有的跑到人家屋里去抢东西。项大哥气红了眼，大喝一声，冲向最近一个秦兵，把矛头直刺进他的肚里。这家伙一声不吭的躺下了。旁边的几个秦兵冲了过来。我们蜂涌上去，几个交手，也就解决了。宫里望楼上鼓声忽然大作。秦兵四面八方都兜围了过来。我们虽然众寡不敌，还是狠命的向前杀敌。项大哥叫道：'好！好！来的越多，杀得越痛快！'正说着，从什么地方射来一支冷箭，直插进他的胸膛，他倒下了，还挥着手，挣扎着要起来。大伙顾不到搀扶他，只是和秦兵拼着命，人人杀红了眼。我见项大哥挣扎了一回，头颅垂了下来，死了。不一会，我们的人渐渐的少了。三弟的左臂也中了一箭，他还想向前杀。我们二人硬把他拖回来。仗着我们街道熟，走了小巷，才逃出南门，上路回家。"

事情是明白了。秦兵攻袭了毫无防备的郢都，很快的就进了城，占领了王宫。

"王爷们有消息么？逃出城了没有？"屈原急急的问道。

景家二儿子道："听说是出了东门走了。官官吏吏的一大伙子，一听到秦兵进城，便收拾细软，坐上车跑了。谁还顾得城里百姓们的死活。"

屈原大喊一声，两只眼睛红了，随即号啕大哭起来。村众想到伤心处，也随着他哭了起来。顿时哭声闹成一片。

"哭有什么用呢？得趁早想个办法。"景家三儿子说道。

屈原止住了哭，哑咽的说道："对的，秦兵说不走还会向南追来。"

这个村庄里前前后后出去了二十多个壮丁，如今只回来了三个。全村老的，弱的凑合起来，总共不到五十多人。

"只要他们追来，我们一定要和他们拼个你死我活。我是活着不离开汨罗江边了。"员家二儿子道。

"是的，我们活在这汨罗江上，死也要死在这汨罗江上。"项家的小伙子说道。

景老头儿见多识广，连忙稳住大家道："事已至此，我们一面去打探消息，一面具作准备。现在，大家都回家去歇歇吧。"

村众渐渐的散去。

太阳已经毒热起来。快到中午了。屈原倚着一棵老桂树站着，一言不发。他的心沉下去。他所预想的最坏的祸事，果然是来到了！没想到来得那么快！难道这可爱的祖国便真的会无声无息的覆亡了么？楚国的英勇的男儿们会让这可爱的祖国，美丽的家园给虎狼似的敌人所侵占了么？

"不会的！不会的！勇敢的楚人是永远的不会屈服的！"他自言自语的说道。

他浑身无力地走回家。一进门，便躺在席上哀哀的大哭起来。到底哭了多久，他自己也不知道。哭得力竭声嘶的时候，便朦朦胧胧的熟睡了。醒来的时候，头边席上还是一大片湿的。

太阳已经快下山了。斜晖照射在东墙上，显得格外的暗黄惨淡，仿佛是世界的末日。

他要喊，要叫，有许多话要向每一个楚国的人说。浑身的劲儿，不知从哪里来的。一骨碌翻身坐了起来。身边就是一张长几，墙边架子上满堆的是削去了青皮的竹简。他取下了一大把竹简放在几上，提起笔来，诗思泉涌的一根一根往下写，一面自己吟哦着。

"皇天啊！你是怎样的没有道理！

"怎么会让老百姓们遭受了那么沉重的灾祸！

"老百姓们妻离子散的到处逃亡，

"刚刚是春天，却让他们向东奔跑。

"他们离去了美丽的家园，远远的走了，

"沿着江夏的水，而流亡到各处去。"

他写到郢都的陷落，写到老百姓们哭泣的离开了郢部，再也见不到这可爱的城邑，这城邑如今是一片的瓦砾场，被烧杀得好不凄惨！再也回不来了，再也看不见那高大的梓树，再也看不到那巍巍的东门了。故都是远了，一天天的远了！

写到这里，他自己的热泪又流得满脸。

他写到权臣们的误国，贪官污吏们的罪恶，他自己虽是楚国的同姓大夫，休戚相关，把楚国的前途看得明明白白，却有话没处说，有意见没法提出，一个湛湛的忠心，无人领会，一腔温热的鲜血，只是洒向空中，又不由得不悲愤横溢，把泪水都烧灼干了。

"睁大了双眼远远的望着郢都，

"要想回去，什么时候才能回去呢？

"鸟儿是要飞回故乡的，

"狐狸要死，还要跑到土山洞里去死。

"我是离得郢都远了，那不是我的罪过，

"哪一天，哪一夜，我曾忘记了我可爱的郢都！"

他写了这篇《哀郢》，又朗朗的歌唱了一遍。

这一夜，他直写到天色将亮。又是一夜的不能入睡。第二天一早，他匆匆的梳理了白发，又跑到江边上散步。嘴里吟哦着。

村庄里的人，一个也不曾遇到，他们仿佛在忙着什么。

到了中午的时候，项老头儿到了屈原家里来。他说道："屈大夫，我们村众想举办一个追悼亡人的祭祀。你大夫知道，这几次大战，我们村里出去了二十多个壮丁，回来的只有三个。家家都有个把儿子，或者丈夫，或者父亲，战死在沙场上。准备在三月初三日办这件事。女巫们也已经约下了。我们都盼望着你大夫能够替我们做一篇唱词儿。"

屈原正念着那些鬼雄，那些为国牺牲的壮士们。楚国的人民是英勇无匹的，只是被贪墨的权臣们所误，被糊涂的王爷们所害，弄得身死战场，国还不救。可爱可敬的英勇的战士们是尽了他们的责任了，该杀的当政把权的人们却贪生怕死的苟活着。他想到这里，不由得又愤火中烧。

"好的，"他答道，"我一定做。"

这一夜，他又整夜的不曾睡，在吟哦着，在朗唱着，在疾写着。他写：楚国勇士们身披犀甲，手执长矛，奔向前方。前方是战车在奔驰着，与敌车的轮子互相错插着，抛了长矛，拔山短剑来刺敌。敌人像天上的云朵似的纷纷拥拥，双方的旌旗，迎风飘摇，把太阳光都遮住了。双方把硬弓利剑象黄蜂出巢似的飞射出去。他写：个个人奋勇争先，越过车队，向前追杀。左边的一匹马倒下来了，右边的一匹马也受了刀伤，连忙解了下来，再赶车向前。双手执着鼓槌，咚咚的敲着鼓。他写：太阳都变得黑了，天空仿佛就要坠落下来。天神们仿佛在发怒。壮士们一个个的倒下了，躺在战场上没人理睬。壮士们一出发了就不再回来，那战场离家乡是那么远。

死去的壮士们身上还佩着长剑，挂着硬弓，

头颅虽然和身躯分开了，心还是不屈不挠。

是那么勇敢，又是那么壮烈，

刚强的楚人是永远不可凌犯的！

身体虽然死去，神还是有灵验的，

你们的魂魄啊！也会是鬼的英雄！

——《山鬼》

他把这歌词儿教会了女巫们。很快的，村众也都学会了唱。这歌词儿鼓舞了楚国人民的心，坚定了他们的为国牺牲的意志。他们不哀而怒，不悲而愤。他使他们把悲愤变成力量。

但他自己则精力似乎已经衰竭了。他从二月听到郢都失陷的消息之后，便心神恍惚，身体更坏下去。双眼更凹了，渐渐的失了神。肩头更耸瘦起来，脸色更加难看了。

一直没有消息。秦兵把路拦断了。不知道楚王逃到什么地方去？北方的情形究竟怎样的？是不是还在抵抗？秦兵还继续的追上去没有？七思八想，老在心里转着。有时想到坏的结果，有时又觉得楚是决不会亡国的，心里又自宽自慰着。但心神老是不定，老是整夜的失眠。

已经入了夏天。草木莽莽的长得更为繁茂。汨罗江边的香草野花，蒸发出一股香气，弥漫在空中，嗅吸了进去，便使人昏昏欲醉。他照常的披散着白发，在江边散步。一步步走得更慢了，他有点支持不住自己。他想到郢部，想到糊涂的熊横，想到自己的耿耿忠心没法表白，想到那些权臣们倒上为下，玉石不分，方的东西硬会祁成圆的，自己是瞎子还以为双眼奕奕的人是失明的，把凤凰关闭在鸡笼里，却叫鸡儿在翔舞。朝政种种，莫非颠倒错乱。他以一个人的力量，还受着邑犬的群吠，有什么法子改变这些乱政呢？当时有许多世臣们，在自己的国内被排斥了，便跑到别的国里去做国卿，照样的享受荣华富贵，锦衣玉食。他不是那样人的同类。他是生根在楚地的，生是楚国人，死是楚国鬼。他是那么挚怀着楚国，那么热爱着楚国的人民。他压根儿没有起过离开祖国的念头。

他越想越悲，越想越气。连夜的失眠，使他更加憔悴不堪。连精神也支持不住了。他想勉强的挣扎着，实在是支撑不起来。他已经六十二岁了，象太阳快要黄昏似的，合着满心的忧哀，只是想死。

"没有办法了，没有办法了。"他老是这样的自言自语着。

五月初四的夜里，天气闷热得异常。天色是墨接似的黑，连一点星光也没有。将要下雨的样子。云色重得很。门外的香草的芬芳气，间歇的被夜风吹了进来。

他下了决心，捉起了笔，写了他最后的一篇歌辞——《怀沙》。

第二天一清早，他整了整衣服，梳理了白发，走向汨罗江边，清晨的风还带着昨夜的热气，一点也不觉得清凉。老桂树亭亭的站在那里。东方已经有红光了。五色斑斓的云彩，映得满天空绚丽光华。

他觉得天是可爱的，大地是亲切的。草木是有光泽的，江水是清碧得见底。老百姓们的朴实勇敢，更和他的心紧紧的贴近。他舍弃不了这一切，但他实在没有气力再支持下去了。

他一步步的走下江边，走到石滩，拾起一块大石头，塞进长袍里，把腰带紧紧的系住了。回头望着江边的村庄，几家的炊烟已经袅袅的升在天空。他长长叹了一口气，一言不发的踊身向江心一跳，便沉了下去。江水微微的起了一阵溅波。

渔父在船上远远的望见了屈原向江心跳下，连忙大嚷着走来："救人啊！救人啊！屈大夫投江自杀了！"

好几只渔船都急急的划了过来，用竹竿子在打捞。村众听见喊叫，也都奔到江边上来。他们束手无策的在干着急。打捞了半天，也不见一丝踪影。直忙到中午，他们方才放弃了打救。

但屈原是不死的。他永远活在汨罗江边的人民的心上，也永远活在楚国人民的心上。他们唱着他的歌词，就如他还活在世上一样。他的歌词和他们的生活是那么亲切，那么贴近！

他们世世代代的想念着这个伟大的爱国诗人。他的歌词永远鼓舞他们为祖国的光荣而斗争。

每到五月初五这一天，他们便划出船来到江心他，还盼望着能够打救到他。

原载 1957 年第 2 期《收获》

书之幸运

天一书局送了好几部古书的头本给仲清看。一本是李卓吾评刻的《浣纱记》的上册，附了八页的图，刻得极为工致可爱。送书来的伙计道："这是一部不容易得到的传奇。李卓吾的书在前清是禁书。有好些人都要买它呢。您老人家是老交易，所以先送来给您老人家看。"又指着另外一本蓝面子、洁白的双丝线订着的《隋唐演义》，道："这是褚氏原刻的，头本有五十张细图呢，您老人家看看，多么好，多么工细！"说着，便翻几页给他看，"一页也不少，的确是原刻的，字迹一点也不模糊，边框也多么完整。我们老板费了很贵的价钱，昨天才由同行转让来的，刚才拿到手呢。"又指着一本很污秽的黄面子虫蚀了好几处的书道："这是明刻的《隋炀艳史》，外面没有见过。今早才放进来，还没有装订好呢。您老人家如要，马上就可以去装订。看看只有八本，衬订起来可以有十六本，还是很厚的呢。老板说，他做了好几十年的生意，这部书还不曾买过呢。四十回，每回有两张图，共八十张图，都是极精工的。"又指着一本黄面子装订得很好看的书道："这是《笑史》，共十六册，龙子犹原编，李笠翁改订的，外间也极少见。"这位伙计是晓得他极喜欢这一类的书，且肯出价钱，所以一本本的指点给他看。此外还有几部词选，都是不大重要的。

仲清默默的坐在椅上，听着伙计流水似的夸说着，一面不停手的翻着那几本书。书委实都是很好的，都是他所极要买下的，那些图他尤其喜欢。那种工致可爱的木刻，神采奕奕的图像，不仅足以考证古代的种种制度，且可以见三四百年前的雕版与绘画的成绩是如何的进步。那几个刻工，细致的地方，直刻得三五寸之间可以容得十几个人马，个个须眉清晰，衣衫的襞痕一条条都可以看出；粗笨的地方，是刻的一堆一堆的大山，粗粗几缕远水，却觉得逸韵无穷，如看王石谷、八大山人的名画一样。他委实的为这部书所迷恋住了。但外面是一毫不露，怕被伙计看出他的强烈的购买心，要任意的说价，装腔的不买。

"书倒不大坏；不过都是玩玩的书，没有实用。"他懒懒的装着不大注意的说着。

"虽然是玩玩的书，近几年买的人倒不少，书价比以前贵得好几倍了呢。"伙计道。

"李卓吾的《浣纱记》多少钱？那几部多少钱？"

伙计道："老板吩咐过的，您老人家是老交易。不说虚价。《浣纱记》是五十块钱，《隋唐演义》是三十块钱，《隋炀艳史》是八十块钱，《笑史》是五十块钱，……"他正要再一部的说下去，仲清连忙阻挡住他道："不必再说了，那些我不要。"

"价钱真不贵，不是您老人家，真的不肯说实价呢。卖到东洋去，《浣纱记》起码值得一百块钱。《隋炀艳史》起码得卖个两三百块……。"

仲信心里嫌着太贵，照他的价钱计算起来，共要二百块钱以上呢，一时哪里来这许多钱去买！且买了下来，知道宛眉一定又要生气的。心里十分的踌躇，手却不停的翻翻这本，翻翻那本，很想狠心一下，回绝那个伙计说："我不要买，请送给别人家去！"却又委实的舍不得那几部书归入别人的书室中。踌躇了好一会，表面上是假饰着仔细的在翻看那些书，实则他的心思全不注在书上。

伙计站在他旁边等候着他的回话。

"这几部书都是一点也不残缺的么？没有缺页，也没有破损么？"他随意的向着伙计。

"一点都没有，全是初印最完全的。我们店里已经检查过了，一页也不映。缺了一页，一个钱都不要，您老人家尽管来退。您老人家是老交易，一点也不会欺骗您老人家的，您老人家放心好了。"

"那末，把这三部书的头本先放在这里吧。"说时，他把《浣纱记》《隋唐演义》《隋炀艳史》另放在一边，"其余的你带回去。价钱，我停一刻去和你们老板面议，还要去看看全书。"

"好的，好的。"伙计带笑的说道，好象他的交易已经成功了，"请您老人家停一刻过来。价钱，老板说是一定不减的。这部《笑史》也给您老人家留下吧，这部书很少见的，有人要拿去做石印呢。"伙计拿起《笑史》也要把它放在《浣纱记》诸书一堆。他连忙摇头道："这部我不要，没有用处，你带给别人家看吧。"伙计缩回手，把它和其他拣剩的书包在一个包袱中，说着"再见，您老人家"，而去了。他点点头。仍旧坐下去办他的公事，心里十分踌躇着买不买的问题。

他的妻宛眉因为他的浪买书，已经和他争闹过不止几十次了。

"又买书了！家里的钱还不够用呢。你的裁缝账一百多块钱还没有还，杭州的二婶母穷得非凡，几次写信来问你借几十块钱。你有钱也应该寄些给她用用。却自己只管买书去！现在，你一个月，一个月，把薪水都用得一文不剩，且看你，一有疾病时将怎么办！你又没有什么储蓄的底子。做人难道全不想想后来！况且，书已经有了这许多了。"她说时指着房间的七八个大书架，这间厢房不算小，却除了卧床前面几尺地外，无处不是书，四面的墙壁都被书架遮没着，只有火炉架上面现出一方的白色。"房间里都堆得满满的了，还买书，还买书，看你把它们放到哪里去？"她很气愤的说着，"下次再买，我一定把你的什么书都扯碎了！"她的牙紧咬着，狠狠的顿一顿足。

他低头坐在椅上，书桌上放着一包新买来的书，沉默不言，任她滔滔的诉说着。

"这些书都是要用的，才买来。"他等着她说完了。抗辩似的回答了一句，但心里却十分的不安，他自己忏悔，不该对他的妻说言不由衷的话；他买的书，一大半是随意的购买，委实不是什么因为要用了才去买的。

"要用，要用，只听见你说要用，难道我不晓得你么？你买的都是什么小说，传奇，这些书翻翻而已，有什么实用！"

"你怎么知道没有用？我搜罗了小说是因为要做一部《中国小说考》，这部书还没有人做过呢。"

他的妻气渐渐的平了："难道别处都没有地方借么？为什么定要自己一部一部的买？"

"借么？向哪里去借？那么大的一个上海，哪里有一座图书馆给公众使用？有几家私人的藏书室，非极熟的人却不能进去看，更不用说借出来了。况且他们又有什么书？简直是不完不备的。我也去看过几家了，我所要的书，他们几乎全都没有。怎么不要自己去买呢！唉！在中国研究什么学问，几乎全都是机会使他们成功的。寒士无书可读，要成一个博览者真是难于登天呢！"他振振有词的如此的说着，他的妻倒弄得没有什么话可说了。

"不过为了做一部书而去买了那么多的书来，也实在不合算。书店买不买你那部书还是问题，即使买了，三块钱一千字，二块钱一千字的算着，我敢担保定你买书的花的钱是决计捞不回来了，工夫白费了是当然！"他的妻恳挚的劝着。

"我也何尝不知道。他们乱写了一顿，什么诗，什么小说，出了一二部集子倒立刻有了大作家的称号，一般青年盲目的崇拜着，书铺里也为他们所震吓，有稿子不敢不买了。辛辛苦苦的著作者却什么幸运都没有遇见。唉，世间上的事都是如此。证叫得响些，谁便有福了。以后，再不买什么楞什子的书了，读书买书有什么用！"

"非必要的书少买些就好了，何必赌咒说不买书呢。别人的事不管它，你只自己求己心之所安而已。"他的妻安慰着他说。"不过、你说的话未必见得用得住的。现在说一定不买,你必不到几天,一定真又要一大包一大包的买进家了。"

他被他的妻说着了真病,倒说得笑起来了。

不多几天,他又买了一大包的书回家了。一大半是随手的无目的的买来的。他的妻见了,又生气起来:"你真的个钱在旁边也密不住,总要全都送了出去才安心,家用没有了,叫我去想什么方法。你却又买了一大包的书回来!"她气恼的从架上取了一本书抛在地上,"一定要把它们都扯碎了,才可出我的一口气。"说着,又抛了一本书在地上,却竟不忍实行她的扯碎的宣言。他伏下去一本一本的拾起来。仍旧安放在架上,心思却也难过起来,暗暗的恨着自己太不争气了,太无决心了,太喜欢买书了,买了许多不必用的书,徒然摆在架上装装样子,一面却使他经济弄得十分穷困。他叹了一口气,自己怨艾着。他的妻坐在椅上默默的无言,两行沽泪挂下了她的双颊。他走近她身边.俯下身云,吻她的发,两手紧握着她,忏悔的说:"真对不住,真对不住,又使你生气了!我实在自己太无自制力了。见书就买.累你伤心。我心里真是难过,下次决计再不到书店里去了。"他又咬着牙顿顿足的誓道:"下次再去的不是人!"他的妻仰头望着他,双眼中泪珠还是满盈盈的。

像这样的,一年来不止有几十次了。仲清好买书的习惯总是屡改不悛。正和他的妻宛眉打牌的习惯一样。

"你少买书,我就少打牌。"

"你不打牌,我也就不买书。"他们俩常常的这样牵制的互约着,却终于大家都常常的破约,没有遵守着。

现在,仲清要买的书,价钱太大了,他身上又没有几块钱剩下。买不买的问题,总在他心上缭绕着。这一天,恰好宛眉又被他五姨请去打牌了,他又得空到天一书局去走一趟。老板见了他来,很恭敬的招呼着他,刚才送书来的伙计也在那里,连忙端了一张凳来请他坐,又送了一杯茶来。

"您老人家请用茶，我到栈房里拿书给您。"那个伙计说着出店门去了。

"这几部书真是不容易见到。我做了好几十年的生意了，还不常遇见。《隋唐演义》卖出三部，李卓吾批的《浣纱记》只见过一次，那样好的《隋炀艳史》却简直未曾见过。不是您，真不叫人送去看。赵三爷不知听见谁说，刚才跑来，要看这几部书，我好容易把他回绝了。刘鼎文也正在收买这些小说传奇。不过他们都是买去点缀书架的，不像您是买去用的。"老板这样滔滔的说着。

"那几部书倒委实不坏，不过你们的价钱未免开得太大了。"

"不大，不大。不瞒你说，不是您老主顾，真的不肯说实价呢。这种书东洋人最要买，他们的价钱真出得不低。不过我们中国的好东西，不瞒您说，我实在有些不愿意使它们流入异邦。所以本店不大和东洋人来往。不像他们，往往把好书都卖给外国人了。像他们那么样不知保存国粹的做着，不到几十年，恐怕什么宋版元钞，以及好一点的小说，传奇．都要陈列在他们外国人的家里去了。唉，唉，可叹！可叹！"老板似乎很感慨的说着，频频摇着他的光头。

仲清不好说什么，只默默的远瞩着对面架上的书。慢慢的立起身来，走近架边，无目的的翻翻架上的书，又看看他们标着的价目。

伙计抱了一包的书回到店里来："你老人家请来看，一页缺残也没有，只有一点虫蚀的地方。不要紧，我们会替您老人家修补好的。"

他一本一本的把这三部书都翻看了一遍，委实是使他愈看愈爱。《隋炀艳史》上还有好几幅很大胆的插图，是他向未在别的书图上见过的。每本书，边框行格都是完完整整的，并无断折，一个个字那是锋棱钢利，笔画清晰，墨色也异常的清浓，看起来非常的爽目。一页一页的似乎伸出手来，要招致他来购买它。他心里强烈的燃着购买的愿望，什么宛眉的责难，经济的筹划，他都不计及了。然他表面上却仍装出可买可不买的样子。

"书实在不坏，只是价钱太贵了，不让些是难以成交的。这种玩玩的书，我倒不一定要买，如果便宜了，便买，贵了，犯不着买，只好请你们送到别家去吧。"

老板道："价钱是实实的，一个也不能让。不瞒您说，《隋唐演义》我是花了二十五块钱买下的，《浣纱记》是我花四十块钱买下的，《隋炀艳史》却花了我五十块钱，都是从一个公馆里买来的。除了我，别一家真不肯出那么大的价钱去买它们的。我辛苦了一场，二三十块钱，您总要让我挣的。这一次您别让价了。下次别的交易上，我们吃亏些倒可以。这次委实是来价太贵，不能亏本卖出。"

他明晓得秃头老板说的是一派谎话，却不理会他，假装着不热心要买的样子，说道："那么，请你的伙计明天到我公事房里把头本拿去吧。太贵了，我买不起。"

老板沉下脸，好像很失望的样子，说道："您说说看，能出多少钱？"

"一百块钱，三部书，《隋炀艳史》要衬订过。"

老板摇摇头道："不成，不成，实在不够本钱。我本没有向您要过虚价。对不起，请您作成了我，不要让价了。大家是老交易，不瞒您说，有好书我总是先送给您看的。"

他很为难，想不到老板这样强硬，知道价是一定不能多让的了。

"那么，多出了十块钱，一百十块，不能再多了。我向来是很直爽的，不喜欢多讲价。"

"是的，我晓得您。不过这一次委实是吃亏不起。您是老顾主，既然如此，我也让去十块吧，一共一百四十块。不能再吃亏了。"

他懒懒的走到店门口，跨足要到街上去。心里却实实的欢喜这几部书，生怕被别人抢夺去了。"我再加十块钱，一共一百二十块，不能再加了。"

"相差有限，请你再加十块钱，就把书取去吧。"

他知道交易可成了，只摇摇头，仍欲跨出店门，"一个钱也不能再加了，实在不便宜了。"

老板道："好了，好了，大家老交易，替您包好了，《隋炀艳史》先放在这里，订好了再送上。"

伙计把《隋唐演义》、《浣纱记》包好了递给他，说道："我替您老人家叫车去，是不是回家？"

他点点头，伙计叫道："黄包车，海格路去不去？多少钱？"

"今天钱没有带来，隔几天钱取来再给你吧。"他对老板道。

"不要紧，不要紧，您随便几时送下都可以。"老板恭敬的鞠躬一下，几乎有九十度的弯下，光光的秃头，全部都显现出；送到门口，又鞠躬了一下，看他上车走了才进去。

他如像从前打得了一次胜仗，占了敌国一大块土地似的喜悦着，双手紧紧的抱着那一包书。别的问题一点也没有想起。

他到了家，坐在书桌上，只管翻阅新买来的几部书，心里充满了喜悦，也没有想起他的妻在外打牌的事。平常时候的等待时的焦闷与不安，这时如春初被日光所照射的残雪，一时都消融不见了。"实在买的不贵，"他暗自想者。

阅了许久，许久，才突然的想起了经济的问题。"怎么样呢？一百二十块钱，一块都还没有着落呢！"他时时的责怪自己的冒失，没有打算到钱，却敢于去买书。白己暗暗的苦闷着后悔着，想同宛眉商议。又怕她生气，责备。

他从来没打开口向人借过钱，这时却不由得不想到"借"的一条路上去了。这是一条唯一的救急的路。

向谁去借呢？叫谁去惜呢？他自己永没有向人开口过，实在说不出，只好请宛眉去。这一次已经买了，总得还钱，挨些气也无法。叫她到五姨那里去借，五姨没有，再向二舅去，总可以有。"唉，这样的盘算着，真是苦恼！下次再不冒失去买书了！"

懒懒的在灯下翻着新买的书，担着一肚子的忧苦，怕宛眉回来听了，要大怒起来，不肯去借。

嗒，嗒，嗒，门环响着，他知道是他的妻回来了。他心脏加速的猛烈的跳着。"蔡妈，开门，开门！"他的妻如常的叫道。

　　蔡妈开了门，她匆匆的走进房，见他独坐在灯下，问道："清，你还没有睡？在看书么？"他点点头，怀着一肚子鬼胎。她走近他，俯头吻了他一下，回头见书桌上放着一堆书，问道："你又买了书么？"他点点头，心里扰乱起来。

　　"多少钱？你昨天说身边一个钱也没有了，怎么又有钱去买书？是赊账的么？千万不要在外面除账！你又没有额外的收入，这一笔账怎么还法？唉！又买书！"见他呆呆的如有所思的坐在椅上，一句话不响，便着急的再迫问道："怎么不说话？是不是赊账买来的？回答一声既：'不是'，也可以使我宽心些！"

　　他心上难过极了，如果有什么地洞可逃，他一定逃下去了。她见他仍旧呆呆的坐在椅上不言语，便颤声的说道："唉！你还是不说话！想什么心事，是不是赊账买的？请你告诉我一声！说，'不是'，说'不是'！唉！"

　　他硬了头皮，横了心，摇摇头。她喜悦的说道："那末，不是赊账的了。是不是？"他点点头。她向前双手抱着他，说道："好的清，我的清，这样才对！买书不要紧，有多余的钱时可以去买。千万不要负债！"

　　他沉默着，什么话都说不出口。

　　全夜在焦苦、追悔、自责中度过。

　　第二天清早，他起床了，他的妻还在睡。他们没有说什么话。午饭时，他回家吃饭。饭后，坐在书桌上翻阅昨天买来的《隋唐演义》，一面翻着，一面想同他的妻说话，迟疑了半天，才慢吞吞嗫嚅的说道："你能否替我到五姨那里借一百二十块钱来？这几天我要用。"他的眼不敢望着她，只凝视着书页，一面手不停的在翻着，虽然假装着很镇定，心却扑扑的跳着，等待她回答。

　　"什么用，借钱？你向来没有问过人借钱。"她诧异的问。

　　他不声不响，手不停的翻着书页。

　　"什么用要借钱？你说，你说！不说用途，我不去借。"

　　他只是不声不响，眼望着书页。

"晓得了，是不是要借去买书，还书店的账？除此之外，你不会有别的用途。"

他点点头，等候着她的责备。真的她生气起来，把桌上的书一本一本的抛在地上，"一天到晚只想买书！这个脾气老是不改，我已不知劝说了多少次了！唉，唉！最好把饭钱房钱也都买书去，大家饿死就完了"。她伏着头在桌上，声音有些哽咽。他心里很难过，俯下身去拾书，说道："不要把这些书糟蹋了，价钱很贵呢。"

她抬起头来问道："多少钱？是不是借钱就去买这些书？"

他点点头，承认道："是的。"把一本书拿到地面前，指点给她听，"共买了三部书，实在不贵，一百二十块钱。你看，这些画多么工致！如果我肯转卖了，一定可以赚钱。"

她不声不响，接过了书翻了一会。她的眼凝注着他的脸，见他愁眉不展的样子，心里委实不忍。她的气平下去了，叹了一口气道："为了买书去借钱，唉，下次再不可如此了。没有钱便不要买。欠账是最不好的事！这次我替你去借借看。五姨也不是很有钱的，姨夫财政部里的薪水又几个月没有发了。能不能借来，还是一个问题呢。"

他脸上露出一线宽慰的笑容。"五姨那里没有，二舅那里去问问，他一定会有的。"

"你下次再不可这样冒失的去买书了。"她再三的吩咐着。

他点点头，不停手的在翻着书页。似乎一块大石已在心上落下。

原载 1928 年远东图书公司版《家庭的故事》

三　年

　　月白风清之夜，渔火隐现，孤舟远客。"忽闻江上琵琶声"，这嘈嘈切切之音，勾引起的是无限的凄凉。繁灯酣宴，酒肴狼藉，絮语琐切，高谈惊座，以箸击桌而歌，若醉，若醒，这歌声所引起的是燠暖繁华之感。至若流泉淙淙，使人有崇洁之意，松风飒飒，令人生高旷之思，洞箫幽细，益增午夜的静悄，胡琴低昂呜咽，奏出难消的愁绪，这些声调都是可知的，现世的，是现世的悲欢，是现世的愉闷，是现世的情怀。独有在沉寂寂的下午，红红的午日晒在东墙，树影花影交错的印在地上，而街头巷尾，随风飘来了一声半声的盲目的算命先生的三弦声，而你是独坐在沉寂寂的书室里，这简单而熟悉的铮铮当当之声，将勾引起你何等样子的心绪呢？这心绪是不可知的，是神秘的，是渺茫的，是非现世的。这铮铮当当的简单而熟悉的三弦声，仿佛是一个白衣天使的幽微的呼唤，呼唤你由现世而转眼到第二世界，呼唤你由狭窄的小室而游心于旷芜无边的原野。这铮铮当当的简单而熟悉的三弦声，仿佛是命运她自己站在你面前和你叨叨絮絮的谈着，你不能避开了她的灰白如死人的大而凄惨的脸，你不能不听她那些淡泊无味而单调的语声。呵，这铮铮当当的简单而熟悉的三弦声，虽只是一声半声，出街头巷尾而飘来你的书室里，却使你受伤了，一枝两枝无形的毒箭，正中在你的心。

谁都曾这样的受伤过，就是十七嫂的麻木笨重的心里，也不由得不深深的中了一箭。她茫然的，抬起板涩失神的眼来，无目的地注在墙角的蛛网上，这蛛网已破损了一角，黑色的蜘蛛，正忙着在修补。桃树上正满缀着红花。阶下的一列美人蕉，也盛放着，红色、黄色而带着黑斑的大朵的花，正伸张了大口，向着灿烂的春光微笑。天井里石子缝中的苍苔，还依旧的苍绿，花坛里的芍药，也正怒发着紫芽。十七嫂离开这里的故家，不觉的已经三年了。如今重来时，家里的一切都还依旧，天井里的一切都还依旧，只有她却变了，变了！这短短的三年，使她由少女而变为妇人，而无忧无虑的心，乃变而为麻木笨重，活溜溜的眼珠，乃变而板涩失神，微笑的桃红色的脸乃变而枯黄，憔悴，惨闷。这短短的三年，使她经历了一生。她的一生，便是这样的停滞了，不再前展了，如一池死水似的，灰蓝而秽浊的停储着。她这样茫然的站在天井里。由街头巷尾随风飘来一声半声算命先生的三弦声，便在她麻木笨重的心里，也不由得不深深的中了一箭。命运她自己似乎正和她面对面的站着。

"姑姑，快来看，新娘子回来了！"她的一个五岁的侄女，圆而红润的脸上微笑着，由大厅里跑跳了来向她道。她的小手强塞入她姑姑的手里，"姑姑，去看，快去。新娘子还带了红红金金的许多匣子东西回来呢。"

她渺茫的，空虚的，毫无心绪的，勉强牵了这个孩子的小手，同到前面大厅里来。

新娘子是她的第三弟媳，前三天方才娶进门的。她自出嫁后，三年中很少归宁到两天以上。这一次是破例，因为有了喜事，所以四婶，她婆婆，特别允许她多住几天。

十七嫂在九岁时，她母亲曾有一天特别的叫了一个算命先生进门，为她算算将来的运命。铮铮当当的三弦声，为小丫头的叫声"算命的，算命的"而中止。小丫头执着盲目的算命先生的探路竹棒的一端，引了他进门来。他坐在大厅的椅上，说道："太太，要替谁算命？男命？女命？"

她母亲道："是女命，九岁，属虎，七月十六日生。"

算命先生自言自语的念了许多人家不懂的术语后，便向她母亲道："太太，我是喜欢说直话的，有凶说凶，有吉说吉，不能瞎说骗钱，太太，是么？这命可是不太好，命中注定要克……太太，这命，双亲都在么？"

"父亲已故，母在。"

"是的，命中注定要克父。不要出嫁得太早，二十四五岁正当时。出嫁早了，要克子。太太，这命实在硬，我是喜欢说直话的，有凶说凶！……"

小丫头仍旧领了这瞎子出门。铮铮当当的三弦声又作了，由近而渐远，渐渐的消失于街头的喧声中。这时，天井里几树桃花正盛开着，花坛里的芍药，正怒发紫芽，而蜘蛛也正忙着在墙角布网。十七嫂带着红红的一个苹果脸，正在阶前太阳光中追逐着一只小黑猫。她毫不挂念着她未来的运命。烦恼她的，只有：她的一双耳片，还隐隐的作痛。前天她母亲才请隔壁的顾太太替她穿了耳环孔，红色的细线，还挂在孔中。顾太大的手不会发抖，短短的针，很利落的便在粉嫩的耳片中穿过了，当时并不觉得怎么痛，所以戚串和邻居都喜欢请她穿女孩子们的耳环孔。十七嫂的两个姊姊，也都前后由顾太太的手，替她们穿了耳环孔。她是她家里最小的女孩，顾太太穿了她的耳片后，要等她家第二代的女孩子们长成后，才再有这个好买卖呢。

春天，秋天，如在北海上面溜冰的人似的，很快的，很快的一个个滑过去了，十七嫂不觉的已经二十岁，这正是出嫁之年，也许已经是太迟些。十七哥这时正由北京学校里毕业回家。四叔和四婶忙着替他找一房好媳妇，而十七嫂遂由媒婆的撮合，做了十七哥的新娘子。

新房里放着一张大铜床，是特别由上海买来的。崭新的绿罗帐子，方整的张在床架上。两只白铜的帐钩，光亮亮的勾起了帐门。帐眉是绣了许多许多花的红色缎子，还有两个绣花的花篮式的饰物，悬了帐门两边。桌子、椅子、衣架、皮箱、镜橱、镜框，都是崭新的，几乎可以闻得出那

"新"味来。窗前的桌上，放着一对高大的锡烛台，上面插着写着金字的大红烛，还放着几只崭新的茶碗茶杯。床底下是重重迭迭的维着大大小小的金漆的衣盆，脚盆之类。这房间一走进去便觉得沉沉迷迷的，似有无限的喜气，"新"气。

四婶看待新娘子又是十分的细心体贴。新少奶长，新少奶短，一天到她房里总有七八趟。吃饭时，总要把好菜拣在她碗里："新少奶不要客气，多吃些菜。"早上，十七嫂到上房问好时，她总要说："新少奶起得这么早！没事不妨多睡睡。"

八嫂看见婆婆特别的宠爱新来的媳妇，心里嫉妒得说不出，窃窃的对张妈说道："怪稀罕的，三天的新鲜！"

然而十七嫂过门一个月后，四叔便署理了天台县。四叔在浙江省做了二十年的小官僚，候补的赋闲的时间总在十二三年以上，便放出差来也是苦差，短差，从没有提过正印。这一次的署理天台县正堂，直招全家都喜欢得跳起来，四婶竟整三天的笑得合不拢嘴。她在饭桌上说道："都是靠新少奶的福气！"

她过门的第三个月，又证明了有孕在身。这使四婶格外的高兴。她说道："大房媳妇，娶了几年了，还不生育一男半女。新少奶过门不久，便有了身。菩萨保佑他生了男孩子，周家香火无忧了！"

她自此待十七嫂更好，更体贴得入微："新少奶要保养自己，不要劳动。要吃什么尽管说，叫大厨房去买。"

晚上厨子周三到上房问太太明天要添什么菜时，她在想好了老爷少爷要吃的菜后，总要叫李妈去问问新少奶要吃什么不。新少奶总回说不要，然而四婶却自作主张的吩咐道："周三，明天为新少奶买一只嫩鸡，清炖。炖好了叫李妈送到她房里。好菜放在饭桌上，你一箸，他一箸，一会儿便完了，要吃的人反倒没份！"

她每天到新少奶房里去的时间更多了，坐在窗前的椅子上，絮絮叨叨的谈着家常细故，诉说八嫂的不敬婆婆，好吃懒做，又问问她家中的小事。

看她桌上放着正在绣花的鞋面，便道："样子真好！谁画的花？新少奶真有本事。"临出房门时，便再三的吩咐道："不要多做事，不要多坐，有事叫李妈、张妈做好了，不要自己劳动。"

十七嫂是过着她的黄金时代。八嫂是嫉妒得说不出。面子上和她敷衍敷衍，背地是窃窃絮絮的妒骂着："也不知是男是女？还只三四个月呢，便这么娇贵！吃这个，吃那个，好快活！婆婆也不像婆婆的样子，只是整天的在媳妇房里跑！也不知是男是女？便这么爱惜她！"

十二月，雪花飘飘扬扬的落了满屋瓦，满天井。四叔正忙着做他的五十双寿。这是他生平最热闹的一次寿辰。前半个月，全家便已忙碌起来。前三天，家里已经搭起红色的牌坊，大天井上面是搭盖了明瓦的天篷。请了衙门里的两位要好的师爷，经理账房里的事。送礼的人，纷至沓来。十几个戴着红缨帽，穿着齐整的新衣的底下人，出出进进，如蛱蝶之在花丛中穿飞着，几个亲戚们也早几天便来做客了，几个孩子，全身崭新的红衣、绿衣，在大厅里，天井里，跑着笑着，或簇集在一块看着挑送进来的礼担。火腿是平放在担中，鸡屈伏在鞭炮红烛之间，鸭子伸出头来，呷呷的四顾着；间或有白色的鹅，头顶着红冠，而长项上还圈了一圈红纸，间或有立在地上比桌子还高的大面盆。大馒头盆，盆上是装饰着八仙过海、麻姑献寿等等故事中的米面做的人物。暖寿那一天，已有十几桌酒席。大厅上，花厅里，书房里，坐满了男客；而新少奶的房里，四婶的房里，八嫂的房里，也都拥挤着太太们，小姐们。红烛十几对的高烧着。大厅里，花厅里，书房里，红红的挂满了寿幛，寿联，寿屏。本府张大人也送了一轴红缎幛子来。而北京做着侍郎的二伯，也有一对寿联寄来。上席时，鞭炮燃放了不止数万，震得客人耳朵几聋，连说话也听不见。门外是雪花飘飘扬扬的落下，而这里是喜气融融的，暖暖和和，一点也不觉得是冬天，一点也不觉在下雪。第二天是正寿，客人更多了，更热闹了，连府尊也很早的便来拜寿，晚上是三十桌以上的酒席。连大天井里也都摆满了桌子。包办酒宴的是本城最大的一个酒馆，他们已有三四天不做别的生意，而专力来筹备这周公馆的寿宴。残羹剩酒，一钵一碗的送给打杂的吃，大爷们，老妈子们还不屑吃这些呢！

四叔满脸的春风，四婶满脸的春风，十七哥满脸的春风，十七嫂也终日的微笑着，忙着招呼客人，连八嫂也在长而愁闷的脸上显着笑容。老家人周升更是神气旺足的，大呼小叱，东奔西走，似乎主人的幸福便是他的幸福，主人的光荣，便是他的光荣。

直到了深夜，很晏很晏的深夜，客人方才散尽，而合家的人都轻松的舒畅了一口气，如心上落下了一块石头。这繁华无比的寿辰是过去了。

第三天，彩扎店里来拆了天篷彩坊去，而天井角里还红红的堆积了无数的鞭炮的残骸和不少的瓜子壳、梨皮。

四婶又在饭桌上说道："新少奶的福气真好，今年一进门，老爷便握了正印。便见这样热闹的做寿。今年，福官（十七哥的小名）也要有好差事才好。明年，小娃娃是会笑会叫公公了，做寿一定更要热闹！"

十七嫂低了头，不说什么，而八嫂心里是嫉妒得说不出。

果然，不到半个月，十七哥有差事了，是上海的一家公司找他去帮忙的。虽然不是什么顶好的差事，而在初出学校门的人得有这样的事做，已经很不坏了。忙了三四天的收拾行李，十七哥便动身赴上海了。

四婶含笑的说道："新少奶，我的话没说错么？说福官有事，便真的有事了。新少奶，你的福气真好！"

这时，十七嫂的脸上是红润的，肥满的，待人是客客气气的，对下人也从不叱骂。她还是一个新娘子的样子。四婶常道："她的脸是很有福相的。怪不得一娶进门，周家便一天天的兴旺。"

然而黄金时代却延长了不久，如一块红红的刚从炉中取山的热铁浸在冷水中一样。黄金时代的光与热，一时都熄灭了，永不再来了。

四叔做五十大寿后，不到二月，忽然觉得胃痛病大发。把旧药方撮来煎吃，也没有效验，请了邑中几个有名的中医来，你一帖，我一剂，也都无用。病是一天一天的沉重。他终日躺在床上呻吟着，有时痛得滚来滚去。

合家都沉着脸，皱着眉头。一位师爷荐举了天主堂里的外国人，说他会看病，很灵验。四婶本来不相信西医西药，然到了中医治不好时，只好没法的请他来试试。他来了，用听筒听了听胸部，问了问病状，摇摇头，只开了一个药方，说道："这病难好！是胃里生东西。姑且配了这药试试看。"西药吃下之后，病痛似乎还是有增无已，仿佛以杯水救车薪，一点效力也没有。

病后的八九天，大家都明显的知道四叔的病是无救的了。连中医也摇摇头，不大肯开方了。电报已拍去叫十七哥赶回来。

正当这时，不知是谁，把十七嫂幼时算命先生算她命硬要克什么什么的话传到周家来。八嫂便首先咕噜着说道："命硬的人，走一处，克一处，公公要有什么变故，一定是她克的！"四婶也听见这话了。她还希望不至于如此，然而到了病后十天的夜里，四叔的症候却大变了，只有吐出的气，没有吸进的气，脸色也灰白的，两眼大大的似盯着什么看，嘴唇一张一张的，似竭力要说什么，然而已一句话都不能说了。四婶大哭着。周升和师爷们忙着预备后事。再过半点钟四叔便死去了，合家号啕的大哭着，四婶哭得尤凶，"老爷呀，老爷呀！"双足顿跳着的哭叫。两个老妈子在左右扶着她。小丫头不住的绞热手巾给她揩脸。没有一个人敢去劝她。

在一"七"里，十七哥方才赶回来。然而他说，"那边的事太忙了，不能久留在家。外国人不好说话，留久了，一定要换人的！"所以到了三"七"一过，他便回到上海去。　家里只是几个女人。要账的纷至沓来，四叔虽说是做了一任知县，然而时间不长，且本来亏空着，娶十七嫂时又借了钱，做寿时又多用了钱，要填补，一时也填补不及。所以他死后，遗留的是不少的债。连做寿时的酒席账，也只付了一半。四婶一听见要账的来便哭，只推说少爷不在家，将来一定会还的。底下人是散去了一大半。

在"七"里，每天要在灵座前供祭三次的饭，每一次供饭，四婶便哀哀的哭，合家便也跟了她哭。而她在绝望的、痛心的悲哭间，"疑虑"如一条蛇似的，便游来钻进她的心里，她愈思念着四叔，而这蛇愈生长得大。

于是她不知不说的也跟随了八嫂的意见，以为四叔一定是十七嫂克死的。她过门不一年，公公便死了，不是她克死的还有谁！"命硬的人，走一处克一处！"这话几乎成了定论。而家中又纷纷藉藉的说，新娘子颚骨太大，眼边又有一颗黑痣，都是克人的相。见公公肖羊，她肖虎。羊遇了虎，还不会被克死么？于是四婶便把思念四叔的心，一变而为恨怨十七嫂的心，仿佛四叔便是十七嫂亲自执刀杀死一样。于是终日指桑骂槐的发闲气，不再进十七嫂房间里闲坐闲谈，见面时，冷板板的，不再"新少奶，新少奶"的叫着，不再问她要吃什么不，也不再拣好菜往她的饭碗里送。她肚子很大，时时要躺在床上，四婶便在房外骂道："整天的躲在房里，好不舒服！吃了饭一点事也不做，好舒服的少奶奶！"有时她要买些鸡子或蹄子炖着吃，便拿了私房的钱去买。四婶知道了，便叨叨罗罗的骂道："家用一天天的少了，将来的日子不知怎样过。她倒阔绰，有钱买鸡买鸭吃，在房里自由自在的受用！"

十七嫂一句句话都听得清楚。她第一次感到了她的无告的苦恼。她整天的躲在床上，放下了帐门，忧郁的低哭着，满腔的说不出的冤屈。而婆婆又明讥暗骂了："哭什么！公公都被你哭死了，还要哭！"

新房里桌子、柜子、橱子、箱子以及金漆的衣盆、脚盆，都还新崭崭的，而桌上却不见了高大酙锡烛台与写着金字的红红的大烛，床上却不见了绿罗帐子，而用白洋布帐子来代替，绣了许多许多花的红缎帐眉以及花篮式的饰物，也都收拾起来。走进房来，空洞洞的，冷清清的，不复如前之充满着喜气。而她终日坐在、躺在这间房里，如坐卧在愁城中。

在这愁城中，她生了一个孩子，一个男孩子！当她肚痛得厉害，稳婆已经叫来时，四婶忙忙碌碌的在临水陈夫人香座前，在观音菩萨香座前，在祖宗的神厨前，都点了香烛，虔诚的祷告着，许愿着，但愿祖先、菩萨保佑，生一个男孩，母子平安！她心里把着千斤重的焦急，比产妇她自己还苦闷。直等到呱的一声，孩子堕地，而且是一个男孩子，她方才把这千斤担子从心上放下，而久不见笑容的脸上，也微微的耀着微笑，稳婆收生完毕后，抱着新生的孩子笑祝道："官官，快长快大，多福多寿！"而四婶喜欢得几乎下泪，不再吝惜赏钱。十七嫂听见是男孩，在惨白如死人的脸上，也微微的现着喜色。自此，四婶似乎又看待得她好些；一天照旧进房来好几次，也许比前来得更勤，且照旧的天天的问："少奶要吃什么不呢？要多吃些东西，奶才会多，会好！""明天吃什么呢？蹄子呢？鸡呢？清炖呢？红烧呢？"然而这关切，这殷勤，都是为了宝宝，而不足为了十七嫂。譬如．她一进房门，必定先要叫道："宝宝，乖乖！让你婆婆抱抱痛痛！"而她的买鸡买蹄子，也只为了要"奶多，奶好！"

宝宝只要呱呱的一哭，她便飞跑进十七嫂的房门，说道："宝宝为什么哭呢？宝宝别哭，你婆婆在这里，抱你，痛你，宝宝别哭！"而宝宝的哭，却似乎是先天带来的习惯。不仅白天哭，而且晚上也哭，静沉沉的深夜，她在上房听见孩子哭个不止，便披了衣，走到十七嫂房门口，说道："少奶，少奶，宝宝在哭呢。"

"晓得了，婆婆，宝宝在吃奶呢。"

直等到房里十七嫂一边拍着孩子，一边念着："宝宝，乖乖，别哭，别哭，猫来了，耗子来了，睡吧，睡吧。"念了千遍万遍，使孩子渐渐的无声的睡去时，她方才复回到上房宽衣匣下。

"少奶，少奶，宝宝为什么又哭个不停呢？"她在睡梦中又听见孩子哭，又披衣坐起了。

十七嫂一边抚拍得孩子更急，一边高声答道："没什么，宝宝正在吃奶呢，一会儿便好的。"

每夜是这样的过去。四婶是一天天的更关心宝宝的事，十七嫂是一天天的更憔悴了。当午夜，孩子哭个不了，十七嫂左拍，右抚，这样骗，那样哄，把奶头塞在他嘴里，把铜铃给他玩，而他还是哭个不了时，她便在心底叹了一口气，低低的说道："冤家，要折磨死我了！"而同时又怕婆婆听见，起来探问，只好更耐心耐意的抚着，拍着，骗着，哄着。

母亲是脸色焦黄，孩子也是焦黄而瘦小。已是百日以上的孩子了，还只是哭，从不见他笑过，从不见他高兴的对着灯光望着，呀呀的喜叫着，如别的孩子一样。

有一夜，宝宝直哭了一个整夜，十七嫂一夜未睡，四婶也一夜未睡。他手脚乱动着，啼哭不止，摸摸头上，是滚烫的发烧。四婶道："宝宝怕有病呢，明早叫小儿科来看看。"

小儿科第二天来了，开了一个方子，说道："病不要紧的，只不要见风，吃了药，明天就会好些。"

药香达于全屋。煎好了，把黑黑的水汁，倒在一个茶碗里，等到温和了，用了一把小茶匙，提了孩子的鼻子，强灌进口，孩子哭着，挣扎着。四婶又把他的手足握住。黑汁流得孩子满鼻孔，满嘴边。等到一碗药吃定，孩子已经奄奄一息，疲倦无比，只是啼哭着。

来不及再去请小儿科来，而孩子的症候大变了。哭声渐渐的低了，微细了，声带是哑了，小手小足无力的颤动着。一双小眼，光光的望着人，渐渐的翻成了白色，遂在他婆婆的臂上绝了呼吸。

十七嫂躲在床上，帐门放下，在呜呜的哭着，四婶也哭得很伤心。小衣服一件件穿得很整齐后，这个小小的尸体，便被装入一个小小的红色棺中。这小棺由一个褴褛的人，挟在臂下拿去，不知抛在什么地方。整整的两天，十七嫂不肯下床吃饭，只在那里忧郁的哭着。她空虚着，十分的空虚着，仿佛失去了自己心腔中的肝肠，仿佛失去了一切的前途，一切的希望。她看见房里遗留着的小鞋，小衣服，便又重新哭了起来，看见一顶新帽，做好了他还未戴过一次的，便又触动她的伤心。从前，他的哭声，使她十分的厌恶，如今这哭声仿佛还在耳中响着，而他的黄瘦的小脸已不再见了。她如今渴要听听他的哭声，渴要抱着他如从前一样的抚着，拍着，哄着，骗着，说道："宝宝，乖乖，别哭，别哭！猫来了，耗子来了，睡吧，睡吧。"而她的怀抱中却已空虚了，空虚了，小小的身体不再给她抱，给她抚拍了。有一夜，她半夜醒来，仿佛宝宝还在怀抱巾，便叫道："宝宝，乖乖，吃奶奶吧，别哭，别哭！"她照常的在半醒半睡的状态中抚拍着，而仔细的一看，手中抱的却是一只枕头而非她的宝宝！她又低声的哭了半夜。这样的夺去她的心，夺去她的希望，夺去她的灵魂，还不如夺去她自己的身体好些！她觉得她自己的性命是很轻渺，不值得什么。

四婶也在上房里哭着，而宏大的哭声中还杂着不绝的骂声："宝宝呀，你的命好苦呀！活活的给你命硬的妈妈所克死！宝宝呀，宝宝呀！"

而十七嫂的命硬，自克了公公，又克子后，已成了一个铁案。人人这样的说，人人冷面冷眼的望着她，仿佛她便是一个刽子手，一个谋杀者，既杀了父亲，又杀了公公，又杀了自己的孩子，连邻居，连老妈子们也都这样的断定。她的脸色更焦黄了，眼边的黑痣愈加黑得动人注意，而活溜溜的双眼，一变而千涩失神，终日茫然的望着干墙角，望着天井，如有所思。而她在这个家庭里的地位，乃等八嫂而下之。连小丫头也敢顶幢她，和她斗嘴。

她房里是不再有四婶的足迹。她不出来吃饭，也没有人去请她，也没有想到她，大家都只管自己的吃，还亏得李妈时常的记起，说道："十七少奶呢？怎么又不出来吃饭了？"

四婶咕噜的说道："这样命硬的人，还装什么腔！不吃便不吃罢了，谁理会到她！不食一顿又不会饿死！"吓得李妈不敢再多说。

她闲着无事，天天会邻居，而说的便是十七嫂的罪恶："我们家里不知几世的倒霉，娶了这样命硬的一个媳妇！克了公公，又克了儿子！"正如她一年前之逢人便告诉八嫂之好吃懒做，不敬婆婆一样。

她还把当初做媒的媒婆，骂了一个半死，又深怪自己的疏忽鲁莽，没有好好的打听清楚，就聘定了她！

十七哥是久不回家，信也十分的稀少。但偶然也寄了一点钱，给母亲做家用，而对于十七嫂却是一文也没有，且信里一句话也不提起她，仿佛家里没有这样的一个媳妇在着。

有一天，三伯的五哥由上海回来，特地跑来问候四婶。婶向他问长问短，都是关于十七哥的事；近来身体怎样？还有些小咳嗽么？住的房子怎样？吃得好不好？谁烧的饭菜？有在外面胡逛没有？她很喜欢，还特地叫八嫂去下了一碗肉丝面给五哥吃，十分的殷勤的看待他。

五哥吃着面，无意的说道："十七弟近来不大闲逛了，因为有了家眷，管得很严，……"

四婶吓得跳了起来，紧紧的问道："有家眷了？几时娶的小？"

五哥晓得自己说错了话。临行时，十七哥曾再三的叮嘱他不要把这事告诉家里。然而这时他要改口已经来不及了。只好直说道："是的，有家眷了，不是娶小，说明是两头大。他们俩很好的过活着。"

四婶说不出的难过，连忙跑进久不踏进门的十七嫂房里，说道："少奶，少奶，福官在上海又娶了亲了！"只说了这一句话，便坐在窗前大桌边，哭了起来。十七嫂征了半天，然后伏在床上哀哀的哭着。她空虚干涩的心里，又引起了酸辛苦水。

四婶道："少奶，你的命真苦呀！"刚说了这一句，又哭了。

十七嫂又有两整天的躲在床上，帐门放下，忧郁的低哭着，饭也不肯下来吃。

她自公公死后，不曾开口笑过，自宝宝死后，终日的愁眉苦脸，连说话也不大高兴。从这时起，她却觉得自己的地位是更低下了，觉得自己真是一个不足齿数的被遗弃了的苦命人，性命于她是很轻渺的，不值得什么。于是她便连人也不大见，终日的躲在房里，躲在床上，帐门放下。房间里是空虚虚的，冷漠漠的，似乎是一片无比黑暗的旷野。桌子、椅子、柜子、床下的衣盆、脚盆都还漆光亮亮的，一点也不曾陈旧，而它们的主人十七嫂却完全变了一个人。短短的三年，她已经历了一生，甜酸苦辣，无所不备的一生！

她是这样的憔悴失容，当她乘了她三弟结婚的机会回娘家时，她母亲见了她，竟抱了她哭起来。

墙角的蛛网还挂着，桃树上正满缀着红花。阶下的一列美人蕉也盛放着，红色、黄色而带着黑斑的大朵的花，正伸张了大口，向着灿烂的春光笑着。天井里石子缝中的苍苔，还依旧的苍绿。花坛里的芍药也正怒发着紫芽。短短的三年中，家里的一切，都还依旧，天井里的一切，都还依旧，只有她却变了，变了！

她板涩失神的眼，茫然的注视着黑丑的蜘蛛，在忙碌的一往一来的修补着破网。由街头巷尾随风飘来一声半声的简单而熟悉的铮铮当当的三弦声，便在她麻木笨重的心上，也不由得不深深的中了一箭。

原载 1928 年远东图书公司版《家庭的故事》

失去的兔

"贼如果来了，他要钱或要衣服，能给的，我都可以给他。"

一家人饭后都坐在廊前太阳光中，虽是十月的时候，天气却不觉十分冷。太阳光晒在身上，透进一缕舒适的暖意。微风吹动翠绿的竹，长竿和细碎的叶的影子也跟了在地上动摇着。两只红眼睛的白兔，还有六只小兔，在小小的园中东奔两跑的找寻食物。我心里很高兴，微笑的对着大家忽然谈起贼的问题。

二妹摇摇头笑道："世界上难有这样的好人。"

母亲笑道："你哥哥他真的会做出来。前年，我们刚搬到这里来时，正是夏天，他把楼上的窗户都洞开了，一点警戒的心也没有。一个多月没有失去一件东西。他大意的说道：'这里倒还没有贼'。不料到了第三天晚上，忽然被贼不费力的偷去了一件春大衣，两套哔叽的洋装，一件羽毛纱的衣服，还有一个客人的长衫。明早他起来了，不见了衣服，才查问了起来，看见楼廊上有一架照相箱落下，是匆促中来不及偷走的，栏杆外边的缘檐上有一块橡皮底鞋的印纹。他才知道了贼是从什么地方上来的。但他却不去报巡警，说道：'不要紧，让他拿去好了，我还有别的衣服穿呢。'你们看他可笑不可笑。后来贼被捉了，在警局里招出偷过某处某处。于是巡警把他们带来这里查问。一个是平常做生意人的样子，一个是很老实的老头子，如一个乡下初上来的愚笨的底下人。你哥哥道：'东西已被偷去了，钱已被花尽了。还追问他们做什么？'巡警却埋怨他一顿，说他为什么不报警局呢。"

三妹道："哥哥对衣服是不希罕的，偷去了所以不在意。如果把他的书偷走了，看他不暴怒起来才怪呢！前半个月，我见他要找一本书找不到，在乱骂人，后来才记起来被一个朋友带走了。他咕咕絮絮的自言自语道：'再不借人了，再不借人了。自己要用起来，却不在身边！'"她一边说，一边学着我着急的样子，逗引得大家都笑了。

祖母道："你哥哥少时候真有许多怪脾气。他想什么，真会做出什么来呢。"

我正色的说道："说到贼，他真不会偷到书呢！偷了书，又笨重，又卖不得多少钱。不过我对于贼，总是原谅他们的。人到了肚皮饿得叫着时，什么事做不出来！我们偶然饿了一顿，或迟了一刻吃饭，已经忍耐不住了，何况他们大概总是饿了几顿肚子的，如何不会迫不得已的去做贼。有一次，我在北京，到琉璃厂书店里去，见一部古书极好，便买了下来，把身上所有的钱都用尽了，连回家的车钱都没有了。近旁又无处可借。那时恰好是午饭时候，肚里饥饿得好像有虫要爬到嘴边等候着食物的入口。我勉强的沿路走着。见一路上吃食店里坐客满满的，有的吃了很满足的出来，有的骄傲的走了进去。我几次也想跟了他们走进。但一摸，衣袋里是空空的，终于不敢走进。但看见热气腾腾的馒头饺子陈列在门前。听见厨房里铁铲炒菜的声音，铁锅打得嗒、嗒的声音，又是伙计们：'火腿白菜汤一碗，冬菜炒肉丝一盘，烙饼十个，多加些儿油'的叫着，益觉得肚里饥饿起来，要不是被'法律'与'羞耻'牵住了，我那时真的要进去白吃一顿了。以此推之，他们饿极了的人，如何能不想法子去偷东西！况且，他们偷东西也不是全没有付代价的。半夜里人家都在被窝中暖暖的熟睡着，他们却战战瑟瑟的在街角巷口转着。审慎了又审慎，迟疑了又迟疑，才决定动手去偷。爬墙，登屋，入房，开箱，冒了多少危险，费了多少气力，担了多少惊恐。这种代价恐怕万非区区金钱所能抵偿的呢。不幸被捉了，还要先受一顿打，一顿吊，然后再坐监中几个月或几年。从此无人肯原谅他，无人肯有职业给他。'他是做过贼的'，大家都是如此的指目讥笑着他，且都避之若虎狼。其实他们岂是甘心作贼的！世上有许多人，贪官，军阀，奸商，少爷等等，他们却都不费一点力，不担一点惊，安坐在家里，明明的劫夺、偷盗一般人民的东西，反得了荣誉，恭敬，挺胸凸腹的出入于大聚会场，谁敢动他们一根小毫毛。古语说，'窃钩者诛，窃国者侯'，真是不错！"我越说越气愤，只管侃侃的说下去，如对什么公众演说似的。

"哥哥在替贼打抱不平呢，"三妹道。

"你哥哥的话倒还不错，做了贼真是可怜，"祖母道。

"况且，贼也不是完全不能感化的。某时，有一个官，知道了家里梁上有贼伏着，他便叫道：'梁上君子，梁上君子，请你下来，我们谈谈。'贼怕得了不得，战战兢兢的下梁来，跪在他面前求赦。他道：'请起来。你到这里来，自然是迫不得已的。你到底要用多少钱，告诉我，我可以给你。'这个出于意外的福音，把贼惊得呆了，他一句话也说不出，半响，才嗫嚅的说道：'求老爷放了我出去，下次再不敢来了。'某官道：'不是这样说，我知道你如果不因为没有饭吃，也决不至于做贼的。'说时，便踱进了上房，取出了十匹布，十两银子，说道：'这些给你去做小买卖。下次再不可做这些事了。本钱不够时，再来问我要。'贼带了光明有望的前途走了回去，以后便成了一个好人。我还看了一部法国的小说，它写一个流落各地的穷汉，有一次被一个牧师收在他家里过夜。他半夜时爬起床来偷了牧师的一只银烛台逃走了。第二天，巡警捉了这个人到牧师家里来，问牧师那只烛台是不是他家的。牧师笑道：'是的，但我原送给他两只的，为什么他只带了一只去？'这个流浪人被感动得要哭了。后来，改姓换名，成为社会中一个很著名的人物。可知人原不是完全坏的，社会上的坏人都是被环境迫成的。"

大家都默默无语，显然的是都同情于我的话了。太阳光还暖暖的晒着，竹影却已经长了不少。祖母道："坐得久了，外面有风，我要进去了。"

母亲，二妹，三妹都和祖母一同进屋去了，廊上只有我和妻二人留着。

"看那小兔，多有趣"，妻指着墙角引我去看。

约略只有大老鼠大小，长长的两只耳朵，时时耸直起来，好像在听什么，浑身的毛，白得没有一点污瑕，不象它们父母那么样已有些淡黄毛间杂着，两只眼睛红得如小火点一样，正如大地为大雪所掩盖时，雪白的水平线上只露出血红的半轮夕阳。我没有见过比它们更可爱的生物。它们有时分散开，有时奔聚在母亲的身边，有时它们自己依靠在一处，它们的嘴，互相磨擦着，像是很友爱的。有时，它们也学大兔的模样，两只后足一弹，跳了起来。

"来喜，拿些菠菜来给小兔吃，"妻叫道。

菠菜来了，两只大兔来抢吃，小兔们也不肯落后，来喜把大兔赶开了，小兔们也被吓跑了。等一刻，又转身慢慢的走近来吃菜了。

"看小兔，看小兔，在吃菜呢。"几个邻居的孩子立在铁栅门外望着，带着好奇心。

妻道："天天有许多人在门外望着，如不小心，恐怕要有人来偷我们的兔子。"

"不会的，不会的，他们爬不进门来，"我这样的慰着妻，但心里也怕有失，便叫道："根才，根才，晚上把以前放兔子的铁笼子仍旧拿出来，把兔子都赶进笼里去。散在园里怕有人要偷。"根才答应了。

第二天早晨，我下了楼，第一件事便是去看兔子，但是园里不见一只兔子的影子。再找兔笼子也不见了。

"根才，根才，你把兔笼放在哪里去了？"我吃惊的叫着。

"根才不在家，买小菜去了，"张妈答应道。

"你晓得根才把兔笼子放在哪里？"我问张妈。

"我不晓得，昨天晚上听见根才说，把兔子赶了半天，才一只一只捉进笼去。后来就不晓得他把笼子放在哪里了。"张妈答道。

我到处的找，园中，廊上，厅中，厨房中，后天井，晒台上，书房中，各处都找遍了，兔子既不见一只，兔笼子也无影无踪。

"该死，该死！一定被什么贼连笼偷走了。"我开始有些愤急了。

妻和三妹也下楼来帮找寻找，来喜也来找。明知这是无益的寻找，却不肯就此甘心失去。

我躺在书房中的沙发上，想念着：大兔们还不大可惜，小兔们太可爱了，刚刚是最有趣的时期，却被偷走了。贼呀，该死！该死！为什么不偷别的，却偷了兔去！能卖得多少钱？为什么不把兔拿回来换钱？巡警站在街上做什么的？见贼半夜三更提了兔笼走，难道不会阻止。根才也该死，为什么不把兔笼放到厅上来？

我咀咒贼，怨恨贼，这是第一次。我失了衣服，失了钱，都不恨；但这一次把可爱的小兔提走了，我却病痛的恨怒了他！这个损失不是金钱的损失！

……唉，大姐问我们要过，二妹的朋友也问我们要过，我都托辞不肯给，如今全都失去了。早知这样，还是分给人家的好。

"一定没有了，一定被贼偷去了！都是你，你昨天如果不叫根才把兔都捉进笼，一定不会全都失去的！散在园中，贼捉起来多么费力，他们一定不敢来捉的。现在好了，笼子，兔子，一笼子都被捉去了。倒便宜了贼，替他装好在笼子里，提起来省力！"妻在寻找了许久之后，也进了书房，带埋怨似的说着。我两手捧着头，默默无言。

"小兔子，又有几只，一只，二只，"是来喜的声音，在园中喊着，我和妻立刻跳起来奔出去看。

"什么，小兔子已经找到了么？"我叫问着，心里突突的惊喜的跳着。

"不是的，是第二胎的小兔子，还很小呢，只生了两只，"来喜道。

墙角的瓦堆中，不知几时又被大兔做了一个窝，底下是用稻草垫着，草上铺了许多从母兔身上落下的柔毛，上面也是柔毛，做成一个穹形的顶盖，很精巧，很暖和，两只极小的小兔，大约只有小白鼠大小，眼睛还没有睁开，浑身的毛极薄极细，红的肉色显露在外，柔弱无能力的样子，使人一见就难过。

又加了一层的难忍的痛苦与悲悯。

母兔去了，谁给它们乳吃呢？难道看它们生生的饿死！该死的贼，该杀的贼；简直是犯了万恶不可赦的谋杀罪！

"根才怎么还不回来！快叫巡警去，一定要捉住这偷兔贼，太可恨了！叫他们立刻去查！快些把母兔捉回来！"我愤急的叫着。

"唉！只要贼肯把兔子送回呀，什么价钱都肯出，并且决不追究他的偷窃的罪！"我又似对全城市民宣告似的自语着。

我们把那两只可怜的小兔从瓦堆中提出，放在一个竹篮中，就当作它们的窝。

我不敢正眼看它们那种柔弱可怜的惨状。

"快些倒点牛奶给它们吃吧！"我无望的，姑且自慰的吩咐道。

"没有用，没有用，它们不肯吃的。

我着急的叫道："不管它们吃不吃，你去拿你的好了；不能吃，难道看它们生生的饿死！"

"少爷要，你去拿来好了。"妻说道。

牛奶拿来了，我把它们的嘴放在奶盘中。好像它们的嘴曾动了几动，后来又匍匐的浑身抖战的很费力的爬开了，毫没有要吃的意思。我摇摇头，什么方法也没有。

根才在大家忙乱中提了一大盘小菜进来。

"根才，你把兔笼子放在哪里的？"我道。

"根才，兔子连笼子都不见了！"妻道。

根才惶惑的说道："我把它放在廊前的，怎么会被偷了？"

我怒责道："为什么放在廊前？为什么不取来放在客厅上？现在，你看，"我手指着那两个未睁开眼睛的小兔说，"这两只小兔怎么办？都是你害了它们！"

根才无话可答，只摇摇头，半晌，才说道：平日放在园中都不会失去。太小心了，反倒不好了。"

我走进书房，取了一张名片，写上几个字，叫根才去报巡警，请他们立刻去找。

根才回来了，带了一句很简单的话来："他们说，晓得了。"

我心里很不高兴。妻道："时候不早了，你到公事房去吧。"

在公事房里，我无心办事，一心只记念着失去的兔，尤其是那两只留存的未睁开眼的小兔。我特地小心的去问好几个同事，有什么方法可以养活它们。又到图书馆，立等的借了几册论养兔的书来，他们都不能给我以一点光明。

午饭时，到了家，问道："小兔呢？怎么样了？"

"很好，还活泼。"妻道。

竹篮上盖了一张报纸，两只小兔在报纸下面沙沙的挣爬着，我不忍把报纸揭开来看。

下午，巡警还没有什么消息报告给我们。我又叫根才去问他们一趟。警官微笑的说道："兔子么？我们一定代你们慢慢的查好了，不过上海地方太大了，找得到否，我们也不知道。"

要他们用心去找是无望的了。他们怎么肯为了几只兔子去探访呢？

姐夫来了，他的家住在西门，我特地托他到城隍庙卖兔的地方去看看，有没有象我们家里的兔在那里出卖。

又一天过去了，姐夫来说，那里也没有一毫的影踪。恐怕是偷兔的人提了笼沿街叫卖去了。

两只小兔还在竹篮中沙沙的挣爬着。我一点方法也没有。又给牛奶它们吃，强灌了进去，不久又都吐了出来。

"唉，无望，无望！"我这样的时时叹息着。

祖母不敢来看小兔子，只说，"可怜，可怜，快些给它们奶吃。"

母亲拿了牛奶去灌了它们几次，但也无用。

到了三天了，竹篮里挣爬的声音略低了些，我晓得这两个小小的可怜的生物，临绝命之期不远了。但我不敢揭开报纸的盖去望望它们。

"有一只不能动了，快要死了，还有一只好一点，还能够在篮上挣爬。"午饭时三妹见了我这样说。

我见来喜用火钳把倒死在地上的那只小兔钳到外面。妻掩了脸不敢看，我坐在沙发上叹息。

"贼，可诅咒的贼！唉，生生的饿死了这两只可怜的生物，真是万死不足以蔽辜！只要我能捉住你呀……"我紧紧的握着双拳，这样想着。如果贼真的到了我的面前，我一定会毫不踌躇的一举打了下去。

再隔一天，剩下的那只小兔也倒毙在竹篮中了。

"贼，该死的贼……"我咬紧了牙根，这样的诅咒着，不能再说别的话了。

"哥哥失去了兔子，比失去了什么都痛心些；他现在很恨贼，大概不肯再替贼打抱不平了。"仿佛是三妹在窗外对着什么人说道。

我心里充满了痛苦，悲悯，愤怒与诅咒，抱了头默默的坐在书房中。

（原载 1928 年远东图书公司版《家匠的故事》）

风　波

　　楼上洗牌的声音瑟拉瑟拉的响着，几个人的说笑、辩论、计数的声音，隐约的由厚的楼板中传达到下面。仲清孤寂的在他的书房兼作卧房用的那间接下厢房里，手里执着一部屠格涅夫的《罗亭》在看，看了几页，又不耐烦起来，把它放下了，又到书架上取下了一册《三宝太监下西洋演义》来，没有看到二三回，又觉得毫无兴趣，把书一抛，从椅上立了起来，微微的叹了一口气，在房里踱来踱去。壁炉架上立着一面假大理石的时钟，一对青瓷的花瓶，一张他的妻宛眉的照片。他见了这张照片，走近炉边凝视了一回，又微微的叹了一口气。楼上啪，啪，啪的响着打牌的声音，他自言自语的说道："唉，怎么还没有打完！"

　　他和他的妻宛眉结婚已经一年了。他在一家工厂里办事，早晨八九点钟时就上工去了，午饭回家一次，不久，就要去了。他的妻在家里很寂寞，便常到一家姨母那里去打牌，或者到楼上她的二姊那里，再去约了两个人来，便又可成一局了。

　　他平常在下午五点钟，从工厂下了工，匆匆的回家时，他的妻总是立在房门口等他，他们很亲热的抱吻着。以后，他的妻便去端了一杯牛奶给

145

他喝。他一边喝，一边说些在工厂同事方面听到的琐杂的有趣的事给她听：某处昨夜失火，烧了几间房子，烧死了几个人；某处被强盗劫了，主人跪下地去恳求，们终于被劫去多少财物或绑去了一个孩子。这些部是很刺激的题目，可以供始他半小时以上的谈资。然后他坐在书桌上看书，或译些东西，他的妻坐在摇椅上打着绒线衫或袜子，有时坐在他的对面，帮他抄写些诗文，成誊清文稿。他们很快活的消磨过一个黄昏的时光，晚上也是如此。

不过一礼拜总有一二次，他的妻要到楼上或外面打牌去。他匆匆的下了工回家，渴想和他的妻见面，一看她没有立在门口，一缕无名怅惘便立刻兜上心来。懒懒的推开了门口进去，叫道："蔡妈，少奶奶呢？"明晓得她不在房里，明晓得她到什么地力去，却总要照例的问一问。

"少奶奶不在家，李太太请她打牌去了。"蔡妈道。

"又去打牌了！前天不是刚在楼上打牌的么？"他恨恨的说道，好像是向着蔡妈责问。"五姨也太奇怪了，为什么常常叫她去打牌？难道她家里没有事么？"他心思暗暗的怪着他的五姨。桌上的报纸凌乱的散放着，半茶碗的剩茶也没有倒去，壁炉架上的花干了也不换，床前小桌上又是几本书乱堆着，日历也已有两天不扯去了，椅子也不放在原地方，什么都使他觉得不适意。

"蔡妈，你一天到晚做的什么事？怎么房间里的东西一点也不收拾收拾？"

蔡妈见惯了他的这个样子，晓得他生气的原因，也不去理会他，只默默的把椅子放到了原位，桌上报纸收拾开了，又到厨房里端了一碗牛奶上来。

他孤寂无聊的坐着，书也不高兴看，有时索性和衣躺在床上，默默的眼望着天花板。晚饭是一个人吃着，更觉得无味。饭后摊开了稿纸要做文章，因为他的朋友催索得很紧，周刊等着要发稿呢。他尽有许多的东西要写，却总是写不出一个字来。笔杆似乎有千钧的重，他简直没有决心和勇气去提它起来。他望了望稿纸，叹了一口气，又立起身来，踱了几步，穿上外衣，要出去找几个朋友谈谈，却近处又无人可找。自他结婚以后，他和他的朋友们除了因公事或宴会相见外，很少特地去找他们的。以前每每的强拽了他们上王元和去喝酒。或同到四马路旧书摊上走走。婚后，这种事情也成了绝无仅有的了。渐渐的成了习惯以后，便什么时候也都懒得去找他们了。

街上透进了小贩们卖檀香橄榄，或五香豆的声音，又不时有几辆黄包车衣挨衣挨的拖过的声响。马蹄的的，是马车经过了，汽号波波的，接着是飞快的呼的一声，他晓得是汽本经过了，又时时有几个行人大声的互谈着走过去。一切都使他的房内显得格外的沉寂。他脱下了外衣，无情无绪的躺在床上，默默的不知在想些什么。

铛，铛，铛，他数着，一下，二下，壁炉架上的时钟已经报十点了，他的妻还没有回来，他想道："应该是回来的时候了。"于是他的耳朵格外的留意起来，一听见衣挨衣挨的黄包车拖近来的声音，或马蹄的的的的走过，他便谛听了一回，站起身来，到窗户上望着，还预备叫蔡妈去开门。等了半晌，不见有叩门的声音，便知道又是无望了，于是便恨恨的叹了一口气。

如此的，经了十几次，他疲倦了，眼皮似乎强要阖了下来，觉得实在要睡了，实在不能再等待了，于是勉强的立了起身，走到书桌边，气愤愤的取了一张稿纸，涂上几个大字道："唉！眉，你又去了许久不回来！你知道我心里是如何的难过么？你知道等待人是如何的苦么？唉，亲爱的眉，希望你下次不要如此！"

他脱下衣服，一看钟上的短针已经指了十二点。他正钻进被窝里，大门外仿佛有一辆黄包车停下，接着便听见门环嗒，嗒，嗒的响着，"蔡妈，蔡妈，开门！"是他的妻的声音。蔡妈似乎也从睡梦中惊醒，不大愿意的侵吞吞的起身去开门。"少爷睡了么？"他的妻问道。"睡了，睡了，早就睡了"，蔡妈道。

他连忙闭上双眼，一动不动的，假装已经熟睡。他的妻推开了房门进来。他觉得她一步步走近床边，俯下身来。冰冷的唇，接触着他的唇，他懒懒的睁开了眼，叹道："怎么又是十二点钟回来！"她带笑的道歉道："对不住，对不住！"一转身见书桌上有一张稿纸写着大字，便走到桌边取来看。她读完了字，说道："我难道不痛爱你？难道不想最好一刻也不离开你！但今天五姨特地差人来叫我去。上一次已经辞了她，这一次却不好意思再辞了。再辞，她便将误会我对她有什么意见了。今天晚饭到九点半才吃，你知道她家吃饭向来是很晏的，今天更特别的晏。我真急死了！饭后还剩三圈牌，我以为立刻可以打完，不料又连连的连庄，三圈牌直打了两点多钟。我知道你又要着急了，时时看手表，催他们快打。惹得他们打趣了好一回。"说时，又走近了床边，双手抱了他的头，俯下身来连连的吻着。

他的心软了，一阵的难过，颤声的说道："眉，我不是不肯叫你去玩玩。终日闷在家里也是不好的。且你的身体又不大强壮，最好时时散散心。但太迟了究竟伤身体的。以后你打牌尽管打去，不过不要太迟回来。"

她感动的把头何在他身上说道："晓得了，下次一定不会过十点钟的，你放心！"

他从被中伸出两只手来抱着她。久久的沉默无言。

隔了几天，她又是很迟的才回家。他真的动了气，躺在床上只不理她。

"又不是我要迟，我心里真着总得了不得！不过打牌是四个人，哪里能够由着我一个人的主意。饭后打完了那一圈牌，我本想走了，但辛太太输得太厉害了，一定要翻本，不肯停止。我又是赢家，哪里好说一定不再打呢。"

"好，你不守信用，我也不守信用。前天我们怎么约定的？你少打牌，我少买书。现在你又这么样晚的回家，我明天一定要去买一大批的书来！"

"你有钱，你尽管去买好了。只不要欠债！看你到节下又要着急了！我每次打牌你总有话说，真倒霉！做女人家一嫁了就不自由，唉！唉！"她也动了气，脸伏在桌上，好象要哽咽起来。

他连忙低头下心的劝道："不要着急，不要着急，我说着玩玩的！房里冷，快来睡！"

她伏着头在桌上，不去理会他。他叹道："现在你们女人家真快活了。从前的女人哪里有这个样子！只有男人出去很晚回来，她在家里老等着，又不敢先睡。他吃得醉了回来，她还要小心的待候他，替他脱衣服，还要受他的骂！唉，现在不同了！时代变了，丈夫却要等待着妻子了！你看，每回都是我等待你。我哪一次晚回来过，有劳你等过门？"

她拾起头来应道："自然喽，现在是现在的样子！男子们舒服好久了，现在也要轮到我们女子了！"

他噗哧的一声笑了，她也笑了。

如此的，他们每隔二三个礼拜总要争闹一次。

这一次，她是在楼上打牌。她的二姐因为没事做，气闷不过，所以临时约了几个人来打小牌玩玩。第一个自然是约她了。因为是临时约成的，所以没有预先告诉他。他下午回家手里拿着一包街上买的他的妻爱吃的糖炒栗子，还是滚热的，满想一进门，就扬着这包栗子，向着他的妻叫道："你要不要？"不料他的妻今天却没有立在房门口，又听见楼上啪，啪，啪的打牌声及说笑声，知道她一定也在那里打牌了，立刻便觉得不高兴起来，紧皱着双眉。

他什么都觉得无题，读书，做文，练习大字，翻译。如热锅上蚂蚁似的，东爬爬，西走走，都无着落处。又赌气不肯上楼去看看她。只叫蔡妈把那包栗子拿上楼去，意思是告诉她，他已经回来了。满望她会下楼来看他一二次，不料她却专心在牌上，只叫蔡妈预备晚饭给他吃，自己却不动身，这更使他生气。"有牌打了，便什么事都不管了，都是假的，平常亲亲热热的，到了打牌时，牌便是她的命了，便是她的唯一的伴侣了。"他只管叽哩咕噜的埋怨着，特别怨她的是她今天打牌没有预先通知他。这个出于意外的离别，使他异常的苦闷。

书桌上镇纸压着一张她写的信；

"我至亲至爱的清，你看见我打牌一定很生气的。我今天本来不想打牌。他们叫我再三我才去打的。并且你叫我抄写的诗，我都已抄好了半天了。你说要我抄六张，但是你所选的只够抄三张，你回来，请你再选些，我明天再替你抄。我亲爱的，千万不要生气。你生气，我是很难过的。这次真的我并没有想打牌。都是二姐她自己打电话去叫七嫂和陈太太，我并不知道。如果早知道，早就阻止她了。千万不要生气，我难道不爱你么？请你原谅我罢！你如果生气，我心中是非常的不安的！二姐后来又打一次电话去约七嫂。她说，明天来。约我

在家等她。二姐不肯，一定要她来。我想宁可今晚稍打一会，明天就不打了。因为明天是你放假的日子，我不应该打牌，须当陪你玩玩，所以没有阻止她，你想是么？明天一块去看电影，好么？我现在向你请假了。再会！

你的眉

他手执这封信，一行一行的看下去，眼睛渐渐朦胧起来，不觉的，一大滴的眼泪，滴湿了信纸一大块。他心里不安起来。他想：他实在对待眉太残酷了！眉替他做了多少事情！管家记账，打绒线衣服，还替他抄了许多书，不到一年，已抄有六七册了。他半年前要买一部民歌集，是一部世间的孤本，因为嫌它定价略贵，没有钱去买，心里又着实的舍不下，她却叫他向书坊借了来，昼夜不息的代他抄了两个多月，把四大厚册的书全都抄好了。他想到这里，心里难过极了！"我真是太自私了！太不应该了！有工作，应该有游戏！她做了一个礼拜的苦工，休息一二次去打牌玩玩，难道这是不应该么？我为什么屡次的和她闹？唉，太残忍了，太残忍了！"他恨不得立刻上楼去抱着她，求她宽恕一切的罪过，向她忏悔，向她立誓说，以后决不干涉她的打牌了，不再因此埋怨她了。因为碍着别人的客人在那里，他又不敢走上去。他想等她下楼来再说罢。

时间一刻一刻的过去。他清楚的听着那架假大理石的时钟，的嗒的嗒的走着，且看着它的长针一分一分的移过去。他不能看书，他一心只等待着她下楼。他无聊的，一秒一秒的计数着以消磨这个孤寂的时间。夜似乎比一世纪还长。铛，铛，铛，已经十一点钟了。楼上还是啪，啪，啪的打着牌，笑语着，辩论着，不像要终止的样子。他又等得着急起来了！"还不完，还不完！屡次告诉她早点打完，总是不听话！"他叹了一口气，不觉的又责备她起来。拿起她的信，再看了一通，又叹了一口气，连连的吻着它，"唉！我不是不爱你，不是不让你打牌，正因为爱你，因为太爱你了，所以不忍一刻的离开你，你不要错怪了我！"他自言自语着，好象把她的信当作她了。

等待着，等待着，她还不下来。楼上的洗牌声瑟啦瑟啦的响着，几个人的说笑，辩论，计数的声音，隐约的由厚的楼板中传达到下面。似乎她们的兴致很高，一时决不会散去。他无聊的在房里踱来踱去，心里似乎渴要粘贴着什么，却又四处都是荒原，都是汪汪的大洋，一点也没有希望。

十二点钟了，她们还在啪，啪，啪的打牌，且说着笑着。"快乐"使她们忘了时间的长短，他却不能忍耐了。他恨恨的脱了衣服，钻到被中，却任怎样也不能闭眼睡去。"唉！"他曼声的自叹着，睁着眼凝望着天花板。

原载 1928 年远东图书公司版《家庭的故事》

压岁钱

家里的几个小孩子，老早就盼望着大年夜的到来了。十二月十五，他们就都放了假，终日在家里，除了温温书，读读杂志，童话，或捉迷藏，踢毽子，或由大人们带他们出去看电影以外，便梦想着新年前后的热闹与快活。他们聚谈时，总提到新年的作乐的事，他们很早的就预算着新年数日间的计划。

小妹最活泼，两颊如苹果般的红润，大哥一回家便不自禁的要去抱她，连连的亲她，有时把她捉弄得着急起来要哭了，还不肯放松。她常拍着两手，咕嘟着可爱的嘴，撒娇似的说道："姊姊，大年夜怎么还不来？"三妹一年一年的长大了，现在不觉得已是一个婀娜动人的女郎了，便应道："不要性急！今天是十六，还有两个礼拜就是大年夜了。"

说到大年夜，那真是儿童们最快乐的一夜。他们见到许多激动而有趣的事与物，他们围着火堆，戴了花面具跳舞，他们有压岁钱，这些钱可以给他们自由花用。一切都是有味的，都是蕴蓄无穷的乐趣的。

近二十时，家里开始忙乱起来了，厨子买了许多鸡鸭鱼肉来；孩子们天天见他杀鱼杀鸡鸭，有的用盐腌，有的浸在酱油中，都觉得是平常所未有过的。隔了几天，瓦檐前已挂起许多腊货来了。家里的个个人都忙着，二妹三妹也去帮忙，只有小妹小弟和倍倍旁观着，有时带着诧异的神情望着，有时却不休的问着，问得大人们也都讨厌起来。

地板窗户都揩洗过了，椅上也加了红缎垫子，桌前围了红缎围布，铜的锡的烛台都用瓦灰擦得干干净净；这是张妈，李妈，来喜们的成绩，母亲也曾亲自动手过。

大年夜一天天近了，孩子们一天天的益发高兴起来。二十八日，厨子带了一个大猪头来，这引动了孩子们的好奇心，窝蜂似围拢来看。母亲叫张妈取了一大盆水来，把猪头放在水盆中，母亲自己，来喜，张妈和二妹，每个人都手执一把钳子，去钳猪头上的细毛。费了半天的工夫才把猪头钳洗干净了。

二十九日，厨房里灯火点得亮亮的，厨子和李妈忙得没有一刻空闲，他们在蒸米粉做年糕。厨子拿了热气腾腾的大堆的糕团，在石臼中春捶；孩子们见他执了大石捶，一下一下，很吃力的春着，觉得他的气力真是不可思议的大。春完了，三妹首先问他要一点糕团来，掐做好些有趣的东西，人呀，兔呀，猴子呀，她都会做。小妹，小弟学样，也去问厨子要糕团。

"你们也要做什么？又不会做东西，"他故意的嗔责道。

小弟哭丧着脸，如受了重大打击似的，一声不响的站着，小妹却生气了。

"三姊有，我们为什么不能有？你怎么知道我不会做什么？告诉妈妈去，你敢不给我！"

厨子带笑的摘了两小块糕团给他们，一人给一块，说道："不要气，同你玩玩，不要气。"小弟还咯嘟着嘴不大高兴。

大年夜终于到来了。

早上，一切的筹备都已就绪了。大家略略的觉得安闲些。大哥还要到公司里去做半天工，因为要到下午才放假。店家要账的人，陆续的来了，母亲和嫂嫂一个个的付钱，把他们打发走。到了午后，母亲在房里包压岁钱，嫂嫂和二妹三妹在祖宗牌位前面摆设香炉烛台；厨子在劈柴，一根根的劈得很细，来喜帮他把柴堆在天井中，很整齐的堆列着，由下堆到上。小妹，小弟和倍倍在房里围着大哥，抢着要他刚才买回家的种种花面具。

"我要那个红脸的。"小弟道。

"我要那个白脸有长胡子的。"小妹道。

倍倍伸了两只小手道："爹爹，我也要，我也要！"

大哥把红脸的给小弟，白脸有须的给小妹，剩下一个黑脸的给倍倍。孩子们拿了花面具，立刻嘻嘻哈哈的带到脸上去，各自欲吓别人。

"你长了胡子了，脸怎么白得和壁上的石灰一样？"

"你才好看哩，怕人的红脸，和强盗似的！"

倍倍不说话，带了黑的面具，立刻到大厅上去找他的母亲。"姆妈，姆妈，我的脸好看不好看？"他很起劲的说道。

"真有趣，黑黑的脸，倍倍，你这个花面具真好，谁买给你的？"

"爹爹，他给我的。"

说时，小弟，小妹也都跑来了，大厅上立刻充满了孩子们的笑声和哄闹声。

晚上，先供祭了祖先，大家都恭恭敬敬的跪拜着，哥哥却只鞠了三下躬。倍倍拜时，几乎是伏在地上，大家哄堂的笑了。然后，母亲带着小弟到灶下去。叫他取了火钳，在灶中钳了一块熊熊燃烧着的柴来，放在天井柴堆中。这个柴堆也烧了起来。黑暗的天井中，充满了火光，人影幢幢的往来。来喜把盐一把一把的掷在柴堆中，它便噼啪噼啪的爆响起来。小妹也学样，掷了不少盐进去。

母亲道："好了，不要再掷了。"她还是不肯停止。

大厅上摆设了桌子，大大小小都围在桌上吃年饭。没有在家的人，也设有座位，杯前也放着一副杯箸。天井中柴堆还只是烧着，来喜在那里照料。

饭后，母亲分压岁钱了，二妹三妹都是十块钱，小妹，小弟和倍倍，则每人一块钱，都用红纸包了。小弟接了钱，见只有一块，立刻失望的不高兴起来。

"姆妈答应过给我五块钱，去定一年《儿童画报》，还买一部滑冰车。怎么只有一块钱？我不要！"

说时，他把钱锵的一声抛在桌上。母亲道："做什么？你，大年夜还要发脾气！你看，小妹，倍倍都安安静静没有说一句话。"

小弟急得嘴边扁皱起来，快要哭了。

"大年夜不许哭，哭就打！"母亲道。

大哥连忙把小弟连劝带骗的哄到书房里来。

"不要着急，等一等我给你钱。哭，弟弟，你知道我小时有多少压岁钱？哪里像你们一样，有什么一块两块的！"

"有一年，当我才八九岁时，我在大年夜的前几天，就预算好新年要用的钱和要买的东西了。我和大姊道：'去年祖母给二百钱做压岁钱，今年我大了一岁，一定可以给我五百钱。我要买花炮放，还要买糖人，还要和你及他们掷状元红，今年一定要赢你的。'我一切都计划得好好的，五百钱恰好够用。

"到了大年夜了，我十分的快活，一心等候着祖母发压岁钱。饭后，祖母拿出一包包的红纸包，先递一包给大姊，又递一包给我。我一看，只有一百钱！那时，我真失望，好像跌入一个无底的暗洞中似的，觉得什么计划都打翻了；火炮糖人都买不成，状元红也不配掷了。

"我哭声的问祖母道：'今年压岁钱怎么只有一百钱，我不要！'

"祖母一句话也没有，眉毛紧皱着，好像有满脸心事似的。

"我见祖母不答应我，知道无望了，便高声的哭了起来。祖母道：'你哭你哭！要讨打了！大姊只有五十钱呢！她不哭，你哭！你晓得今年没有钱吗？'说时，她脸色凄然，好像倒也要下泪了。婶母见我哭了，连忙把我哄到她房里，说道：'乖乖的，不要哭，祖母今年实在没有钱，明年正月里一定会再给你的。'

"祖母在她房里自言自语道：'三儿钱还不寄来，只有两块钱了，今天又换了一块做压岁钱，怎么过日子！'她说时，声音有些硬咽了。姊母道：'你听，祖母说的话！她多疼爱你，有钱难道还不给你么？'

"我的气终于不能平下去。倒在床上抽噎了许久，才被姊母拉进房里去睡。那一个大年夜真是不快活的一个。第二天，听姊母对老妈子说，老太太昨夜曾暗自流泪了一回。后来，我见祖母开抽屉取钱发地保上门贺喜的，去望了一望，真的，她抽屉里只有一块钱，另外还有压岁钱分剩的几百钱，此外半个钱包没打了。这个印象我到现在还极深刻的留着。唉！我真不应该使祖母伤心！"

弟弟依在大哥怀里，默默的听着，在灯光底下，见大哥脸色很凄惨，眼角上微微的有几滴泪珠，书房里是死似的沉寂。

外面。大厅上，小妹和倍倍的喧闹、嘻笑的声音；时时的透达进来。

原载 1928 年远东图书公司版《家庭的故事》

五老爹

我们猜不出我们自己的心境是如何的变幻不可测。有时，大事变使你完全失了自己的心，狂热而且迷乱，激动而且暴勇，然而到事变一过去，却如暴风雨后的天空一样，仍旧蔚蓝而澄清；有时，小小的事情，当时并不使你怎样感动，却永留在你的心底，如墨水之渗入白木，使你想起来便凄楚欲绝；有时，浓势的友情，牵住你一年半年，而一年半年之后，他或她的印象却如梅花鹿之临于澄清无比的绿池边一样，一离开了，水面上便不复留着他们的美影；有时，古旧的思念，却历劫而不磨，愈久而愈新，如喜马拉雅山之永峙，如东海、南海之不涸。

三十年中，多少的亲朋故旧，走过我的心上，又过去了，多少的悲欢哀乐，经过我的心头，又过去了；能在我心上留下他们的深刻的印象的有几许呢？能使我独居静念时，不时忆恋着的又有几许呢？在少数之少数中，五老爹却是一位使我不能忘记的老翁。他常在我童年的回忆中，活泼泼的现出，他常使我忆起了许多童年的趣事，许多家庭的琐故，也常使我凄楚的念及了不可追补的遗憾，不忍复索的情怀。

是三十年了，是走到"人生的中途"了，由呱呱的孩提，而童年，而少年，而壮年；我的心境不知变异了几多次，我的生活不知变异了几多的式样，而五老爹却永远是那样可敬的不变的五老爹。长长的身材，长长而不十分尖瘦的脸，月白的竹布长衫，污黄的白布袜，慈惠而平正的双眼，徐缓而滞涩的举止，以至常有烟臭的大嘴，常有烟污的焦黄色手指，厚底的青缎鞋子，柔和的微笑，善讲善说的口才，善于作种种姿势的手足，三十年了，却仿佛都还不曾变了一丝一毫似的。去年的春天，我到故乡去了一次。五老爹知道我回去了，特地跑来找我。他一见了我，便道：

"五六年不见了，你又是一个样子了。听说你近来很得意。但你五老爹却还依然是从前一贫如洗的五老爹！……"

面前立的宛然是五年前的五老爹，宛然是三十年前的五老爹，神情体态都还不变，连头发也不曾有一茎白；足以表示五年的，三十年的岁月的变迁的，只有：他的背脊是更弓弯了。

这是我最后一次的见他。半个月后，我离了故乡。三四个月后，黄色封套，贴着一条蓝色封套，上写"讣闻"二大字的丧帖，突然的出邮局寄到。"前清邑廪生春浩府君痛于……"我翻开了丧帖一看便怔住了：想不到活泼泼的五老爹这么快便死去了。

后来听见故乡的亲友们传说，五老爹临死的两三个月，体态完全变了一个样子，龙钟得连路都走不动；又变成容易发怒，他的妻，我们称她为"姑娘"的，一天不知给他骂了多少次，甚至动手拿门闩来打她。亲戚们的资助，他自己不能去取了，便叫了大的男孩子去。有时拿不到，他便叨叨罗罗的大骂一顿，是无目的的乱骂。他们都私下说"五老爹要死"了。而真的，不到两三个月，这句咒语便应验了。

但我没有见到过这样变态的五老爹。五老爹在我的回忆中，始终是一位可敬的不变的五老爹。长长的身材，长长而不十分尖瘦的脸，月白的竹布长衫，污黄的白布袜，……三十年来如一日。

我说五老爹是"老翁"，一半为了他辈分的崇高。他是祖母的叔父，因为是庶出的，所以年龄倒比祖母少了十多岁。他对祖母叫"大姊"，随了从前祖母母家的称号；祖母则称他为五老爹，随了我们晚辈的称呼。叔叔们已都称他为五老爹了，我自然应该更尊称他。然而祖母说："孩子不便说拗口的话，只从众称五老爹好了！"

我说五老爹是"老翁"，一半也为了他体态的苍老。我出世时，他只有三十多岁，然而已见老态，举止徐缓而滞涩，语声苍劲而沙板，眼睛近视得连二三尺前面的东西也看不清楚。他还常常夸说他的经历，他的见闻。我们浑忘了他的正确的年龄，往往当他是一个比祖母还老的老翁。然而他的苍老的体态，却年年是一样的，如石子缝中的苍苔，如屋瓦下的羊齿草，永远是那样的苍绿。所以三十多岁不觉得他是壮年，六十多岁也不觉他变得更老，除了背脊的更为弓弯。

他并不曾念过许多书。听说，年轻时曾赴过考场。然而不久便弃了求功名的念头，由故乡出来，跟随了祖父谋衣食。如绕树而生的绿藤一样，总是随树而高低，祖父有好差事了，他便也有；祖父一时赋闲了，他便也闲居在家；祖父虽有短差事在手而不能安插自己私人时，他便又闲居着。大约他总是闲居的时候多。他闲居着没事，抱抱孩子，以逗引孩子的笑乐为事。孩子们见他闲居在家便喜欢；五老爹这个，五老爹那个，几乎一时一刻离不了他；见他有事动身了便觉难过；"五老爹呢？五老爹？我要五老爹！"个个孩子一天总要这样的吵几次。而我在孩子们中间尤为他所喜爱。我孩提时除了乳母外，每天在他怀抱中的时候最久。他抱了我在客厅中兜圈子；他抱了我，坐在大厅上停放着的祖父的藤轿中荡动着；他把我坐在书桌上，而他自己裁纸摺了纸船纸匣给我玩。我一把抓来，不经意的把他摺的东西毁坏了，而他还是摺着。在夜里，他逗引着我注视红红的大洋油灯；我不高兴的要哭了，他便连声的哄着道："喏，喏，喏，你看墙上是什么在动？"他的手指，便映着灯光做种种的姿态。我至今还清楚的记得：他映的兔头最象，而两个手指不住的上下扇动，状着飞鸟之拍翼的，最使我喜欢。其他犬头，猫头，猪头，也都和兔头的样子差不了多少，不过他定要说他是犬头，猫头或者猪头罢了。最使我害怕，又最使我高兴的，是：

他双手叉着我的胁下，高高的把我举在空中，又如白鸽之飞落似的迅快的把我放下。我的小心脏当高高的被举在空中时，不禁扑扑的跳着。我在他头顶上，望下看着，似乎站在极高的山顶，什么东西都变小了，而平时看不见的黑漆漆的轿顶，平时看不见的神龛里的东西，也都看得很清楚，连绝高的屋脊也似乎低了，低了，低到将与我的头颅相撞。当我被迅速的放落时，直如由云端堕落，晕迷而惶惑，而大厅的方砖地，似乎升上来，升上来，仿佛就要升撞到我的身上。直到我无恙的复在他怀抱中时，我才安心定神，而我的好奇心又迫着我叫道："五老爹，再来一下！"

我大了一点，他便坐在祖母的烟盘边，抱我在膝上，讲故事给我听。夜间静寂寂的，除了小小的烟灯，放出圆圆的的一圈红光，除了祖母的嗤嗤漻漻的吸烟声，除了一团的白烟，由烟斗，由祖母嘴里散出外，一切都是宁静的。而五老爹抱了我坐在这烟盘边，讲有长长的，长长的故事给我听，直讲到我迷迷沉沉的双眼微微的合了，祖母的脸，五老爹的脸渐渐的模糊了，远了，红红的小灯渐渐的似天边的小圆月般的亮着，而五老爹的沙板苍劲的语声，也如秋夜的雨点，一声一滴的落到耳朵里，而不复成为一片一段时，他方才停止了他的讲述，说道："睡着了。"便轻轻的把我放在床铺上躺着睡，扯了一床毡子盖在我身上。

他讲着"海盗"的故事，形容那种红布包在头上，见人便杀的"海盗"，是那样的真切。他说道："'海盗'都拿着明晃晃的刀，尖尖的长枪，人一见了他们便跪下来献东西给他们。他们还是一刀把人的头斫下，鲜血直喷！有一次，一大批的男男女女，老老小小，躲在一大堆稻草下面避着'海盗''海盗'团团转转的找不见人，正要走了，一个执着长枪的'海盗'无意中把枪尖向草堆里刺了一下，正中一个男人的腿，他痛得喊了一声。于是'海盗'道：'有人！有人！'他们都把长枪向草堆中乱刺，稻草都染得红了，草堆里的人是一个也不剩。还有，我家的一个亲戚，你应该叫她祖太姑的，她现在已经死了，他的一家死得才渗呢！'海盗'来了，全家不留一个人，只有你祖太姑躲藏在厨房的灶洞中，没有被他们看见。她亲眼看见'海盗'的头上包着红布，手里都拿着明晃晃的刀枪，头发长长的。'海盗'走后，她由灶洞中爬了出来，满天井是死人！亏得一个老家人躲在别处的，回来见了她，才背了她出城逃难。半路上，他们又遇见一个'海盗'，老家人头上被砍了一刀，红血流得满脸；还好，你祖太姑很聪明，连忙把手上戴的小金镯脱下来给他，才逃得性命出来！"

他这样的追述那恐怖时代的回忆，使我又害怕又要听。微明而神秘的烟盘边，似乎变成了死骸遍地的空宅、旷场。而他讲述的《聊斋》，也使我有同样的恐怖。我不怕狐仙花怪的故事，我最怕的是山魈、僵尸。有一次，他说道："一位老太太和一个婢女同睡在一屋。老太太每夜听见窗外有人喷水的声音，便起了疑心，叫醒婢女一同去张望。却见一个白发龙钟的老太婆在那里用嘴喷水洒花。她知道有人偷窥，便向窗喷了一口水。老太太和婢女都死了过去。第二天，家里的人推进房门，设法救活他们，却只救活了婢女，老太太是死了。婢女述夜中所见的情形。家人把老太婆所没入的地方掘起来，掘不到七八尺，却见一个僵尸，身体还完好的，躺在那里，正是婢女夜中所见的白发龙钟的老太婆。他们把她烧了，此后才不再出现。"我听得怕了起来，仿佛我们的窗外也有人在呼呼的喷着水一样。我紧紧的伏在五老爹胸前不敢动，眼睛光光的望着他，脸色是又凄凝，又诧异，如一个宗教的罪人听着牧师讲述地狱里的惨状一样。

但他最使我兴高采烈的，笑着，聚精会神的听着的，还是他的《三国志》的讲述。他手舞足蹈的形容着，滔滔不息的高声的讲述着刘备是怎样，张飞是怎样，曹操是怎样，这些英雄的名字都由他第一次灌输到我心上来。他形容关公的过五关，斩六将，仿佛他自己便是红脸凤眉长髯的关羽，跨了赤兔马，提着青龙偃月刀。他形容张飞的喝断板桥，仿佛他自己便是黑脸的张飞，立在桥边，举着丈八蛇矛，大喝一声，喝退了曹操人马。他形容着曹操的赤壁大败，仿佛他自己便是那足智多谋，奸计满脑的曹操。他形容曹操的割须弃袍，狼狈不堪的样子，不禁的使我大笑。他讲得高兴了，便把我坐在床上，而他自己立起来表演。长长的身材，映在昏红的小小灯光之下，仿佛便是一个绝世的英雄。这一部《三国志》足足使他讲了半年多，直到他跟了祖父到青田上任去，方才告终，然而还未讲到六出祁山。每夜晚饭后，我必定拉着他，说道：

"五老爹，接下去讲，曹操后来怎样了？"

于是他又抱了我坐在祖母的烟盘边讲述着这长长的，长的故事。

我已经到了高等小学里读书。有一天，吃中饭时，我一个不小心，把一根很长的鱼骨鲠在喉头了；任怎样咳嗽也咳不出，用手指去抠，也抠不到，吃了一大团一大团的饭下去也粘它不下去。喉头隐隐的作痛，祖母、母亲都很惊惶。他们叫我张大了嘴给他们看，也看不见鱼骨鲠在哪里。我急得哭了起来。五老爹刚好从外面进来——当然，他这时又是赋闲住在我们家里——我一见他，便哭叫道："五老爹快来！五老爹快来！鱼骨鲠得要死了！要死了！"五老爹徐缓的踱了过来，说道："不要紧的，等五老爹把你治好，五老爹有取鱼骨的秘方。"于是，他坐在椅上，拉我立在他双膝中间，叫我张大了嘴，又叫丫头去取一把镊子来。他细细的，细细的看着，不久便用镊子探进喉头，随镊子到口腔外的是一棍很长的鱼骨，还带着些血。他问道："现在好了么？"我咽了咽口水，点点头，心里轻快得多，真如死里逃生。至今祖母对人谈起这事，还拿我那时窘急的样子来取笑。

五老爹快四十三四岁了，还不曾娶亲。还是祖父帮助了他一笔钱，叫他回故乡去找一个妻子。他娶的是大户人家的一个婢女，年纪只有二十左右，同他在一起其可算是父女。当然，他的妻不会美丽，圆圆的一张脸，全身也都胖得圆圆的，身材矮短，只齐五老爹的腋下高，简直像一个皮球。她不大说话，样子是很傻笨的。他结婚了不多几月，便把她带到我们家里来，于是他们俩都做了我们家里的长住的客人。我们只叫他的妻做"姑娘"，并没有什么尊称。自此，五老爹不再指手画足的谈《三国》，讲鬼神，但却还健谈。一半，当然是因为我已经大了。自己会看小书了，不会再像坐在他膝上听讲《三国志》时那么的对于他的讲述感兴趣了，一半，也因为他现在已成了家。

他成了家不久，姑娘便生了一个女孩子。这孩子很会哭，样子又难看，全家的人都不大喜欢她。而她的母亲，姑娘，终日呆涩死板的坐在房里，也不大使合家怎么满意。只有五老爹依旧得众人的欢心，他也依旧健谈不休。

祖父故后，我们家境也很见艰难，当然养不起许多闲人食客，于是在一批底下人辞去后，跟着告别回归故乡的，还有五老爹和他的"姑娘"和他们的善哭的女儿。他的去，一半也因为祖父已经去世，他的希望，他的"靠山"是没有了，所以不得不归去，另谋别一条吃饭的路。

啊，与我童年时代有那么密切的系连的五老爹是辞别归去了，从这一别，直到了十年后方才在北京再见。记得他带了他的妻女上"闽船"归去时，祖母叫了一个名家人替他押送着行李，那简简单单的包括两只皮箱、一只网篮、一卷铺盖的行李，还叫我也跟了去送行："顶疼爱你的五老爹回家了，你要去送送。"闽船是一种长不及二三丈的帆船，专走闽浙一路海边贩运货物的，而载客是例外。这样的船，在海边随风驶行着，由浙到闽，风顺时也要半个月，逆风时却说不定是一月两月。由闽出来时，大都贩的是香菰、青果之类，由浙回闽，贩的却都是猪。猪声哼哼的，与人声交杂，猪臭腾腾的，与人气混合。那真是难堪的苦旅行。五老爹要是有钱，他可以走别的路径，起陆，或由上海坐轮船回去。然而五老爹如何有这样大的力量呢？于是只好杂在猪声猪臭之中归去。船泊在东门外，那里是一长排的无穷尽的船只停泊着，船桅参参差差的高耸天空，也数不清是多少。五老爹认了半天，才认出原定的船来，叫伙计帮着拿行李上船，抱孩子，扶女人上船。伙计道："船要明早才开。"五老爹自己立在船头对我说道，"你不要上船了，跳板不好走，回去吧。我一到家就有信来。"又对老家人说道："来顺，你好好的送孙少爷回去，太阳底下不要多站了。"来顺说："五老爹叫你回去，你回去吧。"我心里很难过，没情没绪的跟了来顺走，走了几十步，回头望时，五老爹还站在船头遥望着我的背影。

啊，与我童年时代有那么密切的系连的五老爹是辞别归去了。

十年后，我在北京念书，住在三叔家里。每天早晨去上学，下午课毕回家。有一天，天气很冷，黑云低压的悬在空中，似有雪意。枯树枝萧萧作响，几片未落尽的黄叶纷纷扬扬的飞堕地上。我匆匆忙忙的赶回家。一进门，见有一担行李，放在门房口，便问看门的李升道："是谁来了？"李升道："一个不认识的老头子，刚由南边来的，好像是老爷的亲戚。"

我把书包放在自己房里，脱了大衣，便到上房。一掀开门市，便使我怔住：和三叔坐着谈的却是五老爹，十年未见的五老爹！他的神情体态宛然是十年前的五老爹，长长的身材，长长而不十分尖瘦的脸，污黄的白布袜，青缎的厚底鞋，慈惠而平正的双眼，柔和的微笑，一点也没有变动，只是背脊是更弓弯了些。他见了我也一怔，随笑着问道："是一官么？十年不见，成了大人了，样子全变了，要是在路上撞见，我真要不认识了呢。只是鼻子眼睛还是那样的。"

屋里旺旺的烧着一大盆火，五老爹还只是说："北京真冷呀！冷呀"三叔道："五老爹的衣裳太薄了，要换厚的，棉鞋棉袜也一定要去买，这样走出去，要生冻疮的。"

五老爹还是那样的健谈。在晚上的灯光底下，他说起，在家里是如何的生活艰难，万不能再不出来谋生，而谋生却只有北京的一条路。他说起，他的动身前筹备旅费是如何的辛苦，东乞求，西借贷，方才借到了几十块钱。他又说起，一路上是如何的困苦难走，北边话又不会说，所遇到的脚夫，车夫，旅馆接客，是如何的刁恶，如何的善于欺压生客。由晚饭后直说到将近午夜，还不肯停止。还是三叔说道："五老爹路上辛苦，不早了，先去睡吧。李升已把床铺理好了。"五老爹走到房门边，把门一推，一陈冷风，卷了进来，他打了一个寒噤，连忙缩了回去，说道："好冷，好冷！"三叔道："五老爹房里煤炉也生好了。睡时千万要当心，窗户不要闭得密密的。煤毒常要熏坏了人。"五老望道："晓得的。"三叔又给他一条厚围巾把他脖子重重围了，他方才敢走出天井，走到房里。

他的房间在我的对面，也是边房，本来是做客厅的，临时改做了他的卧房。第二天，他起床时，太阳已辉煌的照着。天井里，屋瓦上，枣树上，阶沿上，是一片的白色。太阳照在雪上，反映出白光，觉得天井里格外的明亮。他开了门，便叫道："啊，啊，好大的雪！"

这一天，他又和三叔谈着找事的问题。三叔微微的蹙着双眉，答道："近来北京找事的人真多，非有大力量，大靠山，真不容易有事。二舅在这里近两年了，要找一个二三十块钱一月的录事差事，也还找不到呢。"

五老爹默默的不言。他在北京直住到半年，住到北京的残雪早已消融完尽，北河沿和东交民巷边界的垂杨，已由金黄的丝缕而变成粗枝大叶，白杨花如雪片似的在空中乱舞时，他方才觉得希望尽绝，不得不收拾行李回家。在漫长的冬天里，他只是缩颈的躲在火炉边坐着。太阳辉煌的照着，而且一点风也没有，这时，他才敢拖了一把椅子坐在阶沿晒太阳。天色一阴暗，一有风，他便连忙躲进屋来，一步也不敢离开火炉边。刚开了门，一阵冷风便虎虎的卷了进来，他打了一个寒噤，叫道："好冷，好冷！"又连忙缩回火炉过去。

一到了晚上，他更非把炎炎旺旺的白炉子端放在他房里不可。三叔再三的吩咐他，把房子烘暖后，炉子便要端出门外去；要放炉子在房里，窗户便要开一扇。煤气是很厉害的；一冬总要熏死不少人。他似听非听的，每夜总是端了烧得炎炎旺旺的白炉子进屋，不再放它出门，窗户总是闭得严严密密的，好几天不曾出过什么毛病。

有一夜，我在半夜中醒来，仿佛有什么东西在呻吟，那重浊而宏大的呻吟声，不似人类发的，似是马或骆驼呻吟，或更似建幕于非洲绝漠上时所闻的狮子的低吼。我惊了一跳，连忙凝神的静听，清清楚楚的，一声声都听得见，这声音似从对房发出的。我穿了衣，披了大氅，开了门出去，叫了几声："五老爹，怎样了？怎样了？有病么？"他一声都不答应。我推了推门，是闩着的，便去推他的窗子。窗子还没有关闭着。我把窗一推，一股恶浊的煤气由房里直冲出来，几乎使我晕倒。这时，三叔也已闻声起来了，我们由窗中爬进，把门开了，房里是烟雾弥漫的。五老爹不省人事的躺在床上呻吟着。合家忙忙碌碌的救治他，把他抬到天井里使他吸着清新的空气，李升又去盛了一大碗酸菜汤来，说是治煤毒最好的东西，用竹筷掘开他的牙齿，把酸菜汤灌了进去。良久，他才叹了一口气而复活了，叫道："好难过呀！"

足足的静养了五天，他才完全复原。自此，他乃浩然有归意。挨过了严冬，到了白杨花如雪片似的在空中乱舞时，他便真的归去了。送他上东车站的是三叔和我。行李还是轻飘飘的来时的那几件，只多了身上的一件厚棉袍，足上的棉袜，棉鞋。

五年后，在故乡，我们又遇见了几次，是最后的几次。他一听见我回来了，便连忙赶来看我。还宛然是五年前的五老爹，十五年前的五老爹，三十年前的五老爹，神情体态都一点也不变，只是背脊更弓弯了些。

他依然是健谈，依然是刺刺不休的诉说他的贫况，依然是微笑着。但身上穿的却是十五年前的衣服，而非厚的棉衣，足上穿的却是十五年前的污黄的布袜，青缎的厚底鞋，而非棉袜棉鞋。他叹道："穷得连衣服都当光了。有几个亲戚每月靠贴一点，但够什么！"

第三天，二舅母来时，她说，五老爹托她来说，如果宽裕，可以资助他一点。我实在不宽裕，但我不能不资助五老爹。三十年来，他是第一次向我求资助。

我带了不多的钱，到他家里去拜望他。前面是一间木器府，他住在后进，只有两间房子，都小得只够放下床和桌子。他请我在床上坐，一会儿叫泡菜，一会儿叫买点心，殷勤得使我不敢久坐。我把钱交给了他，说道："这次实在带得不多，请五老爹原谅。以后如有需要时，请写信向我要好了。"他微笑的谢了又谢。

第二五早晨，他又跑来了，说道："我还没替你接风呢。今午到我家里吃饭好么？"我刚要设辞推托，不忍花他的钱，他似已知道我的意思，连忙道："你不厌弃你五老爹的东西么？五老爹在你少时也曾买糖人糖果请你，你还记得么？菜都已预备齐了，一定要来的。不来，你五老爹要怪你的。"我再也不能说得出推辞的话，只好说道："何必要五老爹破钞呢！"

这一顿午饭，至少破费了我给他的三分之一的钱。他说："听说你喜欢吃家乡的鲍鱼海味，这是特别赶早起去买来的，你吃吃看。"又说道："这鸡是你五老爹亲自炖的，你吃吃看，味儿好不好？"我带着说不出的酸苦的情绪，吃他这一顿饭，我实在尝不出那一碗一碗的丰美的菜的味儿。

我回到上海后，五老爹曾有一封信来过，说道，这二三月内，还勉强可以敷衍，希望端午节时能替他寄些款去，多少不拘。然而端午节还没有到，而五老爹已成了古人了。我寄回去的却是奠仪而不是资助！啊，我不忍思索这些过去的凄惋！

1927 年 8 月 7 日在巴黎

原载 1928 年远东图书公司版《家庭的故事》

王　榆

那年端午节将近，天气渐渐热了，李妈已买了箬叶、糯米回来，分别浸在凉水里，预备裹粽子。母亲忙着做香袋，预备分给孩子们挂，零零碎碎的红缎黄绫和一束一束绿色、紫色、白色、红色、橙色的丝线，夹满了一本臃肿的花样簿子。有一种将近欢宴的气象悬萦在家庭里，悬萦在每个人的心上。父亲忙着筹款，预备还米铺、南货铺、酒铺、裁缝铺的账。正在这时，邮差递进了一封信，一封古式的红签条的信，信封上写着不大工整的字，下款写着"丽水王寄"。母亲一看，便道："这又是王榆来拜节的信。"抽出一张红红的纸，上面写着：

> 　　　恭贺
> 太太
> 　　　　　　大少爷　大少奶
> 　　　　　　诸位孙少爷　孙小姐
> 　节禧
> 　　　　　　　　　　　　晚王榆顿首

　　每到一个季节，这样的一封信必定由邮差手中递到，不过在年底来的贺笺上，把"节禧"两个字换成了"年禧"而已。除了王榆他自己住在我们家里外，这样的一封信，简简单单的几个吉利的贺语，往往引起父亲母亲怀旧的思念。祖母也往往道："王榆还记念着我们。不知他近况好不好？"母亲道："他的信由丽水发的，想还在那边的百卡上吧。"

　　自从祖父故后，我们家里的旧用人，散的散了，走的走了，各自顾着自己的前途。不听见三叔、二叔或父亲有了好差事，或亲戚们放了好缺份，他们是不来走动的。间或有来拜拜新年，请请安的，只打了一个千，说了几句套话，便走了。只有王榆始终如一。他没有事便住在我们这里，替我们管管门，买买菜。他也会一手很好的烹饪，便当了临时的厨房，分去母亲不少的劳苦。他有事了，有旧东家写信来叫他去了，他便收拾行李告辞。然而每年至少有三封拜年拜节的贺片由邮差送到，不像别的用人，一去便如鸿鹄，一点消息也没有。

　　我不该说王榆是"用人"。他的地位很奇特，介乎"用人"和亲密的朋友之间。除了对于祖父外，他对谁都不承认自己是用人。所以他的贺片上不像别的用人偶然投来的贺片一样，写"沐恩王榆九叩首拜贺"，只是素朴的写着"晚王榆顿首"。然而在事实上他却是一个用人，他称呼着太太，少爷，少奶，孙少爷，孙小姐，而我们也只叫他王榆。他在我家时，做的也那是用人和厨子的事。他住在下房，他和别的用人们一块儿吃饭，他到上房来时，总垂手而立，不敢坐下。

　　他最爱的是酒，终日酒气醺醺的，清秀瘦削的脸上红红的蒸腾着热气，呼吸是急促的，一开口便有一种酒糟味儿扑鼻而来。每次去买菜蔬，他总要给自己带回一瓶花雕。饭不吃，可以的，衣服不穿，也可以的，要是禁止他一顿饭不喝酒，那便如禁止了他的生活。他虽和别的用人一块儿吃饭，却有几色私房的酒菜，慢慢的用箸挟着下酒。因为这样，别人的饭早已吃完了，而他还在低斟浅酌，尽量享受他酒国的乐趣，直到粗作的老妈子去等洗碗等得不耐烦了，在他身边慢慢的说："要洗碗了，喝完了没有？洗完碗还有一大堆衣服等着洗。今天早晨，太太的帐子又换了下来。下半天还有不少的事要做呢。”

他便很不高兴的叱道："你洗，你洗好了！急什么！"他的红红的脸，带着红红的一对眼睛，红红的两个耳朵，显着强烈的愤怒。又借端在厨房里悻悻的独骂着，也没人敢和他顶嘴，而他骂的也不是专指一人。母亲听见了，便道："王榆又在发酒疯了。"但并不去禁止他，也从来不因此说他。大家都知道他的脾气，酒疯一发完，便好好的。

他虽饮酒使气，在厨房里骂着，可是一到了上房，尽管酒气醺醺，总还是垂手而立，诺诺连声，从不曾开口顶撞过上头的人，就连小孩子他也从不曾背后骂过。

偶然有新来的用人，看不惯他的傲慢使气的样子，不免要抵触他几句，他便大发牢骚道：

"你要晓得我不是做用人的人，我也曾做过师爷，做过卡长，我挣过好几十块钱一个月。我在这里是帮忙的，不像你们！你们这些贪吃懒做的东西！"

真的，他做过师爷，做过卡长，挣过好几十块钱一个月，他并不曾说谎。他的父亲当过小官僚，他也曾读过几年书，认识一点字。他父亲死后，便到我的祖父这里来，做一个小小的司事。他的家眷也带来住在我们的门口。他有母亲，有妻，有两个女儿。在我们家里，我们看他送了他的第二个女儿和妻的死。他心境便一天天的不佳，一天天的爱喝酒，而他的地位也一天天的低落。他会自己烧菜，而且烧得很好。反正没有事，便自动跑到我们厨房里来帮忙，渐渐就成为一个"上流的厨子"，也可谓"爱美的厨子"。祖父也就非吃他烧的菜不可。到了祖父有好差事时，他便又舍厨子而司事，而卡长了。祖父故后，他也带了大女儿回乡。我们再见他时，便是一个光身的人，爱喝酒，爱使气。他常住在我们家里，由爱美的厨子而为职业的厨子，还兼着看门。

他常常带我出门，用他戋戋的收入，买了不少花生米、薄荷糖之类，使我的大衣袋鼓了起来。但他见我在泥地里玩，和街上的"小浪子"擂钱，或在石阶沿跳上跳下，或动手打小丫头，便正颜厉色的干涉道："孙少爷不要这样，衣服弄龌龊了"，"孙少爷不要跟他们做这下流事"，"孙少爷不要这样跳，要跌破了头的"，或"孙少爷不要打她，她也是好好人家的子女"！我横被干涉，横被打断兴趣，往往厉声的回报他道："不要你管！"

他和声的说道："好，好，同去问你祖母看，我该不该说你？"他的手便来牵我的手，我连忙飞奔的自动的跳进了屋。所以我幼时最怕他的干涉。往往正在"擂钱"擂得高兴时，一眼见他远远的走来，便抛下钱，很快的跑进大门去，免得被他见了说话。

全家的人都看重他，不当他是用人，连父亲和叔叔们也都和颜的对他说话，从不曾有过一次的变色的训斥，或用什么重话责骂他，——也许连轻话也不曾说过——他是一个很有身分的用人（？），但我这个称谓是不对的，所以底下又加了一个疑问号，不过我实在想不出什么别的恰当的语句来称他，他的地位是这样的奇特。……

我第一次到上海来，预备转赴北京入大学。这时，王榆正在上海电报局里当一个小司事，一月也有三四十元。他知道我经过上海，便跑来见我，殷勤的邀我到酒楼里喝酒去。我生平第一次踏到这样的酒楼。楼下柜台上满放着一盆一盆的熏炙的鸡、鸭、肝、肠，墙边满排着一瓮一瓮的绍兴酒。楼梯边空处是几张方桌子，几个人正在喝着酒，桌上只有几小碟的冷菜。王榆领我一直上楼，倚着靠窗的一张方桌坐下。他自己又下楼去，说道："就来的，就来的，请坐一坐。"窗外是一条一条的电线，时时动荡着，嘶嘶的声音，由远而近，连支线的铁柱上也似有嗡嗡的声响，接着便是一辆电车驶过了。车过后，电线动荡得更厉害，这条线的动荡还未停止，而那边的电线上又有嘶嘶的声音了。车过后，远远的电线上还不时发出灿烂的火光。我的幻想差不多随电线而动荡着。而王榆已双手捧了几包报纸包着的东西上楼来。解开了报纸，里面是白鸡、烧鸭、熏脑子之类，正是楼下柜台陈列着的东西。他道："自己下去买，比叫他们去买便宜得多了。"我们喝着酒，谈着，他的话还是带有教训的气味，如当我孩提时对我说的一样。我有点不大高兴，勉强敷衍着。他喝了酒，话更多，红红的一张清秀瘦削的脸，红红的细筋显现在眼白上，而耳朵也连根都红了，嘴里是酒气喷人。我直待他酒喝够了，才立起来说："谢谢了，要回去了。"他连忙阻拦着道："还有面呢。"一面又叫道："伙计，伙计，面快来！"

我由北京回到上海时，他已先一年离开了。听人家说，电报局长换了人，他也连带的走了，住在那个旧局长家里——他也是他的旧东家——充当厨子。但常常喝酒，发脾气，太太很不高兴他，因此他便走了，不知到什么地方去。这一年的年底，我接到一封古式的红签条的信。像这样的信封，我是许多年不曾见到了。从熟悉的不大工整的字体上，我知道这是王榆的拜年信。这一次他只写信："恭贺大少奶，孙少爷，孙小姐年禧，"因为只有我母亲和妹妹和我同住在上海。贺笺之外，还有一张八行笺，还有两张当票。他信上说，他现在吉林，前次在上海时，曾当了几件衣服，不赎很可惜，所以，把当票寄来，请我代赎。我正在忙的时候，把这信往抽屉里一塞。过了十几天不曾想起，还是母亲道："王榆的当票，你怎样还不替他去取赎呢？"我到抽屉里找时，再也找不到这封信和这两张当票。我想，大约已经满期了吧。他信上说，快要满期了，一定要立刻去取。我很难过不曾替他办好这一事。然而，到了第二节，他又写信来拜节了，却没有提起赎当的事。我见了这"恭贺少奶孙少爷节禧"的贺笺，便觉得曾做了一件负心的事，一件不及补救的负心的事。

在我结婚之前，全家已迁居到上海来，祖母也来了，且带来了几个老家人，王榆这时正由吉林到上海，祖母便也留着他帮忙。在家里，在礼堂里，他忙了好几天。到结婚的那一天，人人都到礼堂去，没有肯在家里留守的，只有他却自告奋勇的说道："我在家里好了，你们都去。"这使我们很安心，他是比别人更可靠，更忠心于所事的。这一天他整天的不出门，酒也喝得少些。我们应酬了客人，累了一天后，在午夜方才回家。而他已把大门大开着，大厅上点了明亮亮的一对大红烛，帮忙的人也有几个已先时回来，都在等候着。一见汽车进了弄口，他便指挥众人点着鞭炮，在霹霹啪啪的响声中，迎接我们归来，迎接新娘子的第一次到家。他见我的妻和我只在祖先神座前鞠躬了几下，似乎不太高兴，可是也不敢说什么。

他在这里，暂时屈就了厨子的职务。在他未来之前，我家里先已有了两个用人。这两个用人见他那么傲慢而古板的样子，都不大高兴。他还是照常的喝着酒，从从容容的一筷一筷挟着他私有的下酒的菜，慢慢的喝着。喝了酒，脸色红红的，眼睛红红的，耳朵连头颈都红红的，而一口的酒糟气，就在三尺外的人都闻得到。且还依旧借端发脾气，悻悻的骂这个，骂那个，还指挥着这个，那个，做这事，做那事，做得不如意，便又悻悻的骂着，比上人更严厉。为了他这样，那两个原来的用人也不知和他吵过几回嘴，上来向母亲控诉过几多次。母亲只是说道："他是老太爷的旧人，你们让他些，一会儿就会好的。"他们见母亲这样的纵容他，更觉不服，便上来向我的妻控诉着。有好几次，他们私自对我的妻说："王榆厨子真好舒服！他把好菜给自己下酒，却把坏的东西给主子吃。昨天，中饭买了一条黄鱼，他把最好的中段切下来自己清炖了吃，鱼头和鱼尾却做了主子的饭菜。哪有这样的厨子！"第二天，他们又来报告道："昨天小饭，他又把咸蟹的红膏留下自己吃了，留壳和留肉却做了饭菜。"如此的，不止报告了十几次。我的妻留心考察饭菜，便真的发现黄鱼是没有中段的，成蟹的红膏只容容可数的几小块放在盘子里。她把这事对我说了，也很不以为然。我说道："随他去好了，他是祖父的旧人。"

"是旧人，难道便可以如此舒服不成！"妻很生气的说着。我默默的不说什么。

过了一二月，帮忙的老家人都散去了，只有王榆，祖母还留他在厨房里帮忙。然而口舌一天天的多了；甚至，底下人上来向妻说，他是这般那般的对少奶奶不恭敬，听说什么菜是少奶奶要买的，他便道："我不会买这菜。"连少奶奶天天吃的鸡子，他也不肯去买。这样的话，使妻更不高兴。

有一次，他领了五块钱去买菜，菜也没买，便回来在厨房里咕噜咕噜的骂人，说是中途把钱失落了。几个底下人说："一定是假装的，是他自己用去了，还了酒账了。"但妻见他窘急得可怜，又补了五块钱给他。他连谢也不说一声，还是长着脸提了菜篮出门，这又使妻很生气。

妻见我回家，便愤愤的又把这事告诉了我。我慰她道："他是旧人，很忠心的，一定不会说假话。"妻道："是旧人，是旧人，总是这样说。既然他如此忠心，不如把家务都交给他管好了！"

我知道这样的情势，一定不能更长久的维持下去，而王榆他自己也常想告辞，说工钱实在不够用，并且也受不了那么多的闲气。然而他到哪里去好呢？这样的古板的人物，古怪的脾气，这样的使酒谩骂的习惯，非相知有素的人家，又谁能容得他呢？我为了这事踌躇了好几天。后来，和几个朋友商定，叫他到一个与我们有关系的俱乐部里去当听差，事务很空闲，而且工钱也比较的多。他去了，还是一天天的喝酒，喝得脸红红的，眼睛红红的，耳朵连头颈都红红的，一开口便酒气喷人。他自己烧饭烧菜吃，很舒适，很舒适的独酌着，无论喝到什么时候都没人去管他。然而，他只是孤寂的一个人，连脾气也无从发，又没有一个人可以给他骂，给他指挥，而且戋戋的工资，又实在不够他买酒买菜吃。他常常到我家里来，向我诉说工钱太少，不够用。又说，闲人太多，进进出出，一天到晚开门关门实在忙不了。我嘴里不便说什么，心里却有些不以他为然。

然而他虽穷困，却还时时烧了一钵或一磁缸祖母爱吃的菜蔬，送了来孝敬"太太"吃。祖母也常拿钱叫他买东西，叫他烧好了送来。"外江"厨子烧的菜，她老人家实在吃不惯。

有一次，俱乐部里住着我们一个很要好的朋友。他新从天津来，没地方住，我们便请他住到俱乐部一间空房里去。于是王榆每天多了倒洗脸水、泡茶、买香烟等等的杂事，门也要多开好几次，多关好几次。他又跑来对我诉说，他是专管看门的，看门有疏忽，是他的责任，别的事实在不能管。我说道："他不过住几天便走的，暂时请你帮忙帮忙吧。"而心里实在不以他为然。

有一天清晨，他如有重大事故似的跑来悄悄的对我说："你的那位朋友，昨夜一夜没回来。今天一回来，便和衣倒在床上睡了，不知他干的什么事，我看他的样子不大对，要小心他。"又说道："等了一夜的门，等到天亮，这事我实在不能干下去。"我只劝慰他道："不过几天的工夫，你且忍耐些。他大约晚上有应酬，或是打牌，你不必去理会他的事。"而心里更不以他的多管闲事、爱批评人的态度为然。

过了几天，他又如有重大事故似的跑来悄悄的对我说："你的朋友大约不是一个好人。他一定赌得很厉害，昨夜又没有回来。今天一回来，使用白布包袱，包了一大堆的衣服拿出门，大约是上当铺去的。这样的朋友，你要少和他来往。"我默默的不说什么，而心里更不以他为然。我相信这位朋友，相信他决不会如此，我很不高兴王榆这样的胡乱猜想，胡乱下批评，且这样的看不起他。

过了几天，在清晨，他更着急的又跑来找我，怀着重大秘密要告诉我似的。我们立在阶沿，太阳和煦的把树影子投照在我们的身上。他悄悄地说道："我打听得千真万确了．他实在是去赌的。前天出去了，竟两天两夜不曾回来，这样的人你千万不要再和他来往，也千万不要再借钱给他，他是拿钱去赌的。"我再也忍不住了，我相信这位朋友决不会如此，我不愿意这位朋友被他侮辱到这个地步。我气愤愤的把阶沿陈设着的两盆花，猛力踢下天井去，砰的一声，两个绿色的花盆都碎成片片了。同时厉声的说道："要你管他的事做什么！"他一声不响的转身走出大门，非常之怏怏的。

我望着他的背影，心里后悔不迭。他不曾从祖父那里受到过这样厉声的训斥，不曾从父亲那里受到过这样厉声的训斥，不曾从叔叔们那里受到过这样厉声的训斥，如今却从我这里受到！我当时真是后悔，真是不安，——至今一想起还是不安——很想立刻追去向他告罪，但自尊心把我的脚步留住了。我怅然的望着他的背影消失在大门外。我想他心里一定是十分的难过的。他殷殷的三番两次跑来告诉我，完全是为了同我关切之故，而我却给他以这样大的侮辱，这侮辱他从不曾受之于祖父、父亲、二叔、三叙或别的旧东家的。唉，这不可弥补的遗憾！我愿他能宽恕了我，我愿向他告一个、十个、百个的罪。也许他早已忘记了这事，然而我永不能忘记。

又过了几天，好几个朋友才纷纷的来告诉我，这位朋友是如何如何的沉溺于赌博,甚至一夜输了好几千元,被人迫得要去投江。凡能借到钱的地方,他都设法去借过了,有的几百,有的几十。他们要我去劝劝他。王榆的话证实了,他的猜疑一点也不曾错。他可以说是许多友人中最先发现这位朋友的狂赌的。王榆的话证实了,而我的心里更是不安,我几乎不敢再见到他。我斥责问自己这样的不聪明,这样的不相信如此忠恳而亲切的老人家的话!

然而,他还在俱乐部看着门,并不因此一怒而去。大约他并不把这个厉声的斥责看得太严重了吧。这使我略觉宽心。但隔了两个月,他终于留不住了,自己告退了回去。促他告退的直出外的人,开了门不曾关好,因此,一个小偷掩了进来,把他的一箱衣服都偷走了。他说道:"这样的地方不能再住下去了!"于是,在悻悻的独自骂了几天之后,用墨笔画了一个四不像的人体,颈上锁着铁链,上面写道:"偷我衣服的贼骨头",把它用钉钉在场上。几天之后,他便向我和几位朋友说,要回家了,请另找一个看门的人。我道:"回家还不是没事做,何妨多留几个月,等有好差事了再走不晚。"他道:"这里不能再住了,工钱又少,又辛苦,且偷了那么多的东西去,实在不能再住了,再住下去,一定还要失东西,回去先住在女儿家里,且顺便看看母亲,有好几年不见她了。住在那里等机会也是一样的。"

我们很不安,凑了一点钱,偿补他失去衣物的损失。他收了钱,只淡淡的说了声谢谢。

此后每逢一个年节,他还是寄那红红的贺笺来,不过贺笺上,在恭贺"太太,大少奶,孙少爷"之下,又加添上了一个"孙少奶"的称谓。从去年起,他的贺笺的信封上,写的是"水亭分卡王寄",显然的他又有了很好的差事,又做了卡长了。

祝福这个忠恳的古直的人。

1927 年 8 月 8 日在巴黎

原载 1928 年远东图书公司版《家庭的故事》

淡　漠

　　她近来渐渐的沉郁寡欢，什么事也懒得去做，平常最喜欢听的西洋文学史的课，现在也不常上堂了。平常她最活泼，最愿意和几个同学在草地上散步，或是沿着柳荫走着，或是立在红栏杆的小桥上，凝望着被风吹落水面的花瓣，随着水流去，现在她只整天的低了头坐着，懒说懒笑的，什么地方也不去走。她的同学们都觉察出她的异态。尤其是她最好的女同学梁芬和周妤之替她很担心，问她又不肯说什么话。任她们说种种安慰的话，想种种法子去逗她开心，她只是淡漠的毫不受感动。

　　有一天，探芬下用拿着一封从上海来的信，匆匆的跑来向她说道：

　　"文贞，你的芝清又有信给你了，快看，快看！"

　　她懒懒的把信接过来，拆开看了，也不说什么话，便把它塞在衣袋里。

　　梁芬打趣她道："怎么？芝清来信，你应该高兴了！怎么不说话？"

　　她也不答理她，只是摇摇头。

　　梁芬觉得没趣，安慰了她几句话，便自己走开去了。

　　她又从衣袋里把芝清的信取出看了一遍，觉得无甚意思，便又淡漠的把它抛在桌上。

无聊的烦闷之感，如霉菌似的爬占在她的心的全部。桌上花瓶里，插着几朵离枝不久的红玫瑰花；日光从绿沉沉的梧桐树荫的间隙中射进房里，一个校役养着的黄莺的鸟笼，正挂在她窗外的树枝上，黄莺在笼里宛转的吹笛似的歌唱着。她什么也听不见，看不见，只见闷闷的沉入深思之中。

她自己也深深的觉察到自己心的变异。她不知道为什么近来淡漠之感，竟这样坚固而深刻的攀据在她的心头？她自己也暗暗的着急，极想把它泯灭掉。但是她愈是想泯灭了它，它却愈是深固的占领了她的心，如午时山间的一缕炊烟，总在她心上袅袅的吹动。

她在半年之前，还是很快活的，很热情的。

她和芝清认识，是两年以前的事。那时他们都在南京读书。芝清是南京学生联合会主席，她是女师范的代表。他们会见的时候很多，谈话的机会也很多。他们都是很活泼，很会发议论的。芝清主张教育是神圣的事业，我们无论是为了人类，为了国家，都应该竭力去创办一种理想的学校，以教育第二代的人民。有一次，他们坐在草地上闲谈，芝清又慨然的说道：

"我家乡的教育极不发达。没有人肯牺牲了他的前途，为儿童造幸福。所有的小学教员，都是家贫不能升学，借教育事业以搪塞人家，以免被乡人讥为在家坐食的。他们哪里会有真心，又哪里有什么学识办教育？我毕业后定要捐弃一切，专心在乡间办小学。我家有一所房子，建筑在山上，四面都是竹林围着，登楼可以望见大海。溪流正经过门前，坐在溪旁石上，可以看见溪底游鱼；夏天卧树荫下，静听淙淙的水声，真是'别有天地非人间'。屋后又有一块大草地，可以做操场。真是天然的一所好学校呀！只……"他说时，脸望着她，如要探索她心里的思想似的。停了一会，便接下去说道：

"只可措同志不容易找得到。在现在的时候，谁也是为自己的前途奔跑着，钻营着，岂肯去做这种高洁的事业呢，文贞，你毕业后想做什么呢？"

她低了头并不回答他，但心里微微的起了一种莫名的扰动，她的脸竟涨得红红的。

沉默了一会，她才低声说道：

"这种理想生活，我也很愿意加入。只不知道毕业后有阻力没有？"

芝清的手指，这时无意中移近她的手边，轻轻的接触着，二人立刻都觉得有一种热力沁入全身心，脸都变了红色。她很不好意思的慢慢把手移开。

经了这次谈话后，他们的感情便较前挚了许多。同事的人，看见这种情形，都纷纷的议论着。他们只得竭力检点自己的行迹，见面时也不大谈话；只是通信却较前勤得多了，几乎每天邦有一封信来往。

他们心里都感到一种甜蜜的无上的快乐。同时，却因不能常常见面，见面时不能谈话，心里未免时时有点难过。

她从他的朋友那里，得到他已结过婚的消息。他也从她的朋友那里，知道她是已经和一位姓方的亲戚订过婚的。虽然他们因此都略略的有些不高兴，都想竭力的各自避开了，预防将来发生什么恶果，然而他们总不能除却他们的恋感，似乎他们各有一丝不可见的富于感应的线，系住在彼此的心上。越是隔离得久远，想念之心越是强烈。

时间流水似的滚流过去，他们的这种恋感，潜入身心也愈深愈固。他们很忧惧。预防这恶果的实现，只是时间上的问题。他们似乎时时刻刻都感有一种潜隐的神力，要推通他们成为一体。他们心里时时刻刻都带着凄然的情感，各有满肚子的话要待见面时倾吐，而终无见面的机会。使是见面了，也不像从前的健谈，谁都默默的，什么话也说不出，四目相对了许久，到了别离时，除了虚泛的问答外，仍旧是一句要说的话也没有诉说出来。

他们都觉得这种情况是决不能永久保持下去的。

他们便各自进行，要把各自的婚姻问题先解决了。在道德上，在法律上，都是应该这样做的。

他的问题倒不难解决，他的妻子是旧式的妇人。当他提出离婚的要求时，她不反抗，也不答应，只是低声的哭，怨叹自己的命运。后来他们的家庭，被芝清逼促得无可如何，便由两方的亲友出面，在表面上算是完全答应了芝清的要求。不过她不愿意回娘家，仍旧是住在他的家里，做一个食客。芝清的事总算是宣告成功了。

解决她的问题，却有些不容易。她与她的未婚夫方君订婚，原是他们自己主动的。他们是表兄妹。她的母亲是方君的二姨母。他们少时便在一起游戏，在同一的私塾里读书。后来他们都进了学校。当他在中学毕业时，她还在高等小学二年级里读书。

五年前的暑假，他们同在他们的外祖父家里住。这时她正刚毕业。

他们互相爱恋着。他私向她求婚，她羞涩的答应了他。后来他要求他母亲向姨母提求正式婚议。他们都答应了。他们便订了正式的婚约。她很满意；他在本城是一个很活动的人物，又是很有才名的。

暑假后，她很想再进学校，他便极力的帮助她。她到了南京，进了女子师范。他们的感情极好，通信极勤。遇到暑假时，便回家相见。

自五四运动爆发后，他们的这种境况便完全变异了。他因为被选为本校的代表，出席于学生会之故，眼光扩大了许多，思想也与前完全不同，对于他便渐惭的感得不满意。后来她和芝清发生了恋爱，对于他更是隔膜，通信也不如从前的勤了。他来了三四封信，她总推说学生会事忙，只寥寥的勉强的复了几十字给他。暑假里也不高兴回去。方君写了一封极长的信给她，诉说自己近来生了一场大病，因为怕她着急，所以不敢告诉她。现在已经好了，请她不要挂念。又说，他现在承县教育局的推荐，已被任为第三高等小学的校长。极希望她能够在假期内回来一次。他有许多话要向她诉说呢！但她看了这封倍后，只是很淡漠的，似乎信上所说的话，与她无关。她自己也觉得她的感情现在有些变异了！她很害怕；她知道这种淡漠之感是极不对的，她也曾几次的想制止自己的对于芝清的想念，而竭力恢复以前的恋感。但这是不可能的。她愈是搜寻，它愈是逃匿得不见踪痕。

她在良心上，确实不忍背弃了方君，但同时她为将来的一生的幸福计，又觉得方君的思想，已与自己不同，自己对于他的爱情又已渐渐淡薄，即使勉强结合，将来也决不会有好结果的；似不应为了道德的问题，牺牲自己一生的幸福。

这种道德与幸福的交斗，在她心里扰乱了许久。结果，毕竟是幸福战胜了。她便写了一封信，说了种种理由，告诉方君，暑假实不能回去。

她与芝清的事，渐渐的由朋友之口，传入方君之耳，他便写了许多责难的信来。这徒然增加她对他的恶感。最后，她不能再忍受，便详详细细的写了一封长信，述说自己的思想与志愿，并坚决的要求他原谅她的心，答应她解除婚约的要求。隔了几天，他的回信来了，只写了几个字：

"玉已缺不能复完，感情已变不能复联。解除婚约，我不反对。请直接与母亲及姨母商量。"

这又是一个难关。亲子的爱与情人的爱又在她心上交斗着。她知道母亲和姨母如果听见了这个消息一定要十分伤心的。她不敢使她们知道，但又不能不使她们知道。踌躇了许久，只得硬了头皮，写信告诉她母亲与表兄解约的经过。

她母亲与她姨母果然十分的伤心，写了许多信劝他们，想了种种方法来使他们复圆。后来还是方君把一切事情都对她们说了，并且坚决的宣誓不愿再重合，她们才死了心，答应他们解约。

他们的问题都已解决，便脱然无巢的宣告共同生活的开始。

虽然有许多人背地里很不满他们的举动，但却没有公然攻击的。他们对于这种诽议，却毫不介意；只是很顺适的过着他们甜蜜美满的生活。

他们现在都相信人生便是恋爱，没有爱便没有人生了。他们常常坐在一张椅上看书，互相偎靠着，心里甜蜜蜜的。有的时候，他们乘着晴和的天气，到野外去散步。菜花开得黄黄的，迎风起伏，如金色的波浪。野花的香味，一阵阵的送来，觉得精神格外爽健。他们这时便开始讨论将来的生活问题，凭着他们的理想，把一切计划都订得妥当。

一年过去，芝清已经毕业了。上海的一个学校，校长是他很好的朋友，便来请他去当教务主任。

"去呢，不去呢？"这是他们很费踌躇的问题。她的意思，很希望他仍在南京做事，她说：

"我们的生活，现在很难分开。而且你也没有到上海去的必要。南京难道不能找到一件事么？你一到上海，恐怕我们的计划，都要不能实现了，还有……"

她说到这里，吞吐的说不出话来，眼圈红了，怔视着他，象卧在摇篮里的婴孩渴望他母亲的抚抱。隔了一会，便把头伏在他身上，泣声说道："我实在离不开你。"

他的心扰乱无主了。像拍小孩似的，他轻轻的拍着她的背臂，说道："我也离不开你，这事，我们慢慢的再商量吧。"她抬起头来；他们的脸便贴在一起，很久很久，才离开了。

他知道在南京很不容易找到事，就找到事也没有上海的好，不做事原是可以，不过学校已经毕业，而再向家里拿钱用，似乎是不很好开口。因此，他便立意要到上海去。她见他意向已决，便也不再拦阻他，只是心里深深的感到一种不可言说的凄惨，与从未有过的隔异。因此，不快活了好几天。

芝清走了，她寂寞得心神不定。整天的什么亨也不做，课也不上，只是默默的想念着芝清，每天都写了极长的甜蜜的信给芝清，但是要说的话总是说不尽。起初，芝清的来信，也是同样的密速与亲切。后来，他因为学校上课，事务太忙，来信渐渐的稀少，信里的话，也显得简硬而无感情。她心里很难过，终日希望接得他的信，而信总是不常来；有信来的时候，她很高兴的接着读了，而读了之后，总感得一种不满足与苦闷。她也不知道这种情绪，是怎样发生的。她原知道芝清的心，原想竭力原谅他的这种简率，但这种不满之感，总常常的魔鬼似的跑来扣她的心的门，任怎样也斥除不去。

半年以后，她也毕业了。为了升学与否的问题，她和芝清讨论了许久许久。她的意见，是照着预定的计划，再到大学里去读书，而芝清则希望她就出来做事，在经济上帮他一点忙。他并诉说上海生活的困难与自己勤俭不敢糜费，而尚十分拮据的情形。她很不愿意读他这种诉苦的话。她第一次感到芝清的变异和利己，第一次感到芝清现在已成了一个现实的人，已忘净了他们的理想计划。她想着，心里异常的不痛快。虽然芝清终于被她所屈服，然而二人却因此都未免有些芥蒂。她尤其感到痛苦。她觉得她的信仰已失去了，她的航途已如一片红叶在湍急的浊流上飘泛，什么目的都消散了。由彷徨而消极，而悲观，而厌世；思想的转变，如夏天的雨云一样快。此后，她一个活泼泼的人，便变成了一个深思的忧郁病者。

有一天，她独自在房里，低着头闷坐着，觉得很无聊，便提起笔来写了一封信给芝清：

> 我现在很悲观！我正徘徊在生之迷途。我终日沉闷的坐在房里，课也不常去上；便走到课堂里，教师的声音也如蝇蚊之鸣，只在耳边扰叫着，一句也领会不得。
>
> 我竭力想寻找人生的目的，结果却得到空幻与坟墓的感觉；我竭力想得到人生的趣味，却什么也如炊死灰色的白汤，不惟不见甜腻之感，而且只觉得心头作恶要吐。
>
> 唉！芝清，你以为这种感觉有危险么？是的，我自己也有些害怕，也想权力把它扑灭掉。不过想尽了种种方法，结果却总无效，它时时的来鞭打我的心，如春燕的飞来，在我心湖的绿波上，轻轻的掠过去，湖面立刻便起了圆的水纹，扩大开去，漾荡得很久很久。没等到水波的平定，它又如魔鬼，变了一阵的凉飕。把湖水又都吹皱了。唉！芝清，你有什么方法，能把这个恶魔除去了呢？
>
> 亲爱的芝清，我很盼望你能于这个星期日到南京来一次。我真是渴想见你呀！也许你一来，这种魔鬼便会进去了。
>
> 这几天南京天气都很晴明，菊花已半开了。你来时，我们

可以在菊园里散步一会，再到梧村吃饭。饭后登北极阁，你高兴么？

她写好了，又想不寄去；她想芝清见了信，不见得便会对她表亲切的同情吧！虽然这样想，却终于把信封上了，亲自走到校门，把信抛入门口的邮筒里。

她渴盼着芝清的复信。隔了两天，芝清的信果然来了。校役送这信给她时，她手指接着信，微微的颤抖着。

芝清的信很简单，只有两张纸。她一看，就有些不满意；他信里说，她的悲观都因平日太空想了之故。人生就是人生，不必问它的究竟，也不必找它的目的。我们做一天和尚撞一天钟，低着头办事，读书，同几个朋友到外边去散步游逛，便什么疑问也不会发生了。又说，上海的生活程度，一天高似一天。他的收入却并不增加，所以近来经济很困难。下月寄她的款还正在筹划中呢。南京之行，因校务太忙，恐不能如约。

她读完这封无爱感，不表同情的信，心里深深的起了一种异样的寂寞之感，把抽屉一开，顺手把芝清的信抛进去。手支着颐，默默的悲闷着。

她现在完全失望了，她感得自己现在真成了一个孤寂无侣的人了；芝清，她现在已确实的觉得，是与她在两个绝不相同的思想世界上了。

此后，她便不和芝清再谈起这个问题。但她不知怎样，总渴望的要见芝清。连写了几封信约他来，才得到他一封答应要于第二天早车来的快信。

第二天她起得极早，带着异常的兴奋，早早的便跑到车站上去接芝清。时间格外过去得慢，好容易才等到火车的到站。她立在月台上，靠近出口的旁边，细细的辨认下车的人。如蚁般的人，一群群的走过去，只看不见芝清。月台上的人渐渐的稀少了，下车的人，渐渐都走尽了。她又走到取行李的地方，也不见芝清，"难道芝清又爽约不来么？也许一时疏忽，不曾见到他，大概已经下车先到校里去了。"她心里这样无聊的自慰着。立刻跑出车站，叫车回校。到校一问，芝清也没有来。她心里便强烈的感着失望的愤怒与悲哀。第二天芝清来了一封信，说因为校里有紧急的事要商量，不能脱身，所以爽约，请她千万原谅。她不理会这些话，只是低着头自己悲抑着。

她以后便不再希望芝清来了。

她心里除了淡漠与凄惨，什么也没有。她什么愿望都失掉了。生命于她如一片枯黄的树叶，什么时候离开枝头，她都愿意。

原载 1928 年远东图书公司版《家庭的故事》

赵太太

八叔的第二妻，亲戚们都私下叫她作赵妈——太太，孩子们则简称之曰赵太太。她如今已有五十多岁了，但显得还不老，头发还是青青的，脸上也还清秀，未脱二三十岁时代的美丽的型子，虽然已略略的有了几痕皱皮的折纹，一双天足，也还健步。她到八叔家里已经二十年了，她生的大孩子已经到法国留学去了。她是一个异乡人，虽然住在福州人家里已经二十年了，而且已会烧得一手好的福州菜蔬，已习惯于福州人的风俗人情了，但她的口音却总还是带些"外路腔"，说得倩倔生硬，一听便知她并不是我们的乡人。除了她的不能纯熟自然的口音外，其余都已完全福州化了，她几乎连自己也忘了不是一个福州人。这当然难怪她忘了她的本乡，因为二十年来，她的四周部是福州人围绕着，她过的是福州人的生活，听的是福州人的说话，而且二十年来她的故乡也不曾有一个亲属，不曾有一个朋友和她来往过。她简直是如一个孤儿被弃于异乡人之中而生长的一样。

她之所以成为八叔的第二妻，其经历颇出于常轨之外，虽然至今已经是二十年了；虽然她生的大孩子都已经到法国留学去了；然而她为了这个非常轨的结合，至今还为亲友间的口实谈资。

当和她同居的时候，八叔并不是没有妻。八婶至今还在着，住在她自己生的第一个孩子四哥的家里。所以八叔和她的结合，并不是续弦，却又不是妻。讲起他们的结合来，却又不曾经过什么旧式的"拜堂"、新式的相对鞠躬、交换戒指等等的手续，只是不知在哪一天便同居了，便成了夫妻了，便连客也不曾请，便连近时最流行的花一块半块钱印了一种"我们已经于〇月〇日同居了"的报告式的喜帖也不曾发出。像这样简单的非常规的结合，在现在最新式的青年间也颇少见，不要说在二十年之前的旧社会中了。所以难怪至今还为亲友间的口实谈资。

他们的结合之所以至今还为亲友间的口实、谈资者，至少还有另一个原因。这便是因为她出身的低微。她不是什么名门的闺秀，也不是什么小家的碧玉，也不是什么名振一时的窑姐，她只是一个平平常常的乡下人，一个平平常常的被八叔家里所雇佣的老妈子。她也已有了一个丈夫，正如八叔之已有了妻一样。所不同的是，八叔和她结合，不必经过什么手续和八婶解决问题，而她则必须和她丈夫办一个结束，声明断绝关系，婚嫁各听其便而已。据说，她是一个童养媳，父母早已死了。她夫家姓赵，所以大家至今还私下管着唤她做赵妈——太太或赵太太。每逢亲串家中有喜庆婚嫁诸大事此时候，她便也出来应酬，俨然是一个太太的身价。然而除了底下人之外，没有一个人曾称呼她为某太太的。他们见面时，都以"不称呼"的称呼了结之。譬如，她向四婶告别时，便叫道："四太大，再会，再会。"四婶却只是说："再会，再会"，而她之对二婶便要说道，"二婶婶，再会，再会"了。再譬如二婶前几个月替元荫续弦时，她曾一个个的吩咐老妈子去叫车，或已有车的，便叫车夫点灯侍候，当一班客人要散时，她叫道："张妈，叫四太太的马车夫点了灯，酒钱给了没有？"或是说："太太要走了，快去叫车夫预备"之类，只是轮到了赵妈——太太，她便只是含糊的叫道："张妈，叫车夫点了灯。"而张妈居然也懂得。这个"不称呼"的称呼的秘诀，真省了不少的纠纷，免了不少的困难，而在面子上又不得罪了赵妈——太太。

赵妈太太也自知她在亲串间所居的地位的尴尬，所以除了不得已的喜庆婚丧的应酬外，无事决不踏到他们的门口。她很自知不是他们太太们的伴侣。她只是勤苦的在管家，而这个家已够她的忙碌了，而在她自己的家中，她是一个主人翁，她是被称为"太太"的。

她是苏州的乡下人。她丈夫家里是种田的农户。因为她吃不了农家粗作的苦，所以到上海来"帮人家"。有人说，苏州无锡的女人，平均的看来，都是很美好的，即使是老太太或是在太阳底下晒得黑了的农家女，或是丑的妇女，也都另具有几分清秀之气，与别的地方的女人迥不相同。所以几个朋友中间，曾戏编了一个口号道："娶妻要娶苏州人。"有一个苏州的朋友说，所谓自称为苏州人的，大都是冒籍的，不是真的苏州人。别地方的人听不出她们口音的不同，在苏州人却一听便辨其真假。

说到口音，苏州的女人似乎也有独擅的天赋。她们的语音都是如流莺轻啭似的柔媚而动听的，所谓吴侬软语，出之美人之口，真不知要颠倒了多少的男子。即使那个女人是黑丑的，肥胖的，仅听听她们的语声也是足够迷人的了，较之秦音的肃杀，江北腔的生硬，北京话的流滑而带刚劲者，真不知要轻柔香腻到百倍千倍。

这都是闲话，但起妈——太太却是一个道地的苏州人，而且是一个并不丑的苏州女人，也许，仅此已足使八叔倾倒于她而有余了。她再有什么别的好处，那是只有八叔他自己知道的了。但她之所以使八叔对于她由注意而生怜生爱者，却也另有一个原因。

八婶是很喜欢打牌的，往往终日终夜的沉醉于牌桌上，完事也不大肯管。这也许是一种相传的风尚，还许竟是一种遗传的习性，凡是福州人，大都总多少带有几分喜欢打牌的脾气的。没有一个人肯临牌而谦让不坐下去打的，尤其是闲在家中没有事做的太太们。她们为了消遣而打牌，愈打便愈爱打，以后便在不闲时，在有事时，也不免要放下事，抛了事去打牌了。八婶便是这样的妇人中的一个。当八叔到上海来就事，初次把她接来同住时，她因为熟人不多，还不大出去打牌。后来，亲串们一天天的往来的多了，熟了，——不知福州人亲戚是如何这样的多，一讲起来，牵丝扳藤，归根溯源，几乎个个同乡都是有戚谊的，不是表亲，便是姻亲，——便十天至少有五六天，后来竟至有七八天，出去打牌的了。下午一吃完饭便去，总要午夜一二时方回。八叔的午饭是在办公处吃的，到了他回家吃晚饭的：已是不见了八婶，而晚饭的菜，付托了老妈子重烧的，不是冷，便是口味不对。八叔常常的因此生气，把筷子往桌上一掷，使出去到小馆子里吃饭去了。到了他再回家时，八婶还没有回来，房里是冷清清的，似乎有一种阴郁的气分。最小的一个孩子，在后房哭着，乳娘任怎样的哄骗着也不成，他只是呱呱的哭着。大孩子又被哭声惊醒了，也吵着要他的娘。八叔当然是要因此十分的生气，十分的郁闷了。有一次，她方在家里邀致了几个太太们打牌，正在全神贯注着的时候，而大孩子缠在她身边吵不休，不是要买糖，便是要买梨，便是告诉母亲说，小丫头欺侮了他。八婶有一副三四番的牌，竟因此错过了一搭对子没有碰出，这副牌还因此不和。这使她十分的生气，手里执了一张牌，她也忘了，竟用手连牌在他头上重重的扑敲了一下，牌尖在额角上触着，竟碰破了头皮，流了一脸的血。她只叫老妈子把他的血洗了，用布包起，她自己连立也不立起来，仍然安静的坐着打牌。孩子是大声的哭着。八叔正在这时回来了，他见了这个样子再也忍不住生气，但因为客人在着，不便发作。到了牌局散后，他们便大闹了一场。八叔对于她更觉得灰心失意。

　　旧的老妈子恰在这时辞职回家了，赵妈便由荐头行的介绍，第一次踏进了八叔的大门。她做事又勤快，又细心，又会体贴主人的心理。试用了两三天之后，八婶便决意，连八叔也都同意，把她连用下去。她把家事收拾得整理得井井有条，不必等到主人的吩咐，事情已都安排得好好的了。八婶很喜欢她，不久便把什么事都委托给她了。八叔也觉得她不错。自她来了之后，他才每晚上有热菜吃，有新鲜的菜吃。他从此不再到小馆子里去。她做了菜，总是一碗一碗，烧好了便自己端了出来。菜烧完了，便站立在桌边，侍候着八叔添饭。有一次，她端了一碗滚热的汤出来，一个不小心，汤汁泼溅了一手，烫得她忘记了手上端的是一个碗，竟把它摔碎在地上了。八叔连忙由饭桌上立起来，去问她烫伤了手没有。她痛得说不出话来，只点点头。他取了一瓶油膏，一卷纱布，亲自动手替她包扎。她的手是如此莹白可爱，竟使八叔第一次感到了她的美好。她的手执在八叔的手里，她脸上微微有些红晕，心头是卜卜的跳着。谁知道他们是在什么时候有了关系的，但从这个时候之后，他们似乎发生有一种亲切的情绪。八叔再也不干涉八婶打牌的事；有时她不出去打牌，他还劝诱她到哪一家哪一家去，且晚上她再迟一点回来，他也决不象往日那样的板起脸孔来对她。也许他还希望她更迟一点回来更好。如此的不知经过了几个月，也不知在什么时候，他们间的关系乃为八婶所觉察。总之，八婶是知道了他们之间的关系了。她对八叔大吵了一次，且立刻迫着要赵妈卷铺盖走路。赵妈羞得只躲在房里哭泣。八叔也一点不肯让步。结果，不知他用了什么方法，八婶乃竟肯不让赵妈走路了。而他们间的关系，至此乃成为公开的秘密，亲戚之间竟没有一个人不知道这事的了。

　　我们中国的家庭，是最会忍垢合秽的，什么难解决的问题，到了我们中国的家庭便都容容易易的解决了。譬如，一个男人在他的妻之外，又爱上一个女人了，而且已经娶了来，而且俨然是一个太太了。无论在哪一国，这件事都是法律人情所不许的，他至少要牺牲了一个太太。而在我们的家庭里，这件事却有一个两全的方法，便是说，他是兼祧的，可以允许他要两个妻，而这两个妻便是"两头大"，这不是一个很好的解决方法么？再有，男人在外地又娶了一个小家碧玉或窑姐了，他家里的妻乃至家里的上上下下，连亲戚朋友，都当她是一个妾，说是老爷在外面娶了一个妾了，然而其实却是一个妻，在外地的家庭里没有一个人不称她为太太的。眼不见为净，家里的人只好马马虎虎的随他如此的过去了。这不又是一个很好的解决方法么？这就叫做不解决的解决。比起上面所说的什么兼祧两头大，还觉得彼未免是多事。这乃是中国家庭制度底下的一个绝大的发明，是鬼子们所万不能学得来的。而今，八叔与赵妈的关系，便也是采用了这个绝大发明，即所谓不解决的解决的方法来解决的。

然而这个风声是藉藉的传到外面去了，不仅是流传于亲串之间了。甚至连赵妈的丈夫也知道了这事了。在家庭间可以用了不解决的解决方法来解决一切问题，而在这个与外人有关的问题上，这个绝妙的方法却不便应用了。

不知道他从什么地方知道了这个消息，也不知道有什么人在他背后激动挑拨，他一来便迫着要带赵妈回家。赵妈躲在后房，死也不肯出来见他，还是别一个仆人，出来回他道："赵妈跟太太出去打牌了，要半夜才能回来呢，请明天再来吧。"她丈夫才悻悻的走了。

她丈夫是一个乡农，是一个十足的老实人，说话也是讷讷的说不出口，脑后还拖着一根黑乌的大辫子。他一进门便显然的迷乱了，只讷讷的说道："请叫赵妈出来说话，我有话说，我要叫她卷了铺盖回家，不帮人家了。"当然，谁都知道他是听得了这个消息而来的。

在这天，整天的，赵妈躲在后房床上哭着，心里一点主意也没有，八叔也如瞎了眼的小鼠一样，西跑东攒，眉头紧皱，也想不出一个好方法来。八婶很不高兴的哈絮着道："叫你早办这事，你老是不肯办，现在好了。看你用什么法子去对付他丈夫，这事本不应该的！他上公堂一告状，看你还有什么面子！"

八叔一声不响的听着她的咕絮。她当然私心里是巴不得赵妈的丈夫真的能把赵妈带走，然同时，看见八叔那么焦虑愁闷的样子，又觉得很难过。这矛盾的心理，是谁都觉得出的。

"今天对付过去了，他明天还要来呢。这样干着急有什么用？应该想想方法才好。这事好在亲友们也都知道了，何不找他们来商量商量呢？"八婶怜悯战胜了嫉妒的舒徐的说道。

八叔实在无法，只好照了她的提议，叫徐升去请二老爷和刘师爷来。二叔和刘师爷都是八叔的心腹好友，刘师爷尤其足智多谋，惯会出主张，一张嘴也是锋利无比，仿拂能把铁石人的心肠也劝说得软化了一样。

他们来了，八叔自己不好意思说什么，还是八婶一五一十的把赵妈的丈夫来了要带她回去的事告诉了他们。

二叔道："这当然是他听见了风声才来的了。要买一个绝断才好。这样敷衍着总是不对，保不定哪一时便会发生事端的。"

八婶道："可不是！被他告一状才丧尽体面呢！"

刘师爷想了半天，才说道："他明天来时，除非和他当面说明了，八爷当然不必出去见他，赵妈也仍然躲一躲开。他们乡下人要的是钱，肯多花一点钱，这件事总是好办的。"

这件事完全委托了二叔和刘师爷去料理。第二天，赵妈的丈夫又来了，是二叔他们去见他。他原是不大会说话的，但听完了刘师爷的一席带劝，带调解，带软吓，为八叔作说客，而又似为他，赵妈的丈夫，设策划计的话，心里显然的十分的踌躇。临走时，却只是说道："这是不成的，我要的是人！"

他们第二次不知在什么地方见面谈判，总之，赵妈的丈夫却不再到八叔的家里来了。过了三四天，二叔和刘师爷笑哈哈的走来对八叔说道："恭喜，恭喜，事情都了结了！想不到一个乡下人倒不大容易对付。"

八婶道："要叫赵妈出来向二叔和刘师爷道谢呢！"

当然，这个和局，总不外于拚着用几百块钱，给了赵妈的丈夫，叫他写了绝断契；这些钱在名义上当然说是给他作为另娶一位妻房之用的了。但这样的一解决，赵妈的地位，在家庭中似乎骤增了重要。她不再是一个名义上的老妈子了，虽然在事实上还是如前的烧菜侍候着老爷。老妈子另外找到了一个。她的卧房搬到了一间好的房间里来，她也坐在饭桌上和太太、老爷一同吃饭了。不久，她便生了一个男孩子。如此的，这个家庭，用了不解决的解决方法，竟是一年两年的相安无事下去。但这不过是表面上的，在里面，那家庭的暗潮是在继长增高着。家庭的实权，一天天的移到赵妈的身上来。八婶几乎在家庭中成了一个附庸的分子，有饭吃，有牌打，有房子住，有月例钱用，其余的便都用不着她管了。她当然是很嫉妒，很不平，很觉得牢骚的。但她是一个天生的懦弱人，虽然很会吵嘴，却不敢于有决绝的表示。兼之，赵妈的手段又高明，笼络得她也无以难她。如此的，这个家庭，在不绝的暗里冲突，在牢骚、嫉妒，在使用心机的空气中，一天一天，一月一月，一年一年的度过去。中间，八婶曾回到故乡的母家去了几次。一去总要一二年才复回。在这个主妇缺席之时，赵妈的权力便又于无形中增长了起来。家里的底下人，居然也称她做太太了。八婶的孩子们都已经成人了。大孩子，二哥，已经由日本归国，娶了亲，在交通部里办事了。二孩子三哥，则在比利时学着土木工程。他们对于父亲和赵妈的行动，都不大满意。而二哥便把八婶接到了北京同住，不再回到上海来。而赵妈生的四哥也已成人了，在上海娶了亲，生了一个孩子，且已到法国留学去了。如此的，这个家庭是分成了两截，北京一个，而上海又是一个。上海的一个已完全成了赵妈的，孩子是她的，媳妇是她的，孙子也是她的。有什么亲串间的喜庆婚丧，她便也被视为八婶的替身，出去应酬赴宴。而亲串们在背后便都唤她作赵妈——太太，而当着她的面，则以"不称呼"的称呼方法去招呼她。

1928 年 9 月 9 日写于巴黎

原载 1928 年远东图书公司版《家庭的故事》

猫

我家养了好几次的猫，却总是失踪或死亡。三妹是最喜欢猫的，她常在课后回家时，逗着猫玩。有一次，从隔壁要了一只新生的猫来。花白的毛，很活泼，常如带着泥土的白雪球似的，在廊前太阳光里滚来滚去。三妹常常的，取了一条红带，或一条绳子，在它面前来回地拖摇着，它便扑过来抢，又扑过去抢。我坐在藤椅上看着他们，可以微笑着消耗过一二小时的光阴，那时太阳光暖暖地照着，心上感着生命的新鲜与快乐。后来这只猫不知怎地忽然消瘦了，也不肯吃东西，光泽的毛也污涩了。终日躺在客厅上的椅下，不肯出来。三妹想着种种方法去逗它，它都不理会。我们都很替它忧郁。三妹特地买了一个很小很小的铜铃，用红绫带穿了，挂在它颈下，但只显得不相称，它只是毫无生意的、懒惰的、郁闷地躺着。又一天中午，我从编译所回来，三妹很难过地说道："哥哥，小猫死了！"

我心里也感着一缕的酸辛，可怜这两个月来相伴的小侣！当时只得安慰着三妹道："不要紧，我再向别处要一只来给你。"

隔了几天，二妹从虹口舅舅家里回来，她道，舅舅那里有三四只小猫，很有趣，正要给人家。三妹便怂恿着她去拿一只来。礼拜天，母亲回来了，却带了一只浑身黄色的小猫回来。立刻引起了三妹的注意，又被这只黄色的小猫吸引去了。这只小猫较第一只更有趣，更活泼。它在园中乱跑，又会爬树，有时蝴蝶安详地飞过时，它也会扑过去捉。它似乎太活泼了，一点也不怕生人，有时由树上跃到墙上，又跑到街上，在那里晒太阳。我们都很为它提心吊胆，一天都要"小猫呢？小猫呢？"的查问好几次。每次总要寻找一回，方才寻到。三妹常指它笑着骂道："你这小猫呀，要被乞丐捉去后才不会乱跑呢！"我回家吃午饭，它总坐在铁门外边，一见我进门，便飞也似地跑进去了。饭后的娱乐，是看他在爬树，隐身在阳光隐约里的绿叶中，好像在等待着要捕捉什么似的。把它捉了下来，又极快地爬上去了。过了二三个月，它会捉鼠了。有一次，居然捉到一只很肥大的鼠，自此，夜间便不再听见讨厌的"吱吱"的声音了。

某一日清晨，我起床来，披了衣下楼，没有看见小猫，在小园里找了一遍，也不见。心里便有些亡失的预警。

"三妹，小猫呢？"

她慌忙地跑下楼来，答道："我刚才也寻了一遍，没有看见。"

家里的人都忙乱地在寻找，但终于不见。

李妈道："我一早起来开门，还见它在厅上，烧饭时，才不见了它。"

大家都不高兴，好象亡失了一个亲爱的同伴，连向来不大喜欢它的张妈也说："可惜，可惜，这样好的一只小猫。"这使我心里还有一线希望，因为它偶然跑到远处去，也许会认得归途的。

午饭时，张妈诉说道："刚才遇到隔壁周家的丫头，她说，早上看见我家的小猫在门外，被一个过路的人捉去了。"

于是这个亡失证实了。三妹很不高兴的，咕噜着道："他们看见了，为什么不出来阻止？他们明晓得它是我家的！"

我也怅然的，愤然的，在咒骂着那个不知名的夺去我们所爱的东西的人。自此，我家好久不养猫。

冬天的早晨，门口蜷伏着一只很可怜的小猫，毛色是花白的，但并不好看，又很瘦。它伏着不去。我们如不取来留养，至少也要为冬寒与饥饿所杀。张妈把它拾了进来，每天给它饭吃。但大家都不大喜欢它，它不活泼，也不像别的小猫之喜欢游玩，好象是具有天生的忧郁性似的，连三妹那样爱猫的，对于它，也不加注意。如此的，过了几个月，它在我家仍是一只若有若无的动物，它渐渐地肥胖了，但仍不活泼。大家在廊前晒太阳闲谈着时，它也常来蜷伏在母亲和三妹的足下。三妹有时也逗着它玩，但并没有对于前几只猫那样感兴趣。有一天，它因夜里冷，钻到火炉底下去，毛被烧脱好几块，更觉得难看了。

春天来了，它成了一只壮猫了，却仍不改它的忧郁性，也不去捉鼠，终日懒惰的伏着，吃得胖胖的。

这时，妻买了一对黄色白芙蓉鸟来，挂在廊前，叫得很好听。妻常常叮咛着张妈换水，加鸟粮，洗刷笼子。那只花白猫对于这一对黄鸟，似乎也特别注意，常常跳在桌上，对鸟笼凝望着。

妻道："张妈，留心猫，它会吃鸟呢。"

张妈便跑来把猫捉了去，隔一会儿，它又跳上桌子对鸟笼凝望着了。

一天，我下楼时，听见张妈在叫道："鸟死了一只，一条腿没有了，笼板上都是血。是什么东西把它咬死的？"

我匆匆跑下去看，果然一只鸟是死了，羽毛松散着，好象它曾与它的敌人挣扎了许多。

我很愤怒，叫道："一定是猫，一定是猫！"于是立刻便去找它。

妻听见了，也匆匆地跑下来，看了死鸟，很难过，便道："不是这猫咬死的还有谁？它常常对着鸟笼望着，我早就叫张妈要小心了。张妈！你为什么不小心？"

张妈默默无言，不能有什么话来辩护。

于是猫的罪状证实了。大家都去找这可厌的猫，想给它以一顿惩戒。找了半天，却没找到。真是"畏罪潜逃"了，我以为。

三妹在楼上叫道："猫在这里了。"

　　它躺在露台板上晒太阳，态度很安详，嘴里好像还在吃着什么。我想它一定是在吃着这可怜的鸟的腿了，一时怒气冲天，拿起楼门旁倚着的一根木棒，追过去打了一下。它很悲楚地叫了一声"咪呜！"便逃到屋瓦上了。

　　我心里还愤的，以为惩戒的还没有快意。

　　隔了几天，李妈在楼下叫道："猫，猫！又来吃鸟了。"同时我看见一只黑猫飞快地跳过露台、嘴里衔着一只黄鸟。我开始觉得我是错了！

　　我心里十分难过，真的，我的良心受伤了，我没有判断明白，便妄下断语，冤枉了一只不能说话辩诉的动物。想到它的无抵抗的逃避，益使我感到我的暴怒，我的虐待，都是针，刺我的良心的针！

　　我很想补救我的过失，但它是不能说话的，我将怎样地对它表白我的误解呢？

　　两个月后，我们的猫忽然死在邻家的屋脊上。我对于它的亡失，比以前两只猫的亡失，更难过得多。

　　我永无改正我的过失的机会了！至此，我家永不养猫。

1925.11.7 于上海

五叔春荆

　　祖母生了好几个男孩子，父亲最大，五叔春荆最小。四叔是生了不到几个月便死的，我对他自然一点印象也没有，家里人也从不曾提起过他。二叔景止，三叔凌谷，在我幼年时代和少年时代都曾给我以不少的好印象。三叔凌谷很早的便到北京读书去了。我还记得很清楚，当我九、十岁时，一个夏天，天井里的一棵大榆树正把绿荫罩满了半片砖铺的空地，连客厅也碧阴阴有些凉意，而蝉声在浓密的树叶间，叽——叽——叽——不住的鸣着，似乎催人午睡。在这时，三叔凌谷由京中放暑假回家了。他带了什么别的东西同回，我已不记得，我所记得的，是，他经过上海时，曾特地为我买了好几本洋装厚纸的练习簿，一打铅笔，许多本红皮面绿皮面的教科书。大约，他记得家中的我，是应该读这些书的时候了。这些书里部有许多美丽的图，仅那红的绿的皮面已足够引动我的喜悦了。你们猜猜，我从正式的从师开蒙起，读的都是枯枯燥燥的莫测高深的《三字经》、《千字文》、《大学》、《中庸》、《论语》，那印刷是又粗又劣，那纸张是粗黄难看，如今却见那些光光的白纸上，印上了整洁的字迹，而且每一页或每二页便有一幅之前末见的图画，画着尧、舜、武王、周公、刘邦、项羽的是历史教科书；画着人身的形状、骨骼的构造、肺脏、心脏的位置的是生理卫生教科书；画着上海、北京的风景、山海关、万里长城的画片，中国二十二省的如秋海棠叶子似的全图的是地理教科书；画着马呀、羊呀、牛呀、芙蓉花呀、青蛙呀的是动植物教科书。呵，这许多有趣的书，这许多有趣的图，真使我应接不暇！我也曾听见尧、舜、周公的名字，却不晓得他们是哪样的一个神气；我也知道上海、万里长城，而上海与万里长城的真实印象，见了这些画后方才有些清楚。祖父回来了，我连忙拿书到他跟前，指点给他看，这是尧，这是周公。呵，在这个夏天里，我不知怎样的竟成了一个勤读的孩子，天天捧了这些书请教三叔，请教祖父，似欲窥探这些书中的秘密，这些图中的意义，我有限的已认识的字，真不够应用，然而在这个夏天里我的字汇却增加得很快。第一次使我与广大外面世界接触的，第一次使我有了科学的常识，知道了大自然的一斑一点的内容的，便是三叔给我的这些红皮面绿皮面的教科书。三叔使我燃起无限量的好奇心了！这事独很清楚的记得，我永不能忘记。他还和祖父商量着，要在暑假后，送我进学堂。而他给我的一打铅笔，几本簿子，在我也是未之前见的。我所见的是乌黑的墨，是柔软的乌黑的毛笔，是墨磨得谈了些，写下去便要晕开去的毛边纸、连史纸。如今这些笔，这些纸，却不用磨墨便可以写字了，不必再把手上嘴边，弄得乌黑的，要被母亲拉过去一边说着，一边强用毛巾把墨渍擦去。而且，我还偷偷的在簿子里撕下一二张那又白又光的厚纸下来。强着秋香替我折了一两只纸船，浮在水缸面上，居然可以浮着不沉下去，不比那些毛边纸做的纸船，一放上水面，便湿透了，便散开了。呵，这个夏天，真是一个奇异的夏天，我居然不再出去和街上的孩子们"擂钱"了，居然不再和姊妹以及秋香们赌弹"柿瓢子"了。我乱翻着这些教科书，我用铅笔乱画着，我仿佛已把全个世界的学问都捏在手里了。三叔后来还帮助我不少，一直帮助我到大学毕业，能够自立为止，然而使我最不能忘记的，却是这一个夏天这些神奇的赠品。

二叔景止也不常在家。他常常在外面跑。他的希望很大，他想成一个实业家。他曾买了许多的原料，在自己家里用了好几个大锅，制造肥皂，居然一块一块造成了，却一块也卖不出去，没有一个人相信他所造的肥皂，他们相信的是"日光皂"，来路货，经用而且能洗得东西干净。于是二权景止便把这些微黄的方块都分送了亲戚朋友，而白亏折一大笔本钱。他又想制造新式皮箱，雇了好几个工匠，买了许多张牛皮，许多的木板，终日的在锯着，敲着，钉着，皮箱居然造成了几只，却又是没有一个人来领教，他们要的是旧式的笨重的板箱或皮箱，不要这些新式的。他只好送了几只给兄弟们，自己留下两只带了出门，而停止了这个实业的企图。他还曾自己造了一只新的舢板船，油漆得很讲究，还燃点了明亮亮的一两盏上海带来的保险挂灯。这使全城的人都纷纷的议论着，且纷纷的来探望着。他曾领我去坐过几次这个船。我至今，仿佛还觉得生平没有坐过那么舒服而且漂亮的船。这船在狭小的河道里，浮着，驶着，简直如一只皇后坐的画舫。然而不久，他又觉得厌倦了，便把船上的保险挂灯，方桌子，布幔，都搬取到家里来，而听任这个空空的船壳，系在岸边柳树干上。而他自己又出外漂流去了。他出外了好几年，一封信也没有，一个钱也不寄回来，突然的又回来了。又在计划着一个不能成功的企图。在我幼年，在我少年，二叔在我印象中真是又神奇、又伟大的一个人物，一个无所不能的人物。他不大理会我，虽然我常常在他身边诧异的望着他在工作。我有时也曾拾取了他所弃去的余材，来仿着他做这些神奇的东西，当然不过儿戏而已，却也往往使我离开童年的恶戏而专心做这些可笑的工作，譬如我也在做很小的小木箱、皮箱之类。

然而最使我纪念着的，还是五叔春荆。

三叔常在学校里，两年三年才回家一次，二叔则常飘流在外，算不定他什么时候回来，于是家里便只有五叔春荆在着。父亲也是常在外面就事，不大来家的。

说来可怪，我对于五叔的印象，实在有些想不起来了，而他却是我一个最在心中纪念着的人物。这个纪念，祖母至今还常时叹息的把我挑动。

当五叔夭死时，我还不到七岁，自然到了现在，已记不得他是如何的一个样子了，然而祖母却时时的对我提起他。地每每微叹的说道：

"你五叔是如何的疼爱你，今天是他的生忌，你应该多对他叩几个头。"这时祖先的神橱前的桌上，是点了一双红烛，香炉里插了三支香，放了几双筷子，几个酒杯，还有五大碗热菜。于是她又说起五叔的故事来。她说，五叔是几个叔父中最孝顺，最听话的，三叔常常挨打，二叔更不用说，只有他，从小起，便不曾给她打过骂过。他是温温和和的，对什么人都和气，读书又用功。常常的几个哥哥部出去玩去了，而他还独坐在书房里看书，一定要等到天黑了，她在窗外叫道："不要读了吧，天黑了，眼睛要坏了呢！"他方才肯放下书本，走出微明的天井里散散步。二叔有时还打丫头；三叔也偶有生气的时候；只有五叔是从没有对丫头，对老妈子，对当差的，说过一句粗重的话的，他对他们，也都是一副笑笑的脸儿。"当他死时"，祖母道："家里哪一个人不伤心，连小丫头也落泪了，连你的奶娘也心里难过了好几天。"这时，她又回忆起这伤心的情景来了，她默默的不言了一会，沉着脸，似乎心里很凄楚。她道："想不到你五叔这样好的一个人，会死的那么早！"

当我从学堂里放夜学回家，第二天的功课已预备完了时，每到祖母的烟铺上坐着，看着她慢慢的烧着烟泡，看着她嗞、嗞、嗞的吸着烟。她是最喜欢我在这时陪伴着她的。在这时，在烟兴半酣时，她有了一点感触，又每对我说起五叔的事来。有一天，我在学堂里考了一次甲等前五名，把校长的奖品，一本有图的故事集，带了回家。这一夜，坐在烟铺上时，便把它翻来闲看。祖母道："要是你五叔还在，见了你得了这本书，他将怎样的喜欢呢！唉，你不晓得你五叔当初怎样的疼爱你！你现在大约已经都不记得了罢？你五叔常常把你抱着，在天井里打圈子，他抱得又稳又有姿势。有一次，你二叔曾喜喜欢欢的从奶娘怀抱里，把你接了过来抱着。他一个不小心，竟把你摔堕地板上了，这使全家都十分的惊惶。你二叔从此不抱你。而你五叔就从没有这样的不小心，他没有摔过你一次。你那时也很喜欢他呢。见了你五叔走来，便从奶娘的身上，伸出一双小小的又肥又白的手来——那时，你还是很肥胖呢，没有现在的瘦——叫道：'五叔，抱，抱！'你五叔便接了你过来抱着。你在他怀抱里从不曾哭过。我们都说他比奶娘还会哄骗孩子呢。当你哭着不肯止息时，他来了，把你抱接过去了，而你便见笑靥。全家都说，你和你五叔缘分特别的好。像你二叔，他未抱你上手，你便先哭起来了。唉，可惜你五叔死得太早！"

她又说起，五叔的身上常被我撒了尿。他正抱了我在厅上散步，忽然身上觉得有一阵热气，那便是我撒尿在他身上了。那时，我还不到一岁，自然不会说要撒尿。他一点也不憎厌的，先把我交还了奶娘，然后到自己房里，另换一身的衣服。奶娘道："五叔叔，不要再抱他了，撒了一身的尿。"然而他还是抱，还是又稳重、又有姿势的抱着。我现在已想象不出那时在他怀抱中是如何的舒服安适，然而我每见了一个孩子睡在他的摇篮车里，给他母亲或奶妈推着向公园绿荫底下放着时，我每想，我小时在五叔怀抱中时一定比这个孩子还舒服安适。有一次，他抱了我坐在他膝上，翻一本有图的书指点给我看。我的小手指正在乱点着，乱舞着，嘴里正在呀呀的叫着时，忽然内急，撒了许多屎出来，而尿布又没有包好，于是他的一件新的蓝布长衫上又染满了黄屎。奶娘连忙跑了过来，把我抱开，说道："又撒了你五叔叔一身的屎！下次真不该再抱你玩了！"而他还是一点也不憎厌，还是常常的抱我。

祖母又说起，家里的杂事，没人管，要不亏五叔在家，她真是麻烦不了。一切记账，吩咐底下人买什么，什么，都是五叔经管的；而他还要读书，常常谈到天色黑了，快点灯了，还不肯停止。她又说起，我小时出天花，要不亏五叔的热心，忙着请医生，亲自去取药，到菩萨面前去烧香许愿，没有那么快好。她说道："你出天花时，你五叔真是着急，天天为你忙着，书也无心念了，请医生，取药，还要煎药，他也亲自动手。一直等到你的病好了，他方才放心。你现在都不记得了罢了！"

真的，我如今是再也回想不起五叔的面貌和态度了，然而祖母的屡次的叙述，却使我依稀认识了一位和蔼无比、温柔敦厚的叔父。不知怎样，这位不大认识的叔父，却时时系住了我的心，成为我心中最忆念的人之一。

五叔写得一手好楷书；我曾见过他抄录的几大册古文，还见到一册他自己做的试帖诗；那些字体，个个都工整异常，真是一笔不苟，一画不乱。我没有看见过那么样细心而有恒的人。祖母说，他的记账也是这个样子的，慢慢的一笔笔的用工楷写下来。大约他生平没有写过一个潦草的字，也没有做过一件潦草的事。

祖母曾把他所以病死的原因，很详细的告诉过我们，而且不止告诉过一次。她凄楚的述说着，我们也黯然的静听着。夜间悄悄无声，连一根针落地的响声都可以听得见，而如豆的烟灯，在床上放着微光，如豆的油灯，在桌上放着微光。房里是朦胧的如被罩在一层阴影之下。这样凄楚的故事，在这样凄楚的境地里述说着，由一位白发萧萧的老人家，颤声的述说着，阿，这还不够凄凉么？仿佛房间是阴惨惨的，仿佛这位温柔敦厚的五叔是随了祖母的述说而渐渐的重现于朦胧的灯光之下。

下面是祖母的话。

祖母每过了几年，总要回到故乡游玩一次。那时，轮船还没有呢。由浙江回到我们的家乡福建，只有两条路程。一条是水路，因"闽船"运货回家之便而附搭归去；一条是旱道，越仙霞岭而南。祖母不愿意走水路，总是沿了这条旱道走。她叫了几乘轿子，自己坐了一乘，五叔坐了一乘——大概总是五叔跟护着她回去的时候为多——日子又可缩短，又比闽船舒服些。有一次，她又是这样的回去了。仍旧是五叔跟随着。她在家里住了几个月。恰好我们的祖姨——祖母的最小的妹妹——新死了丈夫，心里郁郁不快。祖母怕她生出病来，便劝她一同出来，搬到我们家里来同住。她夫家是一个近房的亲戚都没有，她自己又不曾生养过一个孩子，在家乡是异常的孤寂。于是她踌躇了几时，便也同意于祖母的提议，决定把所有的家产都搬出来。她把房子卖掉，重笨的器具卖掉，然而随身带着的还有好几十只皮箱。这样多的行李，当然不能由旱路走。便专雇了一只闽船。

她因为船上很清净，且怕旱路辛苦，便决意坐了船。祖母则仍旧由旱路走。有五老爹伴侣着她同走。五叔则和几个老家人护送了祖姨，由水路走。船上一个杂客也没有，一点货物也没有。头几天很顺风，走得又快，在船上的人都很高兴。祖姨道："这一趟出来，遇到这样好风，运道不坏。也许要比走旱路的倒先到家呢。"海浪微微的抚拍着船身，海风微微的吹拂着，天上的云片，如轻絮似的，微微的平贴于晴空。水手高兴得唱起歌来。沿海都是小小的孤岛，荒芜而无居民。有时还可遇见几只打渔的船。这样顺利的走出了福建省境，直向北走，已经走到玉环厅的辖境了，不到几天便可到目的地了。突然，有一天，风色大变，海水汹涌着，船身颠簸不定，侧左侧右，祖姨躺在床上起不来，五叔也很觉得头晕。天空是阴冥冥的，似乎要由上面一直倾落下来，和汹涌的海水合而为一，而把这只客船卷吞在当中了。水手个个都忙得忘记了吃饭。他们想找一个好海湾来躲避这场风浪。又怕遇到了礁石，又不敢离岸过远。这样的飘泊了一天两天。天气渐渐的好了，又看见一大片蓝蓝的天空，又看见辉煌的太阳光了。船上的人，如从死神嘴里又逃了出来一样。正在舒适的做饭吃，正在扯满了篷预备迎风疾行时，忽然船底澎的一声，船身大震了一下，桌上的碗和瓶子都跌在船板上碎了。人人脸如土色，知道是触礁了。祖姨脸色更白得如死人，只道："怎么办呢？怎么办呢？"五叔也一筹莫展。船上老大进舱来说了，说这船已坏，不能再走了，好在离岸很近，大家坐了舢板上岸，由旱路走罢。船搁浅在礁上，一时不会沉下去。行李皮箱，等上岸后再打发人再取罢。祖姨只得带了些重要的细软，和五叔，老家人们都上了舢板。这岸边沙滩上水很浅，舢板还不能靠岸。于是所有的人，都只好涉水而趋岸。五叔把长衫卷了起来，脱了鞋袜，在水中走着，还负着祖姨一同上岸。遇了这场大险，幸亏人一个都没有伤。祖姨全部财产，都在船上，上了岸后，非常的不放心，她迫着五叔去找当地的土人代运行李下船。然而，这些行李已不必她费心顾虑到。沿岸的土人，一得到有船搁礁的消息，便个个人都乘了小舢板，到了大船边。上了船，见了东西就搬，搬到小舢板不能载为止。

有的简直去了又来，来了又去，连运了三四次。大船上的水手们早已走了，谁管得到这些行李！等到五叔找到搬运的人，叫了几只舢板，一上到大船上时，已经来迟了一步，几十只皮箱，连十几张椅子，几张细巧的桌子、茶几，等等，还有许多厨房里的用具，都已为他们收拾得一个干净了，剩下的是一只空洞洞的大船。祖姨气得几乎晕了过去，她的性命虽然保全，她的全部财产却是一丝一毫也不剩了。她的微蹙的眉头，益发紧紧的锁着。她从此永无开颜喜笑之时了。五叔先从旱路送了祖姨到家中，留下两个老家人在催促当地官厅迫土人吐还祖姨的皮箱。经了五叔自己的屡次来催索，经了祖父的托人，当地官厅总算促了几个土人来追索，也居然追出了三四只皮箱。然而还是全乡的人民的公同罪案，谁能把一乡的人民都捉了来呢？于是这个案子，一个月，一个月，一年，半年的拖延下去，而祖姨的财产益无追回的希望了。

为了这件事，祖母十分的难过，觉得很对祖姨不住。现在祖姨是更不能回家了。只好紧锁着双眉，在我们家里做客。不到两年，便郁郁的很可怜的死去了。而比她先死的还有五叔！

五叔身体本来很细弱，自涉水上岸之后，便觉得不大舒服，时时的夜间发热，但他怕祖母担心，一句话也不敢说。没有一个人知道他有病。后来，又迭次的带病出去，为祖姨的事而奔走各处。病一天天的深，以至于卧床不能起。祖母祖父忙着请医生给他诊看，然而这病已是一个不治的症候了。于是到了一个月后，他便离开这个世界了。他到临死时，还是温厚而稳静的，神智也很清楚。除了对父母说，自己病不能好，辜负了养育的深恩而不能报，劝他们不要为他悲愁的话外，一句别的吩咐也没有。他如最快活的人似的，平安而镇定的死去。祖母至今每说起五叔死时的情形，还非常的难过。她生平经过的苦楚与悲戚也不在少数了，祖父的死，大姑母的死，二叔的死，父亲的死，乃至刚生几个月的四叔的死，都使她异常的伤心，然而最给她以难堪的悲楚的，还以五叔的死为第一！在她一生中没有比五叔的死损失更大了！她整整的哭了好几天。到了一年两年后，想起来还是哭。到了如今，已经二十多年了，说起来还是黯然的悲伤。她见了五叔安静的躺在床上，微微的断了最后的一口呼吸时，她的心碎了，碎成片片了！她从此，开始有了几根白发，她从此才吸上了鸦片！

祖母常常如梦的说道："要是五五还在，如今一定娶了亲，并已生了孩子了！且孩子一定是已经很大了！"她每逢和几个媳妇生气时，便又如梦的叹道："要是五五还在，娶了刘小姐，怎么会使我生气呢！"她还常常的把她所看定的一房好媳妇，五叔的假定的媳妇刘小姐提起来，说道："这样又有本事，又好看，又温和忠厚的，又孝顺的媳妇，可惜我家没福娶了她过来！不知她现在嫁给了谁家？一定已有了好几个孩子了。"

她时时想替五叔过继一个孩子，然而父亲只生了我一个男孩子，几个叔叔都还未有孩子；她只好把我的大妹妹，当作一个假定的五叔的继子，俾能在灵牌上写着："男〇〇恭立"，且在五叔生忌死忌时，有一个上香叩头的人。每当大妹妹叩完了头立起来后，祖母一定还要叫道："一官，快过来也叩几个头，你五叔当初是多么疼爱你呢！"

前几年，我和三叔同归到故乡扫墓时，祖母还曾再三的嘱咐我们，"要在五五墓前多烧化一点锡箔。看看他的墓顶墓石还完好否？要是坏了，一定要修理修理。"

我们立在荫沉沉的松柏林下，看见面前是一堆突出地上的圆形墓，墓顶已经有裂痕了，裂痕中青青的一丛绿草怒发着如剑的细叶。基石上的字，已为风雨所磨损，但还依稀的认得出是"亡儿春荆之墓"几个大字。"墓客"指道："这便是五少爷的墓。"我黯然的站在那里。夕阳淡淡的照在松林的顶上，乌鸦呀呀的由这株树飞到那株树上去。

山中是无比的寂静。

1927 年 8 月 13 日写于巴黎

原载 1928 年远东图书公司版《家庭的故事》

◎

诗歌

郑振铎

文学精品选

生命之火燃了！

让我们做点事吧！

生命之火燃了！

死的静默，

不动的沉闷，

微弱的呼声。

"再也忍不住了！"

让铁锤与犁耙把静默冲破吧！

让枪声与硝烟把沉闷的空气轰动了吧！

只要高唱革命之歌呀！

生命之火燃了！

熊熊地燃了！

让我们做点事吧，

我们也应该做点事了！

小孩子

如果我还是一个小孩子——
黄昏的时候，母亲叫我进屋去，
抱我坐在她的膝上，
唱歌给我听，
讲故事给我听；
她用手拍我，
我渐渐地靠在她怀中睡了。
这是多么甜蜜，满足的生活呀！
但是现在的我是成人了，
母亲再也不抱我了。
如果我还是一个小孩子——
在下午的时候，同了许多小同伴，
在门外树荫底下游戏。
我们可以任意地谈话，说笑，
也可以随意地争论，相斗。

虽有极大的争端，

不到一刻钟，

便又手携手地一同游戏了。

这是多么快乐的生活呀！

但是现在的我是成人了，

谁也潜蓄着猜疑的心对我了。

　　如果我还是一个小孩子——

终日不担心地在草地上游逛，

有许多自由的天地，

随便我们的意思行止。

我们用网来捉蝴蝶，

用泥沙来堆房子，

也采摘了许多花，

坐下来编打花圈。

这是多么自由的生活呀！

但现在的我是成人了，

一层层的世网，

已经牢牢的缚住我们的周身，

不准我们自由行动了。

我们的中国

我们的中国，

　　我们的中国！

　　是你在召唤我们么？

　　是的，我们来，

我们将放下一切而来！

　　我们的中国，

　　我们的中国，

　　是谁将你的光荣蔑辱？

　　我们的刀将为你而拔，

我们的生命将为你而舍弃。

　　我们的中国，

　　我们的中国！

那张忧郁的脸是你的么?

不,不,你应该自振,

我们将为你除去一切忧闷之源。

我们的中国,

我们的中国,

你为何成了这样的瘠弱,贫困?

我们将为你而工作,工作,

直至你恢复你的强健与富饶。

我们的中国,

我们的中国,

是你在召唤我们么?

我们已预备了,

将为你而放下了一切!

回　击

只有回击，

　只有重重的回击，

才能叫侵略者徘徊却顾，

才能使侵略者仓皇止步！

"以眼还眼，

"以才还牙："

我们的忍耐已经太久了，

无辜者的血已经流得太多了，

　回击！

　重重的回击！

　只有战士的血，

只有战士的枪和刀，

才能挡住了侵略者的前进，

才能阻止了侵略者的无穷的贪欲和野心。

"以眼还眼，

以牙还牙。"

无穷尽的战土们山岳似的站在那里

山岳似的站着等待出击的命令！

　　回击！

　　重重的回击！

苟安的和平是一条死路，

忍辱的退让是一种罪恶。

以铁来回答铁的呼啸，

以血来回答血的渴望。

"以眼还眼，

以牙还牙。"

抗战才是一条活路，也是给侵略者一个

　　最好的道德的教训，

为中国，也为世界的和平。

　　回击！

重重的回击！

小诗六首

社　会

金鱼养在白瓷盆里，很美丽地在翠绿的水草间游来游去。
一到了波涛汹涌的大海中，
谁也找不到它了。

成人之哭

小孩子大声地哭。
但是成人的眼泪却是向腹中流的。
可怜的成人呀！

母 亲

人都是自私的。

成功的时候，谁也是朋友。

但只有母亲——他是失败时的伴侣。

人的心都是藏在衣袋里的。

甜如蜜的话，可以不经意地说。

但只有母亲——

她的泪，滴滴由心之深处滴出。

本 性

荆棘生来是有刺的，

它不以人的憎恶，便把它的刺去了。

玫瑰花生来是娇红可爱的，

它不因人的采摘，便变成丑恶了。

泪之流

"人间的泪，还向人间流去。"

但孤寂者的啜泣，

徒然是孤独者的啜泣呀！

不，不，

天上落下的泪点，却洒遍了春之野，

使春之野绿了。只怪人间的泪太少了呀！

无　言

未见之前，
千言万语奔驰而上心头，
见了，转觉无言。
请恕我呀，朋友！
无言，但一切在不言中了。

为中国

我不知道我是在梦中或是非梦，
但我很清楚的听见这些话：
"我们应该各捐前嫌，为中国而携手前进。"
几个人这样恳切的说。
"我们错了，我们不应该自相争斗，我们不应该刻毒的
自相讥弹，谩骂，仇杀。"
又几个人这样悲郁的忏悔。
"为中国，我们携手向前，为中国，我们合力工作，为
中国，我们贡献了我们的一切。"
无量数的语声，继续的这样说。
我不知道我是在梦中或是非梦，
但我实在的，很清楚的听见了这些话。
我不知道我是在梦中或是非梦，
但我很清楚的看见这些事：
军号呜呜的吹着，

兵士们都陆续的从家里出来集合，

他们将要为中国而战。

全城的人都拥挤在那里欢送他们。

空气是异常的激动而亲切。

许多将领们在前敌会议，

谁都谦抑的听从首领的指挥，

代替"骄恣"与"妒忌"的是"一心"与"勇毅"。

空气是异常的亲切而严肃。

后方，什么人都在预备，都在工作。

"胜利"已在我们的一面翱翔着。

我不知道我是在梦中或是非梦，

但我实在的很清楚的看见了这些事。

1925 年 6 月

云与月

——寄 M

我若是白云呀，我爱，

我便要每天的早晨，在洒满金光的天空，

从远远的青山，浮游到你的门前。

当你提了书囊出门时，

我便要随了你，投我的阴影在你身，为你

遮着日光了。

我若是小鸟呀，我爱，

我早已鼓翼飞到你的窗前，

当黄昏时，停在梨树的枝头，

看着你在微光里一针一针的缝你的丝裳。

只要你停针，抬头外望，

我便要唱歌，一只爱的歌给你听了。

我若是月光呀，我爱，

我便当高高的挂在中天，

用我的千万只眼，照进白纱的帏帘，

窥望着你在甜蜜的眠着。

只要你的身向外转侧，

我便要在你的前额，不使你警觉，轻轻的密吻着了。

保卫北平曲

保卫北平，
保卫北平！
保卫这可爱的古城，
保卫这可爱的文化城！
我们以铁和血来保卫北平！
我们执着枪，握着大刀，
我们与这古城共死生！
不可越过的壕沟，
不可攻克的坚城！
"敌来，我与你偕亡！"
粉碎了他们！
把他们赶出国境，把侵略者肃清！
我们以铁和血来保卫北平！
保卫北平，
保卫北平！

保卫这可爱的古城，
保卫这可爱的文化城！
我们以铁和血来保卫北平！
景山高峙于城中，
翠绿淹没了万家的檐甍。
"春城无处不飞花"，
夕阳照在碧澄澄的三海，一泓莹清。
不可越过的濠沟，
不可攻克的坚城，
骆驼项下叮当的宏浊而徐缓的铃声，
显示着坚贞而不屈的丹心。

保卫北平，
保卫北平！
保卫这可爱的古城，
保卫这可爱的文化城
我们以铁和血来保卫北平
平畴千顷
黄澄澄的水稻即将收成。
朝曝射在如带的西山，
紫绛乱涂得像锦绣在相迎。
清莹的玉泉水，淙淙的流着，
流到濠沟，不可越过的深盈。
不可越过的是濠沟，
但更不可越过的是我们的忠勇的守卫的兵。

我是少年

一

我是少年！我是少年！

我有如炬的眼，

我有思想如泉，

我有牺牲的精神，

我有自由不可捐。

我看不惯偶像似的流年，

我看不惯努力的苟安。

我起！我起！

我欲打破一切的威权。

二

我是少年！我是少年！

我有喷腾的热血和活泼进取的气象。

我欲进前！进前！进前！

我有同胞的情感，

我有博爱的心田。

我看见前面的光明，

我欲驶破浪的大船，

满载可怜的同胞，

进前！进前！进前！

不管它浊浪排空，狂飙肆虐，

我只向光明的所在，进前！进前！进前！